呪いの装備が外れない！

Noroino soubi ga hazurenai!

日下部しま

Shima Kusakabe

ぼんこ

Ill. Bonko

ヨルン〈25〉

Character

「変化」のスキルを持ち、職業《ジョブ》を変えられる。変化すると名前や服装、性格まで変えるほどの徹底ぶり。本来の性格は真面目で、過去の経験から苦労性気味。

自己肯定感は結構低め。

ガシュア〈22〉

ガシュアリクス・カトウ・ローゼンフット

スールキア国の王族であり勇者の末裔。何故か「呪いの装備」を探しており、装着してしまったヨルンに執着している。強靭な肉体を持ち、様々なスキルを駆使する歴戦の冒険者。雑な性格でヨルンと正反対だが、嘘が嫌いなためいい意味でも悪い意味でも素直。

イラスト　ぼんこ

一章

【勇者語録：かぐや姫】

細くたおやかに伸びた蔓《つる》の先は、葉包が淡く虹色に輝いており、その中心にはお宝が埋まっている。

かつて現れた勇者曰《いわ》く、「——まるでかぐや姫じゃん」らしい。

ちなみに、『かぐや姫』というのがなんだったのか、未だに意味はわかっていない。

＊＊＊＊

「よっ……と」

緑が生い茂《しげ》るダンジョンの最深部。

俺は今回組んだパーティの連中から少し離れ、目当てのお宝へと手を伸ばした。

植物王国とも言われるこの土地では、ほぼ全てのダンジョンが森のようになっていて、隠されたお宝も当然植物の中にある。

お宝がある蔓の先端は葉包に覆われた実となっており、重みで下へ垂れている。通常、ダンジョンのお宝なんてのはすでに取られたあとって事が多いけど、ここまで最深部となればまだ狩られていないらしい。

何故《なぜ》なら、葉包の隙間から漏れ出す光は淡く虹色に輝き、中に何かあることを健気《けなげ》に教えてくれているからだ。

うーん、いい光の色！ 俺一人では辿《たど》り着けなかったであろう最下層だ。これはかなりの値打ち物に違いない。

伸びている蔓の先をナイフで切り取り、お宝の包まれている実の部分をロープの中へと隠した。沢山は持ち運べないけれど、一つや二つならバレないのは今までの経験から。

これだから、厚着な治癒士《ちゆし》の格好は都合がいい！

「カイルさん、お水はありましたかー！」

「！」

ああ、もう戻らないと。もっと探したかったのに、思ったよりもせっかちだな。

俺は確認もせずお宝を懐《ふところ》の奥へとしまい込み、バレないようにできる限り感じのいい笑顔で答えた。

「はーい、たった今見つかりました！　すぐ戻りますね！」

＊＊＊＊＊

「では、これが今回の報酬です。……カイルさん、本当にここを離れてしまうんですか？　残念です。もう少し一緒にいかがですか？　次の所属パーティもまだ決まってないのでしょう？」

冒険が終わり、報酬を分けながら俺にお優しい言葉をかけてくれるのは、今回のパーティリーダーであるアレックスだ。

金髪碧眼《へきがん》にがっしりとした体軀《たいく》、爽《さわ》やかな声と優しい笑顔。しかも【スキル】が王道の剣とくれば、まさに見目よき王子様だ。

俺みたいな奴《やつ》にも優しいし、お人好《ひとよ》しで性格もいい。

ただ一つ難があるとすれば……。

「ははは、俺では力不足ですから」

「そんなことはありません！　困った時にいつも話を聞いてくれてありがとう。カイルさんには本当に感謝してるんです」

「いやいやそんな」

「ねえアレックスー、もう行こ？」

「いつまで話してるんだい？　彼は臨時の人なんだからさ、いい加減解放してあげたまえよ」

「私、もう回復した……そいつよりスキル上、アレックス、もう怪我しない……」

　女運に難ありという感じだ。

　アレックスを囲う三人の女たちを見ながら、俺は内心苦笑する。

　これはアレックスが【勇者語録】で言うところの【イケメン】だからなのかもしれない。ん？　この場合、イケメンじゃなくて【男前】って言うんだっけ。まあどっちも似たような意味だったはずだ。

　アレックスは容姿スキル性格、そのどれもが高レベルの【優良物件】だ。そんな男は当然のように競争率が高い。

　今回はたまたま、アレックスのパーティメンバーである治癒士が怪我で動けなくなったから潜り込めたけど、本来俺程度の奴が入れるようなところじゃない。全員レベルもスキルも高すぎる。

　その証拠に、パーティの女性たちは皆俺のことをさっさと消えろという目で睨《にら》んでいた。唯一アレックスだけが名残惜《お》しそうに瞳《ひとみ》を潤《うる》ませる。

「もう少しこのパーティにいませんか？　俺、カイルさんともっと話がしたくて……」

　子犬のように眉尻《まゆじり》を下げるアレックスに向き直り、俺は恭《うやうや》しく頭を下げた。

「アレックスさん、お気持ちは嬉《うれ》しいのですが、僕レベルでは本当に今後お役に立てそうにありません。今回だって、パーティに混ぜていただいたのが奇跡みたいなものですから」

「えっ、あ、いや、そんなことは……」

　と言いつつ、アレックスも言葉に詰まっている。

　まあ実際力不足なのは本当だし、アレックスが俺を引き留《と》めるのは、このバチバチに自分を巡《めぐ》って戦っている女たちの緩衝材にしたいからだろう。

　優しいアレックスはともかく、女たちは現実が見えている。今回だって、治癒士がいなくてもパーティは回るが、念の為《ため》にと連れて行ってもらえただけだしな。

「カイルさんにはいつも話を聞いていただいて……」

「ははは、そんな」

治癒士という職業上、誰の前でもやさし～く接したせいか、このパーティにいる間は困ったことから身の上話まで何度も相談された。そのせいか、アレックスは俺のことをお悩み相談係と思っている節《ふし》がある。

けど、俺よりレベルもスキルも何もかも上の女たちに挟まれていたら、近い将来死ぬ。お宝を貰《もら》うという用は済んだし、さっさとここを去ろう。

大して使えない男に睨みを飛ばしてくる女たちと、名残惜しそうにしているアレックスに、俺は優しい笑顔を向けた。

「それでは皆さん、短い間でしたが、お世話になりました。いつかまたどこかでお会いしましょう！」

浮き足立って去ろうとした瞬間、目の前から歩いて来ていたらしいデカい男とぶつかった。

「いだっ」

反動でその場に尻餅《しりもち》をつくと、男がじっと俺を見下ろしてきた。

「…………」

「あ、ははは……すみません」

フードと逆光で顔はよく見えなかったけれど、その赤い瞳は鋭さを放っており、本能的に関わらない方がいいと感じた俺はさっと立ち上がり、逃げるように離れた。

なんだあいつ？　今からあのダンジョンに挑むのか？

悪いけど、お宝の一つは俺が貰ったよ。

＊＊＊＊＊

――かつて、この国には異世界から召喚された勇者がいたらしい。

もう何百年も前の話だ。

この国の平和を脅《おびや》かす魔族の王を倒すべく、異世界から召喚された勇者『カトウ』は魔王を滅ぼし、無事この国に平和を取り戻した。

その勇者の物語と半生は多岐《たき》にわたってまとめられており、勇者が使っていた独特な単語は勇者語録として出版されたほどだ。

俺は子供の頃からその物語が大好きで、擦《す》り切れるほど読んでいた。だから、今でもその勇者語録を自分でも使ってしまうことがある。

「はぁ～～～～～……っ、つっかれたぁ――……【マジ】で……」

ずるずると裾《すそ》を引き擦るくらい鬱陶《うっとう》しかった服を脱ぎ捨て、重たい服を取っ払うと、俺は一人で取った宿屋のベッドへと倒れ込む。

この格好はお宝を隠しやすいのはいいけれど、治癒士という職業の奴らは皆こぞって人がよく、優しいのが特徴だから面倒くさい。

おかげで、今回のパーティではずっと笑顔を浮かべているハメになった。ぐにぐにとほっぺを引っ張って天井を睨む。

「ああ、顔が疲れた……」

けど、もうこれで終わりだ。

「そろそろ次の街に移んないとなぁ」

俺はにやりと笑って、服の中に隠していたお宝を取り出した。うっすらと輝きの漏れる姿を見て、笑みが隠せない。

愛してるよぉ、俺のお宝ちゃん！　やっぱり人間、最後に頼れるのは財産だよな。

「おっとその前に……」

俺は取りだした虹色の光を放つお宝に頬擦《ほお》りをしてから、自分の職業を『解除』した。その瞬間、変化していた治癒士としての力は消滅する。

治癒士は人手が少なくてパーティに入りやすかった

し、アレックス達が捜していたから化けたけど、どうせ俺のスキル技術じゃ大した治癒魔法は使えない。

今度は補助スキル持ちにでも成《な》りすますか？　需要は高かったよな。服はここを出るときに調達するとして……。

ベッドの上に散らばった、偽の名前を書いた冒険者カードを手に取って皮肉げに笑う。

「カイル・ウォルターともここでお別れだな」

カードには、俺の顔と『カイル・ウォルター』という偽の身分が記《しる》されている。

前髪を横に流した雑草色の髪に、周囲へ溶け込みやすい顔、というか、特徴のない覚えにくい顔。勇者語録で言うところの【モブ】顔だ。

特徴がなさすぎるせいか、顔は変えようがないのに、誰からも顔を覚えられていないのは、最早俺の特徴と言えるかもしれない。

アレックスたちに見せていたこの冒険者カードは、俺が作ったものだ。

ギルド内で正式な認証として使うならともかく、パーティに入る際、個人に見せるだけなら偽造書でもどうにかできてしまう。

懐に入れていた本物の俺の冒険者カードには、本名である『ヨルン』の名前が記されていた。

「俺だって、こんな詐欺紛《さぎまが》いなことはしたくないんだけど」

詐欺紛いっつーか、まあほぼ詐欺なんなんだけど。

でも、誰も損はしてないんだから、いいだろ。この世の中、綺麗事《きれいごと》だけじゃ生きてはいけない。

「仕方ないよな～、お宝ちゃん！　こうでもしないと生きていけないんだからさ！　アハハハハ！」

証拠隠滅！　とばかりに、俺は魔法士へと自身を『変化』させ、持っていた偽のカードを燃やした。これは魔法士の初期の初期に使える炎の魔法だ。

黒いすすとなったカードの残骸《ざんがい》を吹き飛ばし、魔法士の『変化』を『解除』して、俺は何者でもない、ただの『ヨルン』へと戻った。


この国は、【スキル至上国】だ。

スキルというのは、生まれてくるときに個人が必ず一つは持っている特別な能力のことを指す。

そのスキルが強かろうと弱かろうと、生まれながらのスキルは絶対に変えられないので、一生そのスキルと付き合っていくしかない。

自分が望まないものやめちゃくちゃ弱くて使えない者。逆に強すぎてスキルに溺《おぼ》れる者。使いこなして栄光を手に入れる者と、様々だ。

スキルを使いこなせる奴だけが【人生勝ち組】。

まさに【人生スキルガチャ】。

これも勇者語録なり。そういえば、スキルって単語も勇者語録だ。この世界は勇者が残してきた物だらけだな。


そして俺のスキルは職業の『変化』だ。

この世の中、スキルも職業も星の数ほどあるけれど、俺はそのどれかの職業に自分の能力を『変化』させられる、結構珍しい力だ。

一見強そうに見えるし、なんでもありな【チート】スキルにも思える。

全部の職業の魔法が使いたい放題とか最強じゃね！とか、俺だって子供の頃は夢見たよ。

けど、変化させて使える能力は実際にそのスキルを持つ奴の1／100にも満たないし、一日に変化できる職業の数にも限りがある。

俺が自分を変化させて治癒士に化けたところで、実際に治癒スキルで治癒士として働いている奴には一生追いつけないのだ。

あらゆる職業に化けたところでこうなるので、どれか一つの職業に絞《しぼ》っても、成長は望めない。

だから名前を偽って暮らしている。

こんな成長しないスキルだとバレれば、パーティにいられなくなったり、追い出されたりすることがあるから。

複数の職業に化けられても、できることに制限があってはどうしようもないし、働けない。

それならと、このスキルを生かし、色んな土地で別の人間に化けてパーティに忍び込み、こっそりと報酬をくすねて売り払っている。

我ながらせこいと思うけど、今のところこの方法が自分の人生の中で一番稼げている。

馬鹿《ばか》正直に自分のスキルは『変化』です、なんて言ったところで、いいように利用されるだけだ。

「……さて、そろそろ開けてみるか！」

感慨に浸ったところで時間は戻らないしスキルも変わらない。変わってくれるのは俺の職業だけ。

それよりも、今日こっそりと持ってきたこのお宝を開けてさっさと換金しないとな！　人生頼れるのは結局金。人間みーんなお金が大好き！

俺は葉包を一枚一枚剝《は》がして、期待の面持《おもも》ちで目を輝かせた。

今回組んだのは俺一人じゃ一生辿り着けないような高スキルを持ったメンバーの難所ダンジョン。更にその最下層だ。本当に運がよかったたし、あいつらがこのお宝に気付かなくて助かった。

この立地ならさぞや高級なお宝のはずだ。貴金属？　それとも武器？　宝石の類《たぐい》なら嬉しいんだけど……！

葉包を剝がし終えると、淡い光が部屋の中に広がった。

「……ん？」

眩《まばゆ》い光に目を細めながら手元を見ると、中に入っていたのは布きれだった。

いや……装備か？　あまりにも布面積が少ないから、一瞬装備と認識できなかったが、補正魔法がかかっている。

キラキラとした輝きはこの装備自体から出ているようだ。

「これは………下着、か？」

紐部分を持ち上げると、三角形に象《かたど》られた紫《むらさき》の透け素材が二つ連なっており、周りには小さな宝石が丁寧にあしらわれている。中央には赤い宝石。

……これは……、形的に……女が胸につけるアレだ……。

踊り子や娼婦《しょうふ》が身につけている胸当てが即座に浮かんだ。でも、それにしたって布が少ない。

紐《ひも》部分にもレースやら宝石やら散りばめられてはいるけれど、肝心の布面積が少なすぎる。何が隠せるんだよこれで。

乳首くらいしか隠せないような大きさの布地も、そもそも隠す気がないと言わんばかりの透け具合で、まるで性的な誘いをする時に着るような……下手したら金持ちの性奴用に見える。


布自体は結構上等なものを使ってそうなだけに勿体《もったい》ない。

「……こっちはもしかして下につけるのか？　誰が着るんだこんなの……変態じゃあるまいし」

もう一つは紐で縛《しば》るような、同じく宝石があしらわれた布面積の小さい下着だ。これじゃあ尻丸出しじゃないか？

紐部分が尻の割れ目に食い込んで、下着の線は出ないのかもしれないけど、腰回りの紐にも宝石があるので意味がなさそうに見える。

いや、そもそもこれ、単体で着る仕様だからこんなに宝石がついているのか？

チャラチャラと輝く装飾部分は高価そうだから、売れないってことはないのかもしれないけど……。これをどういう経緯で手に入れたのか聞かれても困るし。

「は〜……ご大層にダンジョン奥に隠してあるから何かと期待したのに……なんっだよ……」

出てきたのは謎の変態装備ときたもんだ。

裸《はだか》に少し布地がついているようなこんな変態装備、誰が着るんだ？　着たら強い効果が付与されるとしても、コレを着て戦うのはキツいな。よっぽどの痴女《ちじょ》だろ。ていうか、女だって着るのかこれ？

効果は謎だが、今のところ完全にハズレを引いた。武器や珍しい宝石なら、しばらく遊んで暮らせたのに。

「……あーあ……疲れた……」

装備をしまい込み、そのまま布団の上に転がり直すと、一気に疲れと眠気が襲ってくる。

ここ最近は、ずっと治癒士の真似《まね》事をしていて、気を張っていたせいか疲れた。まだ湯浴みだってしていないのに、体は泥のように重くて動かせない。

せめて、これが高く売れればいいな。宝石も付いているし、それが価値あるものであることを願おう。

俺が鑑定士に化ければ真贋《しんがん》くらいは鑑定できるけれど、どれほどの価値があるのかまではわからない。明日きちんとした鑑定士に、見てもらわないと…………。

「……ふぁ……眠……」

欠伸《あくび》をすると、瞼《まぶた》がどんどん下がってくる。まだ明日の準備を終えてない。ああ……でも、もうパーティは解散したから、誰かと宿に泊まっているわけでもないし、媚《こ》びを売る必要もないんだから、少しくらい、寝ても、いいか……。

「少しだけ……」

目を瞑《つぶ》ると、すぐに意識が溶《と》けていく。

『……………………勇者様…………』

「…………………？」

今、誰かの声が聞こえたか？

〝勇者様〟？　誰が？　……俺？　なんて、そんなはずはない。

かつてこの国に召喚された勇者はとっくの昔に死んだし、今勇者と呼ばれる存在は彼の末裔《まつえい》として何人かいるけど、少なくとも俺みたいな平民は関わることすらない。お目にかかることもないだろう。重くなってくる頭の片隅で、寝物語に何度も読んだ勇者の物語が蘇《よみがえ》ってくる。

格好よくて、目立って、強い勇者様。憧《あこが》れていた存在。

……俺だって、本当はこんな風に誰かにくっついて報酬をこっそり取るような輩《やから》じゃなくて、強くて格好いい勇者になりたかった。

『……………………勇者様……お願い……』

ひどく切なげに聞こえたその声に、俺は聞こえないふりをして布団に沈み込んだ。

＊＊＊＊＊

カーテンの隙間から朝日が差し込むと、人間の体は起きるように設定されているらしい。気が付いたときには朝で、結局この時間まで寝入ってしまった。

太陽が頭上に昇《のぼ》る寸前の時間なのが幸いだろうか。

欠伸をしながら起き上がると、昨日脱ぎっぱなしにした服が部屋の中に散らばっているのが目に映った。

夜中は暑く、寝苦しかったのか、着ていた下着まで床に落ちている。

「あーあー……」

ようやく治癒士から解放された思いで散らかしてしまったのか。

布団から起き上がり治癒士のローブに手を伸ばしたところで、視界に光る宝石が見えた。

「ん？」

宝石なんて俺、身につけてたっけ。手首や指の装備が気になったのかと目線を下に向けた瞬間、俺の体は硬直した。

「……………………は……っ？」

ほぼ全裸に近い状態で寝ていた俺の体には、昨晩見てしまったはずの装備が装着されていた。

「あ……？　……えっ!?　…………………っ!!」

驚きのあまり立ち上がり、姿見鏡の前まで走った。

「はぁぁああ!?」

いや、なんだこれ!?　声を上げて下着を摑《つか》んだ。

姿見の中には、昨日のあの装備をつけた変態のような男、つまり俺が映っていた。か、壊滅的に似合ってない！　そもそもこれ男用でもないだろ！

「な……な……」

なにこれ!?　昨日寝ぼけて装着でもしちゃったのか？　どちらにせよ、客観的に見たらド変態でしかない。つーか、似合ってなさすぎて気持ち悪い。一刻も早く、は、外さないと……！

「くそっ、あれ……っ!?」

胸に食い込む装備を外そうと引っ張ったが、何故かどうやっても外れない。後ろで括《くく》られているのかと思ったけど、当然背後はよく見えない。透けた素材の下には乳首と、その近くの黒子《ほくろ》までうっすらと見えていて、なんの役目も果たしていなかった。そもそも男が乳首を隠す意味もないけれど。

時間をかけ、解こうとしたが紐は固く結ばれていて解《ほど》けず、脱ごうとしても全然脱げない。

なんなんだよこれっ！

それなら、と下の方を外そうとしたが、ただ脱ぐだけのはずなのに、外そうとすると手が硬直し、動かなくなる。それどころか、胸が痛くなるような息苦しさがあった。

いくらなんでも、コレはおかしい。おかしいっつーか……。

「…………これってもしかして……」

たまにあるんだ、こういう装備品が。お宝かと思って開けてみると、こういう制約があるもの。

大体が前の持ち主の怨念《おんねん》が強かったりとか、呪術士《じゅじゅつし》が呪《のろ》いをかけていたりとか、解呪《かいじゅ》しないと使えないものだったりするんだけど。

端的に言うとまあこの装備は……。

「……呪われてる？」

呪いの装備ってことだ。

理解した瞬間、沸々《ふつふつ》と怒りが湧《わ》いてきた。

「うあ――――――っ！　くそっ！」

大したお宝でもなかった上に呪われてるとか最悪すぎるだろ！

男のくせに女物の装備をつけた変態みたいな格好で俺は床を殴った。誰かにこんな姿を見られたら終わる。

とりあえず俺は服を着て治癒士のローブを羽織《はお》り、顔を見られないようフードを目深に被《かぶ》った。

もしかしたら、夜中のうちに寝ぼけて自分で着てしまったりしたのかもしれない……と最初は思ったが、呪われてるとなると話は別だ。装備が意思を持つことだってあるんだから。

そして、意思を持った装備品はかなりまずい。俺のスキルじゃ決して太刀打ちできないほどに、力が強すぎる。

とにかく、今俺が一番にすべきことは……！

「か、解呪士に会いに行かないと……！」

呪いを解いてくれるという職業、解呪士。まずはそいつに呪いを解いてもらわないと。

早々に荷物をまとめ、俺は宿屋を飛び出した。

＊＊＊＊＊

「…………あのー、解呪してほしいんですけど」

「ああ、ご新規さんね。じゃ身分証見せて」

「……………はい」

俺は昨日燃やした偽の冒険者カードではなく、一番最初に作った、本物のカードを手渡した。普段は偽物を使うけど、ここは呪いを解くエキスパート、解呪士が運営する解呪屋だ。

彼らは体の魔力の流れからスキルまで丸裸にする。だから、偽物なんて使えば一発でバレてしまう。

そもそも、俺の偽造カードはそこまでクオリティが高いわけじゃない。もっと高スキルを持った奴なら、見破れないカードも作れるかもしれないけど。

「はい、じゃー確認するから、そこ座って」

「…………………はい」

まだ早朝ということもあり、解呪屋も開いていなかったが、ドアを強く叩《たた》けば長身に髪と髭《ひげ》がもさついた猫背の男がぬっと顔を出した。

まだ営業前だという言葉でも吐《は》かれるかと思ったが、俺みたいなのがよくいるのか、仕方がなさそうに「どうぞ～」と、緩《ゆる》い態度で中に招《まね》いてくれた。部屋に入ってギルドカードを確認しながら、俺の顔を凝視する。

「えー……ヨルンさんね……年は……二十四歳？　若く見えるね。スキルはー……ほー珍しいな。変化か。初めて見るよ。だから治癒士の格好してんの？」

随分《ずいぶん》とべらべら喋《しゃべ》るタイプの解呪士だ。解呪士といえば、もっとこう……、陰気で物静かなイメージがあるけど、こいつは別らしい。

どちらにせよ、そこはあまり触れてほしくない部分だった。

「……客の【プライバシー】に立ち入らないでもらえますか」

「うん？　プライバシーって何？」

勇者語録だぞ、覚えとけよ。

「個人情報ってやつです」

「せっかく開店前に入れてやったのに、つれないね」

「それは………ええと、すみません。ただ、一刻を争うもので」

「皆それ言うんだよなー。まあいいさ、呪いに罹《かか》った奴は大抵営業時間なんて見てないから。俺はフリック、三十二歳、この解呪屋で解呪士をしている。スキルは解呪だ。ほらプライバシー？　で返したぞ。満足か？」

「俺は、アンタがこの辺で一番腕のいい解呪屋って聞いたから来たんです。呪いが解ければ満足ですから、とにかく早く呪いを解いてください」

「あーハイハイ、わかったよ」

そう言ってフリックは俺の正面に座ったまま、魔方陣の刻《きざ》まれた手の甲《こう》をカウンターについた。一瞬、ひりついた空気が室内を包む。妙に馴《な》れ馴れしくて軽いおっさんだけど、有無を言わさぬ雰囲気があった。

「それで？　今日はどんな呪いを解いてほしいんだ？」

その問いかけに、俺は一瞬言葉を詰まらせた。

なんて言えばいいかわからなかったからだ。当然、この装備は俺の力だけじゃ外れない。呪いは解呪屋に任せるのが一番確実で安全な方法だ。俺が解呪士に化けて解呪しようとしたところで、ややこしくなるだけだし、そもそもそう簡単にはできない。だが経緯をありのまま伝えれば、協力し、呪いを解いてくれるかもしれない。

恥ずかしさから小さく唇を噛《か》んで、フードの中からフリックを睨む。

「……あの、これから話すことは絶対に他言しないでほしいんですが」

「こっちは商売だぞ？　しないに決まってる」

「その、……呪いの装備を着てしまって、外れないんです」

「あー、装備が呪われてたのか。しかしその服が？見たところなんの呪いもかかっていないようだけど」

「これじゃなくて、その、あー………」

やっぱり実際に見せないと駄目《だめ》なのか？　嫌だ。ものすごく見せたくない。見せたくないけど、見せないことにはどうしようもない。

俺は仕方なく着ていたローブの釦《ボタン》を外し、シャツの留め具を外して、少しだけ胸元を開いた。

開いた胸元からは、下着のような胸当てが見える。

「………この、中の服が脱げない。多分呪われてるから解呪してほしい、んですけど……」

フードの中で、俺は顔を熱くした。なんだって俺がこんな変態みたいな真似《まね》をしなくちゃいけないんだ。

まさか、こんな格好を見せることになるなんて、昨日の俺は思ってもみなかった。

「ヨルンさん……アンタ」

フリックは俺の着ている装備をマジマジと見ながら、真剣な顔で言い放つ。なんだろう、もしかして、深刻な呪いとかなのか？

「……はい」

「エロいところに黒子あるなあ」

「さっきからあんた、真剣に話してるか!?」

こんな変態みたいなことしているんだから、そこには触れないのが礼儀だろ！　睨みつけると、フリックはヘラヘラと笑った。

「ははは、いやぁ和《なご》むかなって。それ、自分で着たの？」

「着るわけねえだろ！　っ……じゃなくて、朝起きたら装備されていたんです」

駄目だ、ここで怒って万が一解呪してもらえないなんて事態に陥《おちい》ったら最悪だ。

我慢しないと。

ひくひくと頬を引き攣《つ》らせながら笑顔を向けた。

「誤解しないでほしいんですけど、別にこれ、俺の趣味じゃないですよ……」

「ふーん、まあこれを着た経緯は聞かないさ。それに、俺じゃどうしようもなさそうだし」

「………えっ？」

てっきり解いてもらえるものだと思っていたから、その言葉に間《ま》の抜けた声を上げた。どういうことだ？　さっき自分で優秀って言ってたじゃないか。

「と、解けないんですか？」

「解けないねぇ」

「そんなに強い呪いなんですか？」

「まあ強いと言えば強いけど、どんなに強くても呪いなら解けるさ。俺は天才だから」

「じゃあ……！」

「ヨルンさん、アンタこれどこで手に入れたの？」

じ、と眠たげな双眸《そうぼう》が前髪の隙間からこちらを見つめてきた。その瞳に、俺は一瞬言葉を詰まらせる。

正直に答えるか？　いや、全てを明かす必要はない。正直に伝えたところで食い物にされるだけだ。俺は嘘《うそ》をつかない程度にぼかして伝えた。

「だ、ダンジョンの奥で……」

「ダンジョンってどこの？」

「ど、どこだっていいでしょう。それより、解けない呪いがないなら、どうしてあなたはこの装備の呪いが解けないんですか」

そうだ、これを手に入れた経緯なんてどうでもいい。

それよりも大事なことがある。俺の問いかけに、フリックは俺の胸の前に手を当てた。

目に真剣な色が宿り、手のひらから光が漏れる。溢《こぼ》れた風がフリックの前髪を開き、鋭い瞳が露《あら》わになった。

フリックが呪文を唱えると、胸の上で淡い光の魔方陣が浮かび上がり、パチパチと小さな雷《かみなり》を弾《はじ》くような音がする。胸が熱い……っ！

けれど、その熱さが強くなる前に魔方陣はかき消えた。

「な、何を……」

「うーん……、やっぱりな。これは呪いじゃない」

「え？」

「もっと神聖な……聖なる力が宿ってる。これは……呪いというより、祝福だな」

「……しゅ、祝福……？」

「俺は呪いには強いが、それ以外はさっぱりでね。詳しいことはわからないが、これは俺の範囲外だ。悪いねヨルンさん」

やれやれ、と肩を竦《すく》めながら、フリックが笑った。

……これが祝福？　こんなに恥ずかしい装備がいつの間にかつけられていて、しかも外れないこれが祝福だと？　バカも休み休み言ってほしい。ふざけてるのか？　この装備の効果もどんなものかわからないのに。けど、ここで怒ってもなんの解決にもならない。怒りを抑えて静かな声で問いかける。

「じゃあ、どうすれば……」

「まあ、祝福による神聖な力というのなら、神官や聖導士がいいんじゃないか？　俺の知り合いの聖導士を紹介してやるからそっちに行くといい」

そう言って、フリックは紙にペンを走らせメモを俺に手渡した。

紙にはここではない別の街の住所が書いてある。まあ、もうここを離れる予定だったからそれはいいけど……。

聖導士というのは、神の教えを導く職業で、神の声を聞くことができるスキル、というものらしい。ちなみに、それはかなりの高スキルとなるので、俺はまだそれには化けられない。

この装備にかけられたのが、呪いじゃなく神の祝福だというのなら、俺が行くべき場所はこっちか……。

いや、でもやっぱりどう考えても呪いだよな？

俺にとって、こんなの呪いと変わらない。

「ちなみにもし……」

もし、ここに行っても駄目だった場合どうすればいいか、と聞こうとしたところで、ドアがノックされた。

「！」

まだ開店前だよな？　しかし開店前に俺はもう入れてもらってるわけだし、何も言えない。慌てて服の釦を留め、呪いの装備を服で隠した。

「どうぞ～」

「失礼する」

ドアが開くと、そこに立っていたのは精悍《せいかん》な顔つきの男だった。

片腕につけた鎧《よろい》は鈍色に輝き、戦士風の出《い》で立《た》ちは歴戦の強者《つわもの》感を漂《ただよ》わせていた。年は思ったよりも若そうで、黒い髪は陽に透《す》けると少しだけ赤みがあり、目は血のように赤い。

頬に小さな傷痕《きずあと》があるけれど、それを差し引いても目を引くような男前だ。意思の強そうな顔立ちも、どこか気品を感じる。

体つきはかなりがっしりとして、背も高く、腰や太《ふと》腿《もも》には剣がぶら下がっていた。一目で冒険者とわかる風貌だ。

店内を見渡した男の切れ長の瞳が、フリックに留まった。ずかずかとこちらへ歩いてくる。俺は店を出るタイミングを逃してしまったので、少しだけ端《はし》に避《よ》けた。近くに立つと、ますますデカい。おまけに無表情で、なんか怖い。

俺だって一応冒険者として食っている身だ。貧相《ひんそう》な体つきではないけど、こういういかにも戦士っぽい職業の奴には敵《かな》わないと感じる。

フリックがへらへらと笑った。

「あ〜、ご新規さん？　身分証見せて」

「聞きたい事があるのだが」

「うんうん、まず身分証見せて？　ここの決まりだからさ」

「…………………」

男は冷たい目でフリックを睨みつけたが、素直に懐に入れていた身分証を差し出した。

俺から見ても、オーラや立ち振る舞いが一般人からかけ離れている。端的《たんてき》に言うとその辺の荒くれよりも大分《だいぶ》怖いのに、その目線に全く怯《ひる》まないフリックは実はすごい奴なのかもしれない。

フリックは男からギルドカードを受け取り目を走ら

せ、個人情報を口に出そうと開く。

癖《くせ》ならそれ、絶対やめた方がいいぞ。

「ふんふん、ガシュアリクス・カトウ・ローゼンフッド、二十二歳……スキルは……ん？　読めないな。職業は――……って、ああ！」

「ごほっ」

その名前を聞いて俺は思わず咳《せ》き込《こ》んだ。

フリックは事の重大さがわかっていないのか、それともどうでもいいのかヘラヘラしながら彼を指差した。

「なるほど～、勇者様か！」

「もういいか」

その言葉に触れもせず、男……ガシュアリクス・カトウ・ローゼンフッドは身分証こと冒険者カードを取り上げた。

俺はフードの奥から信じられないという目で彼を見つめる。

『カトウ』という名はかつてこの世界に現れて、世界を救った勇者の名前だ。

勇者の血を引く者には必ずその名前が引き継《つ》がれており、一般人は決して使ってはいけない。偉大《いだい》なる尊き名前。

それに『ローゼンフッド』といえば王族のはず。つまり、こいつは王族で勇者の末裔……ってことか？

確か今の王には何人か子供がいたはずだけど、その一人？　こんな目立つ外見ならそれなりに知られていそうだけど、俺は見たことがなかった。そもそも、なんでこんなところに……!?　ばくばくと心臓が音を立てる。

目の前にいるのが、子供の頃に死ぬほど読みふけった勇者の末裔ということが、信じられない。

「それで？　勇者様が一人でこんなところに来るなんて、どんな呪いをかけられたんだ？」

「呪いをかけられたわけじゃない。捜《さが》し物があるんだ」

「俺は解呪スキルはあっても捜索《そうさく》スキルはないけど」

「情報はかなりの量が回ってくると聞いた」

ギルドに入り、冒険者になれば、そこに身分や血は関係ない。

一人間として扱う、とは聞くけどそれにしたってフリックは怖くないいんだろうか？　王族相手に、下手すれば首が飛ぶかもしれないのに。

ハラハラしながら気配を消して会話を見守ると、フリックは変わらぬ態度で答えた。

「まあ、一応聞くだけ聞こうか、何を捜してるんだ？」

「〝聖女の鎧〟だ」

「聖女の鎧？」

「かつて勇者と共に戦った聖女が着ていた衣だ。この街の外れにあるフューリの森のダンジョン最下部にあると聞いていたが……、捜しても見つからなかった。近くの蔓に切り取られた形跡《けいせき》があったから、何者かが持ち去ったと考えられる。何か情報を知らないか」

「っ……！」

その言葉に、俺は思わず声を出しそうになった。

何故なら、フューリの森のダンジョンは、昨日俺たちが行った場所だからだ。

いや、落ち着け。フューリの森はあそこ以外にもダンジョンはある。第一あれを聖女の鎧と呼ぶには露出が多すぎる。何も守れないぞあの格好。

「どんな服なの？」

「俺も見たことはないが、鎧と呼ぶには薄いものらしい」

「…………」

しかし、楽観的に考えるには条件が一致しすぎている。

それに、物事は常に最悪を想定して動いた方がいい。

俺のこの呪いの装備は、さっき聖なる力が宿っていると聞いた。それなら、聖女か関係している可能性は十分にある。

「ふ～～ん、聖女の鎧ねえ……それ、見つけてどうするの？」

「必要とするから捜しているだけだ」

「もし、誰かが奪っていて、絶対返さないって言ったら？」

「殺す」

「ハハハハハ～過激だぁ」

「…………………っ！」

びくっ、と反射的に体が跳ねた。あっ、これ俺殺される。

心臓の音が更にばくばくと激しい音を立て始めた。こいつ本当に勇者様か？　考え方が賊《ぞく》だぞ！　まずいまずいまずい……！

バレたら殺される！　普通に殺される！

勇者の末裔なんて、大抵がとんでもないチートスキルを持っている。

俺みたいな半端者《はんぱもの》の器用貧乏スキルなんて、あっという間に消される。

フードの奥で顔を青ざめさせながら、俺は息を殺してそっとドアに近づいた。ここは早く逃げないと……！

「あー、ちょっと、ヨルンさん、お代忘れてるよ！　情報料3000ガルドね、紹介料込みで」

「っ！」

おい！　俺、今あからさまにこっそり逃げようとしてただろ！　なんで声をかけるんだよ！　案の定、勇者様の目が俺の方に向いた。

まるで、そこで初めて俺の存在に気付いたように、少し驚きがちに目を見開く。

「いつからいた」

「えあ、さっ、最初から……？」

「――そうか」

じゃあ死ね、とか言って斬られたらどうしようかと思ったが、勇者様は俺のことを観察しながら何かを考えているようだった。

俺は居心地悪くそわそわしながら目線を彷徨《さまよ》わせた。勇者の目に妙な寒気を感じながら、足を一歩前へと踏み出した。

「……お前は……」

「あ、あのっ、じゃあお代はここに置いておきます。それでは、俺はこれから用事があるので、し、失礼っ！」

カウンターに金を放り、フードが取れないよう押さえて俺は解呪屋から逃げ出した。そのまま走って離れていく。

ああ、怖かった……。端正な顔に、冷たい目、前に立つだけで震え上がりそうな威圧感があった。

なるほど、アレが〝勇者様〟か……っ！　心臓がまだドキドキしている。

子供の頃から何度も読んだ憧れの存在。その血を引く者が目の前に立った興奮はあるけど、今はそれどころじゃない。

勇者様の捜している物を俺が持っていて、しかもそれが俺の意思で手放せないとなれば、どうなるかわからない。

跳ねる心臓を抑えながら、街の中央部へと向かった。本当は節約の為徒歩で次の街に向かおうと思っていたけれど、今は一刻も早くこの街から離れたい。

少し金はかかるけど、前回の稼ぎがまだ残っているはずだ。ドラゴン便に乗って、時間を短縮しよう。

「はぁ……っ、はぁっ……！」

本当はこんな時、俊足《しゅんそく》スキルを持つ軽業師《かるわざし》や、飛行スキルを持つ飛行魔術士にでもなれば早いんだけど、俺のスキルじゃどっちも中途半端だ。器用貧乏で、本当に、使えないスキルっ……！

「はぁっ、よし……っ……こ、ここまで来れば……」

そのまま全力で走って、解呪屋からは大分離れた。路地裏を通って近道もした。

薄暗い路地の間から見えるのは、ドラゴン便の塔《とう》だ。

あそこに行けばここを離れられる。飛んで別の街まで行けば追いつかれることもないだろう……と、足を止めると、後ろから低い声が聞こえた。

「おい」

「ぎゃ――――！」

肩を摑まれ、振り返ると、そこにはさっき解呪屋にいたはずの勇者様が立っていた。相変わらずの無表情で、にこりともしない。

俺とは住む世界なんて全く違うから詳しくは知らないが、王子様といえば、笑顔を絶やさない優男かと思っていた。実際、パレードで見たことがある第二王子なんかはそうだった。けど、この男からはその図が全く想像できない。むしろ、無表情で人を殺しそうな姿の方が容易に考えられる。

俺は口元を引き攣らせながら後ずさる。

「ど、どうっ、どうしてここに……？」

「聞きたいことがあったから聞きに来た」

聞きに来たって軽く言うけど、俺はあそこから全速力で走ってここまで来たんだぞ。どうやって来たんだ？　そんなにすぐに追いつけるのか？

それとも、勇者様もあのあとすぐに解呪屋から走ってきたのだろうか。見た目からして体力は違いそうだから、それなら納得が……。

「あの男から聞きたい話は聞き終わった。今度はお前に確認したいことがある」

いや違う、しっかり話したあとに俺のあとを追いかけてきている。

体力が違いそう、じゃない。違いすぎるんだ。全速力の俺を追いかけてきて息も切れていないし、そもそも固有の移動スキルがあるのかもしれない。

通常、常人が持っているスキルは一つ、多くても二つだけど、勇者のスキルだけは計り知れない。かつて召喚された勇者も数多《あまた》のスキル持ちだったたって聞くし。

ていうかあの解呪屋、俺に関する情報を話してないだろうな？　口に出して喋《しゃべ》る癖があったから信用が出来ない。とにかく、こういう時は下手に関わらない方がいい。

「お、俺は、その、少々急いでまし……」

「時間はかからない」

「いやっ、だから……あのっ、急いで、るんです！」

無礼者と斬られるか？　と思ったけど、勇者は俺を見下ろしはしたが、剣を握ろうとはしなかった。ただ、何を考えているのかわからない冷たい目線と威圧感だけが俺を圧倒する。こ、怖……。

このまま俺が聖女の鎧だかを持ってる、挙げ句に着ているなんて知られたら殺される。

「どこに急いでいるんだ？」

「えっ、それは……つ、次の街へ」

「ならば俺も一緒に行こう。道中でいいから話がしたい」

「い、いえいえ、勇者様のお手を煩《わずら》わせるわけには」

「では、ここで話をしよう」

「あ、だから……」

「それが嫌なら俺の質問に答えてほしい。ちなみに……」

口調は淡々《たんたん》としているし丁寧だけれど、有無を言わせぬような強引さがあった。口でなんとか言いくるめられるか、と思った瞬間、勇者の手が後ろにあった壁にぶつかり、めり込んだ。ぶつかったというか、壁に手をついただけだ。

それなのに壁には穴が空き、勇者の手を中心にヒビが入ってる。その様を見て、俺は思わず息を呑《の》んだ。

ばっ、バカ力……！　これが、勇者語録で言うところの【壁ドン】ってやつ……!?　固い壁にめり込んだ手を見て、顔を青くした。

「俺は、気が長い方じゃない」

「……どっ、どういったお話でしょう？　私が話せることであればなんなりと！」

「ところでその格好は治癒士か？　気配が違う」

「あー……」

まずい。ここで治癒士に化けているなんてバレたら、面倒なことになりそうだ。

いくらこの男が勇者様っぽくなくても身分は偽れない。この男は勇者の子孫で王族なわけだし、偽造を知られれば処罰されるかも。つーかギルドに連絡されたら厄介だ。なんとか誤魔化さないと。

俺はできるだけにっこりと、明るい笑みを浮かべた。

「はい、治癒士です。なんなら勇者様の傷も治癒して差し上げましょうか。俺は簡単な治療しかできないのですが……」

「いやいい。それよりも、服を脱げ」

「は？」

「気になることがあるから、それを確かめたい。だから脱げ」

「ぬ、脱げって……」

何を言っているんだ？

いくら路地裏とはいえ、ここは公道だぞ？　少し歩けば人の出入りが盛んな表通りに出る。そんな場所で、脱ぐか？　普通脱がないだろ。

ほぼ初対面の男に脱げと言うこと自体がおかしいし、そのことに関しておかしいと思っていないのは変だ。

俺の脳内危険信号が警戒しろと鳴り響いている。

最初は、勇者の末裔ということに少し興奮したけど、これは明らかに関わってはいけない類の男だ。

誰が脱ぐかよ。コレを脱げば、あの装備を晒《さら》すことになるんだから、脱ぐはずがない。

「は、ははは……ご冗談がお上手で……お断り致します」

「何故？」

「やだなあ、初対面の人の前で脱ぐ奴なんていませんよ」

そう言って俺は勇者様の横を通り抜けようとした。

「申し訳ありませんが、それが用件ならお受けできかねます。それじゃ失礼……」

「待て」

通り抜けようとする俺の服を、勇者様が摑んだ。最初からわかっていたことだけど、この勇者は随分と力が強い。ひょっとしたら、怪力スキルでも持っているのかもしれない。

俺のローブの下に着たシャツを摑んだ瞬間……。

布が裂《さ》けるような音がその場に響いた。

「あ」

「あ」

ビリィッ、と音がして、胸元近くの釦が飛び、布地が裂けた。そうなると当然、俺の胸元は露わになり、勇者の眼前に、つまりあれだ、例のアレをつけた胸元が晒された。

勇者は一瞬だけ目を見開いたが、すぐにそれが何か見当がついたようだった。

「お前、それ」

「わ、わ――――――！」

反射的に、俺は聖魔導士に化けた。それから、初級の光魔法の呪文を唱え、勇者に投げつける。

ただの目くらましのつもりだったけど、自分でも驚くほどの光が溢《あふ》れ、その隙《すき》に俺は駆け出した。なんだか、今日は走ってばっかりだ。

「っ、おい！　待て……！」

後ろから、勇者の怒鳴り声が聞こえたけれど、待てば殺されるかもしれないという状況で待つ間抜けはいない。人混みに紛《まぎ》れてしまえば、俺のような容姿は目立たないし、すぐに見失うだろう。

表通りに出て、ドラゴン便へと急ぐ。幸い、振り返っても勇者が追いかけてきている様子はなかった。

「……すみません！　乗せてください！」

そのままドラゴン便の乗り場へ到着すると、残り一匹のドラゴンが眠そうに目を瞬《またた》かせていた。ドラゴン便は、動物対話スキルを持つドラゴン使いが、ドラゴンに乗せて次の街まで連れて行ってくれるという通行手段だ。多少値は張るが、時間は早いし、観光や国興《おこ》しにも使われている事業で、いつも大人気だ。

　欠点があるとすれば、ドラゴン自体が気まぐれで、欠航することが多いということ。

　最後に残ったドラゴンの運転士が申し訳なさそうに頭を下げる。

「悪いね、今はこいつ、眠くて機嫌悪くてさ。今日はもう終わりなんだ」

「グルルルルル……」

　後ろにいるドラゴンは確かに眠くてイライラしているように見える。けど、俺だって一刻も早くこの街を出ないと、勇者が追いかけてきて聖女の鎧を回収する為に殺されるかもしれない。

　早く、早く逃げないと！

「お願いします、こっちも急いでるんです！」

「うわっ、そう言われても……、仕方ないだろ、こいつの機嫌が直らない限り……。どうしてもって言うなら自分で説得してくれ」

「っ…………！」

　こういうときは、こう言えば諦めると思っているんだろう。

　実際、ドラゴンはかなり高度な知能を持っている。魔物とはまた違う生き物で、どちらかといえば、神の遣いという解釈が一般的だ。

　かつては勇者一行と共に魔物を倒したとも言われている。

　一日に何回も別の職に変えると、魔力消費が激しいので、あまり変化したくはないけど、こうなったら仕方ない。俺はドラゴン使いに化けて、カタコトのドラゴン語で、ドラゴンに訴えかけた。

「グルル、グルルルル……、っグルッル……」

「あれ、お客さんドラゴン使いなの？　服的に治癒士かと思ったんだけど……」

「………クルルルルル……」

「ありゃ？　お前機嫌直ったのか？」

正直、言葉をなんとか伝えることはできるけど、向こうの言葉まではまだよくわからない。

けど、ドラゴン便のドラゴンは、俺の腹にすり、と頭を擦《こす》り付け、嬉しそうに鳴いた。目を細め、喉を鳴らしている。

「あ～～……、お客さんのこと気に入ったみたい。おい、飛べるか？　この人が行きたいところがあるんだってよ」

「クルルルウ……」

流石《さすが》に、現役のドラゴン使いはそのままの言葉でも対話が可能らしい。ドラゴンはうっとりした表情で頷《うなず》いた。

「お客さん、ドラゴンに好かれる体質とか、なんか装備してたりする？　こいつがこんなになるの珍しいよ」

「えっ」

俺は今までドラゴンにお目にかかったことがないわけじゃない。けど、基本的に全員冷めた対応だったし、そもそもドラゴンは簡単に人に懐《なつ》くような生き物じゃない。こういうことをしてくれるのはただドラゴン使いとの信頼関係から成り立っているのだ。

普段と違うのはこの装備だけ。………そういえば、ドラゴンは聖女と仲良かったという記述を見たことがあるな。

「……特に何も着けていません」

「そっか。じゃあ、そういう体質なのかな。羨《うらや》ましいね～」

からからとドラゴン使いは笑いながら、俺をドラゴンの背に乗せてくれた。すぐに大きな翼を広げ、風音を立てながら大地を蹴って空へと飛び立つ。とにかく今は、一刻も早くこの街から逃げないと。

「お兄さん、ドラゴン使いになる予定ないの？」

「いえ、今のところは」

「そう、勿体《もったい》ないな～、やりたくなったらやってみたらいいよ。才能あるからさ」

「……どうも。あの、今日はこのあともドラゴン便の運営はありますか？」

「いやいや、夜はなるべく控えてるからね。もう営業終了だ」

「ありがとうございました。これ、先にお代です」

「どうも。また使ってね」

「クルルルル……」

ドラゴンが嬉しそうに喉を鳴らし、俺を見て目を細め頭を擦り付けてきた。コレを見れば確かに俺にはドラゴン使いの才能があるのかもしれないと思わされるが、才能、なんて言葉はそのままスキルの一つに割り振られる。

他者に化ける力はあっても、それは成長しないもので、さっきのドラゴンだって偶然の産物か、あるいは勇者が言うところのこの聖女の鎧のおかげかもしれない。

結局、俺一人の力では何にも成れないのだ。

フリックから貰った情報を頼りに、俺はナッシュの街までやって来た。フリックの知り合いの聖導士は、この街にいると聞いた。

この世界で一番速いドラゴン便が、今ので本日最後の運行なら、勇者がこの街に来るまでしばらくかかるはず。

「……まず、この服をどうにかしないとな」

さっき勇者に破られたせいで、胸元が盛大に裂けている。上からローブを被っているおかげでなんとかなっているけど、このままじゃ結局使えない。

万が一服の中身が見えたら最悪だ。それに、治癒士のようなこの格好じゃ、別の職業だって名乗れない。

そういえば、さっき逃げる時に使った光魔法は威力が大きかったな。

俺が身につけているこれが本当に、かつて聖女の使った装備だと考えると、聖なる力を根源とする魔法には増幅効果があるのかもしれない。

これから会いに行く相手を考えて、俺は近くの装備屋で別の服を買うことにした。


ナッシュの街は貿易が盛んらしく、そこかしこに店が立ち並んでいる。近くの服屋へと入り、俺は目的のものを探した。

布地は厚く、しっかりとしたもの……かつ、肌を露出させないデザインのものがいい。

できれば、強く摑まれても破けたりしないようなやつ。

そして、紹介してもらった聖導士に会えるような職業を選ぶとしたら、……と、そういうことを考えていたら、自ずと選ぶ服は限られてくる。


「……予想外の出費……」

せっかく重くしていた財布がどんどん軽くなっていく。

こんなはずじゃなかったのに。

アレックス達のおかげで、普段は行けないような難所ダンジョンに挑めたのだから、本当ならそこでゲットしたお宝を売り払って、今頃ちょっといい部屋で一休みしていたはずだった。なのに、どうしてこんなことに。

破けた服を脱ぎながら、俺は新しい服を装備していく。

結局俺は聖導士や聖魔導士がよく着ているような修道服に近いものを選んだ。

聖魔導士は聖導士とは違い、神の声を聞いたりすることはできない。その代わり、聖なる力を宿した魔法が使えるスキルを持っている。

同じようなスキルは聖導士も使えるけれど、こちらはほとんど治療や補助のみだ。

　聖魔導士は一応攻撃も補助も使える。俺が変化したところでそんなに多くの呪文は使えないだろうけど、ギルドでパーティを組む際に、聖魔導士は割と需要があるはずだし、運よく力が増幅されているなら願ったり叶ったりだ。

　着込んだシャツの襟元《えりもと》をきっちりと留め、上からコートとマントが一体となったものを羽織った。コートの裏地には、聖なる紋様《もんよう》が刻まれており、厳かな雰囲気はあるが、その分値段も張る。

　貯金の底が見えてきた今、早いところギルドで仕事を探さなければいけない。いや、その前にフリックが言っていた聖導士に会って、この装備を外さないと。

　とりあえず、今日のところは宿に泊まろう……。そろそろ力も尽きてきた。ギルドに行って、メンバーを募集しているところに紛れ込む算段を……。

「つ、疲れた……」

けれど、それ以上は頭が回らず、ふらふらとした足取りで、冒険者がよく泊まると有名な宿へと向かう。

　一日に何度も職業を変えると、それだけで魔力を消費する。

　今日だけで何回変えた？　さっき新しい身分と職業を作るために、複製士と修正士のスキルを使うため化けた。もう体の中の魔力は完全に枯渇《こかつ》している。疲労と倦怠感《けんたいかん》が押し寄せてきて、瞼がどんどん重くなる。

　早いところ宿で休みたい。

　宿の灯りに引き寄せられるように中へ入り、俺は受付の女に疲れた笑顔で訊《たず》ねた。

「すみません、休みたいのですが……部屋は空いてますか？」

「はい、空いておりますよ。お名前と身分証と職業をお願い致します」

「ええどうぞ。カロル・グッツェルと申します。職業は聖魔導士で……」

「カロル？　さっきはヨルンと聞いた気がするが。それに、治癒士ではなかったか」

その時、隣で先ほど聞いた声が耳に入って、俺は硬直した。

勢いよく振り向くと、さっき振り切ったはずの冷たい目が俺を見下ろしている。

「…………っ!?」

どうして。

なんでここにいる？　冷たい汗が、背中を伝った。

どんなに急いでも、こんなに早くこの街に着くはずないのに、一体なんのスキルを使ったんだ？　この男のスキルがわからない。

硬直する俺をよそに、受付の女が少し頬を赤らめながらそいつを……いや、〝勇者様〟を見上げた。

汗一つかいていない涼しげな顔で、勇者が隣に立っていた。俺は震える指先を勇者へと向けながら、口を開く。

「な、なんっ、な……」

「捜したぞ」

「あのー……、本日はお二人でお泊まりですか？」

「！　え、ちがっ」

「そうだ。身分証」

「ちょっ」

「えっ、勇者様!?　わあ……初めて見ました」

勇者が差し出したギルドカードを受け取って受付が声を上げる。

勇者……というか王子って、こういうとき身分を偽らないんだな。

こいつこそ偽名を使うべきだろ。何も恐れていないという態度に俺は今すぐ逃げ出すべきか考えたが、どうやって追いついているかわからない以上、逃げても無駄な気がする。

受付の女はぽっと顔を赤くしてじろじろと勇者を見ていたが、自分の職務を思い出したのか、部屋の鍵を開く。

勇者へと渡した。俺が頼んだ部屋なのに。

勇者はそれを受け取り、金を手渡すと俺の腕を掴む。

「行くぞ」

「わ…………わかりましたよ」

有無を言わせぬその態度に、諦めたというべきかもしれない。掴まれた腕は強く握られ、到底逃げ出せそうにない。

素直に話せば許してくれるかもしれない。あるいは、同情に訴えるか……頭の中で言い訳の算段を立てながら、俺は勇者と共に部屋へと向かった。

＊＊＊＊＊

部屋に入ると、中は二つのベッドが並んだ簡素で手狭な宿だった。まあ、価格を考えるにこれでも十分なくらいだ。

勇者語録で言うところの、サービス満載のおもてなし宿……ではなく、大抵の冒険者が必要最低限寝泊まりできるような安宿だ。過剰なものは置いてない。最低限の設備があればいい。

部屋に入るまで、勇者は無言だった。ただでさえ体も態度もデカくて圧が強いのに、黙っていられるとその圧力が倍増するんだが。

俺は部屋に入ってからどうしようと、そればかり考えていた。

どうすれば、この状況を打破できるか、どうすれば殺されずに済むか。勇者が追いかけてきた、ということは、あのとき服の中を見て察しがついた可能性が高い。

そうなると、勇者の性格上俺を殺して手に入れる、なんてことも……。

「…………」

部屋のドアを閉めると、俺は勇者へ向き直った。

子供の頃、両親を亡くしてから苦難なんてのはいくつもあった。孤児院でいじめにあったことも、ようやく入ったパーティで騙《だま》されたことも、それからだって酷《ひど》いことも嫌なことも沢山あった。

だから、このくらいは朝飯前だ。俺は俺を守らないと。そうやって自分を鼓舞《こぶ》しながら、顔を上げる。大丈夫、ちょっと嘘をつくくらいバレない……！

「……あのっ！　勇者様！」

「それで、結局お前の名前はヨルンなのか？」

「え!?　……あっ、えっと～……」

「俺は嘘つきが嫌いでな……正しく答えてほしい。お前の名前はヨルンか？」

じっと見つめてくるその瞳には、俺には読み取れない感情が渦巻いていた。

「私は……その、ヨルンと申します、大変失礼致しました！」

駄目だ！

ここで嘘をついてもバレたら殺される！

今まで、強い奴なんて沢山見てきた。それこそ、前パーティのアレックスなんて相当な強さだったと思う。けど、この目の前の男は、それを凌駕《りょうが》する別の異質さがあった。

俺だって冒険者として色々な修羅場を潜《くぐ》ってきたし、ちょっとやそっとの相手に動じない自信はあるけど、なんていうか、この男の前に立つとどうにも落ち着かなくて、体がそわそわする。

俺が本名を名乗ると、勇者は特別リアクションもせず、じっとこちらを見つめた。その目が、人を食い殺しそうな赤い瞳が、妙に苦手に思えて、額《ひたい》に汗を滲《にじ》ませながら、俺は瞳を揺らす。

「えっとォ……な、名前を変えていたのはその～……色々と事情がありましてぇ……話せば長くなるのですがぁ……」

「なら話さなくていい。それより、服を脱げ」

「えっ」

「さっき服の隙間から見えたのは、聖女の鎧に似ていた。初めて会ったときは気配すら感じなかったのにおかしい。何より今のお前からは神性の気配がする。全て確かめるから服を脱げ」

「えっ、いえ、だからそれは」

「脱げ」

……ああ、こいつ、人の話を聞かないタイプだ。

しかも、自分の我《が》を通す為に意地でも動かない、俺が嫌いなタイプ。そう考えると腹が立ってきた。こうなったら、意地でも脱ぎたくない。

俺はすう、と息を吸い込んで、勇者の目を見た。

「……あのっ！」

「なんだ」

「この度《たび》は、本当に申し訳ございませんでしたっっっ！」

かつて勇者が伝えた最上級の詫《わ》び姿勢らしい【土下座】をしながら、俺は思い切り声を張り上げた。

これで、万が一のときは、宿の誰かが来てくれるだろう。

表情を一切変えない勇者は、相変わらず無表情のまなんの変化もないが、一瞬ビクついた気がする。ひょっとすると、驚いたのかもしれない。

勇者に喋る隙を与えないよう、ぺらぺらと口を動かす。

「勇者様が探しておられる聖女の鎧は、確かに現在、私の体に装備されております！　……しかし！　これは！　私自身が望んで纏《まと》ったものではないのです！　脱ぐことも叶わずひっじょぉ～～～に困っておりまして……明日詳しい者に装備を外してもらうことが叶ったならば、すぐに勇者様に献上する予定でありました！　ですからどうか、どうか勇者様、ご慈悲《じひ》を……！」

「……………」

俺が敵ではないということ。

そして、自らの意思では外せないということ。さらに解決の糸口は見つかっているということ。そのことを明確にして腰を低くする。それに、今言った言葉に嘘はない。内心ドキドキしながら、土下座姿勢で反応を待った。

相変わらず、勇者は無言だった。何を考えているのか全くわからない男だ。

……やっぱり、お前を殺して奪った方が早い、とか言うだろうか？　この男、勇者の末裔のくせに、考え方は荒くれた山賊《さんぞく》に近いし。

勇者の足下で震えていると、突然勇者の手が俺の頭に触れた。

えっ、俺このまま頭握り潰される？

一瞬びくりと震えたが、襲ってきたのは強い痛みではなく、髪の毛に触れられる感触だった。大きな手が、俺の髪の毛を一房《ふさ》摑む。

「……あの……？」

「森みたいな色の髪だな」

「…………？」

急になんだ。森に埋めてやるっていう暗喩《あんゆ》か？

俺の髪の毛のことを言っているなら、この国の人間なら別に珍しくもない、そこら辺で見るような緑色だ。

ただ、俺の髪は少しだけ黄味や深緑や土色も混じっているから、それがより一層雑草っぽい。子供の頃は雑草野郎といじめられたし、どちらかといえばコンプレックスさえある。

むしろ、こいつの方が、勇者の血を受け継ぐ綺麗《きれい》な漆黒《しっこく》の髪で、珍しく羨《うらや》ましい。

「も……森、ですか」

「ああ。――マリモリという魔物を知っているか？」

「ええ、存じておりますよ」

マリモリというのは、緑の多いところに生息する丸い苔《こけ》むした魔物で、穏やかな性格だからダンジョンで見かけることはあまりなく、静かな森を好むと言われている。

倒したところで得られるものもない。冒険者の間では損にも得にもならない魔物という認識だ。

「お前はアレに似ている」

「それは、初めて言われました」

あんな毒にも薬にもならない存在感のない魔物に似てるって嫌味か？　だけど、特にふざけている様子はなかった。

ただ、少しだけ懐かしそうな顔で、目を細めて俺を見つめている。

さっきから行動に脈絡《みゃくらく》がないというか、何を考えているのかいまいち読めない男だ。しかし、ここで機嫌を損ねるわけにはいかない。話が逸《そ》れたなら万々歳だ。

俺は床に手をついたまま、へらりと笑う。

「あはは……お恥ずかしい。なんの変哲もない雑草のような色で……勇者様は、美しい漆黒で羨ましいです。流石勇者様！　艶《つや》もあり細くしなやかで瞳もまるでルビーの宝石のような……」

媚《こ》びの一つでも売ろうとした瞬間、勇者の足が床板にヒビを入れた。ばき、と音がして、冷たい視線が俺を射抜《いぬ》く。

喉の奥から乾いた空気が漏れ、俺は即座に口を噤《つぐ》んだ。

室内の空気は驚くほど冷えて、失言したのだということは言われなくてもわかった。

ただ、何が気に入らなかったのかまではわからない。なんだ？　容姿に触れられるのは気に入らなかったのか？

顔を青くしながら頭を下げた。

「……し、失礼しましたぁ……」

「…………」

鋭い瞳に、青ざめながら笑顔を返した。

怖い。怖すぎる。なんなんだこいつ。

いや、それよりもまずこの状況を切り抜ける方が先決だ。無表情すぎて何を考えているかわからない男だから、まずは人となりを探る必要がある。これでも色んな職に化けてパーティに潜り込んではあらゆるタイプの人間と関わってきた。対話に関してはそれなりに自信がある。

一度咳払《せきばら》いをして空気を切り替えると、再び笑顔を向けた。

「大変申し訳ないのですが、この体は勇者様にお見せするにはあまりに貧相でお見苦しく、また、装備姿はお目を汚してしまいます。……ですので！　明日装備が外れましたら聖女の鎧を差し上げることとして、それまで私とお話などいかがでしょう？」

「話？」

「ええ！　不肖《ふしょう》ながら私、勇者様の【大ファン】でございまして！　勇者様とお話がしたいと思っていたのです！」

「大ファンとはなんだ」

「えっ？　勇者語録ですよ、意味は……応援する人でしょうか」

「応援？」

「ええ、勇者語録にもあったでしょう？」

「生憎《あいにく》、勇者には興味がない」

勇者の血を引いているにもかかわらず、興味がない？　その言葉に俺は僅《わず》かな嫉妬《しっと》を覚えた。勇者の血筋なんて、望んで手に入るものでもないのに、この男はそれを手にしながら鬱陶《うっとう》しそうにしている。俺ならその血の権利を使ってあらゆることを調べるのに。

「……興味がないのですか？」

「ただ血を引いているだけだ。もう死んだ男のことなど知らない」

勇者の血を引いていない俺はその立場に取って変わりたいほどだが、どちらかというと、興味がないというよりは、嫌っているように見えた。嫌悪《けんお》？　苦々しい表情で舌打ちをする男には、勇者の話を続けるよりも興味を持ちそうな話題を探すべきだろう。俺は顔に笑《え》みを貼《は》り付け言葉を続けた。

「そうですか！　では、私のお話をさせていただいても？」

「…………………」

勇者は一瞬眉間《みけん》に皺《しわ》を刻み横を向いたが、嫌とは言わなかった。黙ったままベッドに腰をかけ、俺を睨む。こいつの性格上、嫌なものははっきり嫌だと言いそうだし、話すことを許されたと解釈しよう。

俺は頭を下げ、反対側のベッドに腰掛けた。

「改めまして私、ヨルンと申します。冒険者をしておりまして、生まれはエッフェルガンドの南の方になります。両親は六つの頃に亡くなったので、それからは孤児院で暮らしておりましたが、事情があり孤児院を出て冒険者の道を歩むことに……」

「スキルは？」

「え？」

「お前のスキルはなんだ」

「それはぁ…………………秘密でございます」

喋るのは好きじゃない、と言った割には、すぐに口を開いた勇者に向かって、俺は笑顔で人指《ひとさ》し指を口元に立てた。

スキルがものを言うスキル至上なこの国において、特に冒険者の場合自分のスキルを明かすのはあまり得策じゃない。

勿論、自分のスキルを職業として謳《うた》っている奴は別だが、俺はそうじゃない。決して褒《ほ》められた使い方をしていないし、バレたらどうなるかわからない。

嘘つきは嫌いだと宣言する奴だから、嘘じゃないギリギリのところを攻めていこう。

「スキルは大切な情報ですから、お伝えはできませんよ」

誤魔化そうと思ったけれど、勇者は俺をじろりと睨み付けたあと、口を開いた。

「解呪屋で会った時は治癒士の格好をしていたが、今は聖魔導士なんだな」

「…………………」

「お前の本当の職はなんだ？」

「…………………。これは【コスプレ】です」

「コスプレ？　なんだそれは。どういう職業だ」

　ああ、当たり前のように勇者語録を出してしまったけど、こいつは勇者に興味がないんだっけ。

「ただ格好を真似ただけ、ということです。私は仮装が趣味なんです」

「…………………」

　じ、と探るような目つきで勇者の瞳が俺を射抜いてくる。まあ、嘘ではないよな。

　俺は負けじと笑顔で返した。

　今までの人生で学んだことがある。それは、こういうのは堂々とした方がバレないということだ。変におどおどしたら勘繰《ぐ》られる。

「機嫌が悪いと言われていたドラゴンにも乗れていたな、スキルはドラゴン使いか？」

「ああ、それはきっと聖女様の装備のご加護でしょう！　ドラゴンと聖女は相性がいいので」

「ここに来る道中、別の名前の治癒士と一緒にパーティを組んでいたという男を見かけたが、その治癒士の情報はお前と似ていた」

「治癒士は沢山おりますからね」

「そうか？　治癒士は案外稀少《きしょう》だと聞くが」

「この地域はたまたま沢山いるようです」

「なるほど、それで？　本当は聖魔導士なのか」

「今は聖魔導士ですね」

「俺には治癒士と言っていたが、アレは嘘か？」

「まさか、勇者様に嘘をつくなど恐れ多い！　真実ですとも」

「…………………」

　バレているのかいないのか。

　今の俺の言動は俺からしても怪しさ極まりないが、

あのとき治癒士だったことは本当だ。治癒士になっていたんだから。

どちらにせよ俺は知らぬ存ぜぬを貫《つらぬ》き通すしかない。

勇者はしばらく口を開かなかった。

もしかしたらバレたかもしれないが、そもそも彼にとって俺の不安定な職と存在はどうでもよかったのかもしれない。特に掘り下げられはしなかった。

「……仮装が趣味だから聖女の鎧も身に着けたのか」

「いえいえ、それは誤解です！」

仮装趣味と思われるのはいいけど、変態女装趣味とまでは思われたくない。慌てて首を振って否定した。

「朝起きたら何故か身に纏っていたのです。脱げなくて困っておりました……」

本当に悲しい、という表情で項垂《うなだ》れるが、勇者は毛ほども興味がないような顔をしていた。

「ところで、勇者様は何故聖女の鎧を探していたのですか？　どなたかに渡されるご予定だったのでしょうか」

まさか勇者自身が装備するわけはないだろうし。すると、勇者は少しだけ言い淀《よど》んだあと、ぼそりと呟《つぶや》いた。

「違う。聖女の鎧はただの鍵だ」

「鍵？　なんのです？」

「魔王の封印を解く為の」

答えないか、あるいは皮肉で返されるか、最悪斬り捨てられるかもしれないと思ったけれど、勇者は思っていたよりもあっさりと答えた。

魔王といえば、かつて異世界から召喚された勇者、カトウが封印した最大の悪夢だ。確か今は、近づくことを許されない禁忌《きんき》の孤島に封印されているはず。封印の時には聖女も一緒にいたと伝記には記されていた。

そんな魔王をわざわざどうして……。そこまで考えて、俺はとある可能性に思い至った。

「……！　ひょっとして、魔王の封印が解けかけているとか、でしょうか？　勇者様はそれを再び封印するために……！」

最近、魔物の数が増えているとギルドでも話題になっていた。

勇者の末裔といえど、王族である男が普通に冒険者をやっているのも疑問が残るし、魔王の封印の守りは代々王族の役目だ。それなら、全ての謎が解決する、と思ったが、その考えはすぐに勇者が棄却《ききゃく》した。

「違う、逆だ」

「逆？」

「魔王の封印を解くために、聖女の鎧がいる」

「……えっ…………!?」

その言葉に、一瞬俺は硬直した。

こいつ、今なんて言った？　封印を解く？　誰の？

魔王の？　そんなことをすれば、世界がどうなるか理解した上で言ってるのか？

下手したら世界が滅びるんだぞ。俺は青ざめながら問いかけた。

「ふ、封印を解くというのは……、魔王の……？」

「そうだ」

「それは……えっと、何故……？」

「魔王を復活させる以外に目的があるか？」

「……ばっ、〜〜〜……！　あ、いえ、そ、そうですね……」

落ち着け。

思わず馬鹿かよ、と言うところだった。だって馬鹿だろ、なんのために勇者が魔王を封印したと思っているんだ。子孫が封印を解くとか、勇者様も泣いてるよ。最早こいつが魔王だろ。

深呼吸するように、息を深く吸って吐いた。勇者は相変わらず、何を考えているのか分からない涼しい顔をしている。

俺は震える声で問いかけた。

「その……勇者様は、もしや世界を滅ぼそうと……？」

「そういうつもりはない」

「でも魔王の封印を解くと先ほど……」

「封印を解かないと葬《ほうむ》ることもできないからな」

「………ん？」

「魔王を倒すために、俺が封印を解くつもりだ」

きっぱりと言い切った勇者の目に迷いはなく、あまりにも真《ま》っ直《す》ぐ告げられたので、俺はそれ以上何も言えなくなってしまった。

冗談を言ってる雰囲気はない。

というか、絶対に冗談とか言わないだろう、この男。

シンとした部屋の中、俺は力が抜けたように息を吐き、静かな声で問いかける。

「……魔王は、初代の勇者様が召喚されたときですら倒すことはできず、封印されました。もしや、何か倒せる手段が？」

「俺が倒したいと思った。だから封印ではなく消滅させる」

「……ぐ、具体的な案がないということですか？」

「いいや、今言っただろう。俺が魔王を滅ぼしたいと望んだ。理由はそれだけで十分だ」

「…………」

それはつまり、具体的な案が何もないと言っているのと同意なんじゃないだろうか。

俺は、この勇者様の血を引く末裔が、どれほどの力を持っているかは知らない。

どんなスキルを有しているのかすらわからない。

だから、本当に倒す手段があるのかもしれないし、ただ愚鈍《ぐどん》に強気な発言をしているだけかもしれない。

本来なら、今のは世界を揺《ゆ》るがすものとして非難される発言だ。

「今、魔王は封印に守られているから俺は触れられない。だから、封印を解く必要がある。それには鎧が必要だったんだが……」

魔王の封印を、まるで防御みたいに言うな。じっと俺を凝視して、ガシュアが言葉を止める。

「……なんですか？」

「今は少し、事情が変わった」

「それはどういう……、もうこの装備は必要なくなったという意味ですか？」

「そうじゃない。その装備は確かに必要だが……、意思を持って人に取り憑《つ》くとは思っていなかった。そう聞いてはいなかったから」

「…………？」

どういう意味だ？　聞いたって誰に？　俺の疑問にガシュアが答えを返すことはなかった。まあでも、とにかく魔王を倒したいということはわかったよ。

「ちなみに、もしも倒せなかった場合はどうされるんですか」

「考える必要はない」

「それは何故？」

「そのときは俺もお前も、この世にいないんだから、いないときのことを考えるのは無意味だろう」

「っ…………は、ははっ」

つまり、こいつは自分が魔王を倒せなかったときは国が滅ぶと、そうわかっている上での行動ってことだ。

愛国精神の欠片もない。いや、そんなの俺だって持っていないが、王子である身分のこいつが国を滅ぼすのは駄目だろう。いっそのこと笑えてきた。

考え方が常人とは違いすぎて、方向性すら読めない。けど、その自由さと奔放《ほんぽう》さ、そして、傍《はた》から見てもわかる圧倒的な強さの前に、俺はほんの少しだけ憧れを抱いてしまった。

口元に笑みを携《たずさ》えて、俺は勇者の目を見て言う。

「――それでは私は、勇者様が魔王を討《う》ち滅ぼすと信じて、応援する他ありませんね」

「…………――――、応援？」

ぴく、と勇者が反応する。

「ええ」

普通の人間は、まず魔王を倒そうとか思わないし考えない。

世界を混沌《こんとん》に沈める存在だ。

ずっと封印されていてほしいと願うだろうし、封印を解くことは恐ろしいことだと考える。勇者の血族なんて今まで何人もいたけど、そんな事を考える奴は現れなかったはずだ。

勇者の血が流れていようと、常人ならば世界を滅ぼしかけた魔王を復活させようなんてこと、考えないからだ。

だからきっと、この男はまともじゃない。

けれど同時に、得体の知れない恐ろしさと、底知れぬ能力を持っているのだと思わされてしまう。理屈ではなく、本能に訴えかけてくるような感覚があったのは、この装備のせいだろうか？

自分なら魔王を倒せると思えるその思考回路もだけど、実際に倒してしまいそうな強さを、確かに感じてしまった。

この男が勇者の末裔というだけじゃなく、まさに本物の勇者様のような。

「俺の話を信じるのか？」

「嘘だったんですか？」

「嘘は言わない」

じっと、勇者が俺を見つめてくる。何かを探るような目つきに、俺は笑みを浮かべた。信じているのは本当だし、それに対してやましいことはない。

「私も嘘は言いませんよ」

勇者は少し驚いたように見えたけど、すぐにまたいつもの無表情へと戻る。

「……説得はしないのか」

「説得、とは？」

「今言ったことをやめるように諭《さと》すか、愚《おろ》か者だと俺を罵倒《ばとう》することだ」

「まさか、恐れ多いことです」

そもそも、俺が説得してもやめそうな男ではないし、意図的に世界を滅ぼそうとしているならまだしも、最終的には世界が救われる行為に、異を唱えるはずもない。勇者が魔王を倒す姿を見てみたい、ってのもある。

「勇者様が魔王を倒して下さるなら、この世界は真の安寧《あんねい》を得ることでしょう」

俺の言葉に、勇者はじっとこちらを見つめてきた。

「…………お前は」

「はい？」

「変な男だな」

変な男に変な男って言われた……。

「…………。勇者様に比べれば私など平凡な男です」

お前が言うな、という気持ちを堪《こら》えて微笑むと、勇者は不思議そうに首を傾げる。

「この状況が怖くないのか？」

怖いよ、下手したら簡単に殺されそうだし。けど、怖い状況なんて今まで何度もあった。それを乗り越えてきたから、今がある。俺は知らない振りをして首を傾げた。

「怖い、とは？」

こういう時、効果的なのは、相手の気持ちに寄り添うことだ。この男に常識が通じるかはわからないが、俺は勇者の手を握り、真っ直ぐに目を見つめた。

「誰かにそのようなことを言われたのですか？」

「俺は異端者らしいからな」

仮にそうだとしても、実力とは関係ない話だ。

俺は勇者の可能性を信じている。勇者なら全てなんとかできる、不可能なんてないと、そんな風に考えてしまう。

だから、この男にも、ある種の期待を寄せてしまうんだ。

尤《もっと》も、そんなことを正直に言うつもりもなく、俺は笑顔で同意した。

「そんな戯言《ざれごと》は、気にしなければいいのです。魔王を倒し、功績を認めさせてしまえば、どうせ何も言えなくなりますよ」

実際、こいつの能力は俺にとって未知数だ。

俺の回答に勇者は意外そうな顔をした。

「俺自身の力？」

「はい」

「勇者の力ではなく？」

「？　血が全てではないでしょう。血を受け継ぐ者全てが同じスキルを有しているわけではないですし……努力して培《つちか》われた能力は、ガシュアリクス様の功績です。それに」

「それに？」

「あなたは勇者カトウではないでしょう」

「…………──」

そう、俺が読んできた勇者カトウと、この男は似ても似つかない。血を引いているだけで勇者なら、他の血を引く者全員も同じように思わないといけない。けれど、少なくとも以前パレードで見た第二王子には、魔王を倒すかもしれないという可能性は見いだせなかった。というか、いくら勇者の血を引いていようと普通は、魔王を倒そうなんて思わないだろ。

俺の言葉に、勇者は虚《きょ》を突かれたように目を見開き、少し笑ったあとに言った。

「そうだな」

この男も、こういう風に笑うことがあるんだな。一瞬微笑んだその顔は、無表情で無感情のときとは違う印象を覚える。

俺も笑顔を崩さずに同意すると、勇者が俺の手を握り返してきた。

「お前の言う通り、血が全てではないな」

「ええ、その通りです」

「邪魔な奴は消せばいいだけの話だ」

その言葉に、俺は少しだけ青ざめる。

いざとなったら消されるのか、俺……？

「そ、そういえば勇者様はお仲間の方はいないのですか？」

「仲間？」

王子様ともなればお付きの人とかいるのが普通だと思っていたけど、こいつの周りには人が仕えている気配がない。俺の疑問に対して、勇者はあっさりと答えた。

「いない。城からついてきた奴らなら全員追放した」

「つ、追放？　何故？」

「邪魔だったから」

勇者側が仲間全員を追放することってあるんだ……。

「一人斬り付けたら全員いなくなった。あのときは手間が省《はぶ》けたな」

それは追放じゃなくて、乱心した勇者に恐怖を感じて逃げ出したんじゃないのか？　少なくとも仲間にすべきことではないが、俺は笑みを崩さないようにして、若干青ざめながら問いかけた。

「な、何故そのような選択を……？　お仲間だったのでは？」

「仲間？　俺に仲間がいると思うのか？」

正直いないと思う。俺も人のことを言えた義理ではないけど、この男は人を信じるってことを知らなさそうだ。

けど、馬鹿正直にそんなことを言う必要はない。

「勇者様ならば、大勢いるのかと」

その言葉に、勇者が嘲笑《ちょうしょう》した。

「俺の命を狙う奴らを仲間と呼ぶなら、この世の中に俺の仲間は多いな」

「命を狙われているのですか？」

「俺を邪魔だと思う奴がいるからな」

なんとも思っていない顔で勇者は口角を上げ、吐き捨てた。

「失言を、失礼致しました……」

確か、勇者の血を引く王族はこの男以外にも何人かいたはずだ。それに俺は、この男の顔を見たことがない。平民なのでそもそも関わることはないけれど、それでも催しがあれば王族も表舞台には出てくるし、この国の頂点に立つ者ならば名前くらいは知っていたはずだ。けれど、その情報すら俺は知らない。

他の王族は何人か見たことがあるのにこいつはない上に、王族であるにもかかわらず、冒険者なんてやっている。

考えられる理由としては、外に出せるような地位にいないってことだ。……まあ、平民の俺には想像もできないような争いが内部ではあるんだろう。

そもそも、一国の王子である身分のこいつが一人で旅をしても騒がれない時点で、王宮内の立場が低いことがわかる。こいつの場合は、殺しても死ななそうだけど……。

じっと顔を見ると、精悍な顔立ちは揺らぐことのない強い意志を持っている。とりあえず、俺が出来ることは、早々にこの装備を渡して離れることだ。

「では、私も勇者様の名誉の為に、早めに装備をお返しできるよう尽力《じんりょく》致しますね」

「…………」

笑みを崩さぬままそう伝えると、勇者はじっと俺のことを見つめてくる。……なんだ？　また何か言ってはいけないことでも言ったか？

内心ドキドキしながら首を傾《かし》げた。

「あの、何か……？」

「ガシュアリクス」

「え？」

「俺の名前だ」

「ぞ、存じております」

「ならばそう呼べ。俺の名前は『勇者様』じゃない」

突然なんだ？　別に今までそんなこと言ってこなか

ったのに。

けど、ここで変に逆らっても空気が微妙になるだけだ。

「失礼致しました、ガシュアリクス様」

「長い。ガシュアでいい」

「……ガシュア様」

「ヨルン」

「はい？」

俺の名前を呼ぶと、勇者……いや、ガシュアは満足げに少しだけ口角を上げた。その笑みがやけに楽しそうで、俺は内心首を傾げた。

けれど、その笑みも一瞬のことですぐに感情の読めない無表情へと戻った。そして、変わらぬ表情のまま俺に言う。

「俺のことを信じると言ったな」

「は、はい」

「俺の味方ということか？」

「ええ、勿論です」

「そうか。その言葉、忘れるなよ」

「えっ？」

「俺はなかなか仲間に恵まれなくてな……、信頼する初めての仲間がお前なんだ」

さっき追放したって言ってなかったか。

「な、何がおっしゃりたいのでしょうか……」

「裏切って逃げることは許さない」

装備を持ったまま行方を眩《くら》ませるなってことか？

そりゃあ、俺がいなくなったら魔王の封印を解けなくなるわけだから、ガシュアからすれば許せないことだろう。けど、なんだ？　この悪寒。

「も……、勿論です！　必ず装備はお返し致します」

「……そうか」

「……っ……？」

ニィ、とガシュアが笑った。

「ではヨルン、これからよろしく頼む」

今度は、明確な笑みだった。けど、その笑みが……邪悪というか、なんというか。

やけに凶悪なものだったことは、言及しないでおいた。


翌日、俺とガシュアは街の中央にある教会へ向かうこととなった。

服の下に身につけているこの装備を見られるのが嫌だったので、ガシュアよりも先に起きて着替えようと思ったら、起きたとき隣に寝ていたから思わず悲鳴を上げそうになった。

心臓の音が速くなり、冷や汗が流れた。

声をあげたら起きてしまうかもしれないと思って慌てて口を押さえたが、体のデカい男と一つの貧相なベッドで寝ても寝苦しいだけだ。

俺はガシュアが起きぬようそっとベッドから抜け出すと、かっちりとした聖魔導士の衣装に身を包み、準備を整えた。

勇者は寝起きが悪いらしく、しばらく起きてはこなかったが、やがてぼんやりとした顔でのっそりと起き上がった。

「おはようございます、ガシュア様」

「…………」

笑顔で挨拶《あいさつ》をすると、ガシュアは俺の顔をじっと見つめたあと、何かを思い出したかのように、頷いた。

「——ああ、おはよう。ヨルン」

「ええ。今日はいい天気ですよ」

なんで同じベッドに寝ていたかは、あえて聞かなかった。

単純に間違えただけかもしれないし、場合によっては地雷《じらい》を踏《ふ》むことになり得《う》る。

それに、今日中に呪い……いや、フリックが言うには祝福だったか。それが解かれて装備が外れたら、もう同じ部屋に泊まることもないだろうから。

「……久しぶりにいい夢を見た」

「それはよかったですね」

相も変わらず無表情で言うガシュアに笑みを向けると、ガシュアも少しだけ口元を綻《ほころ》ばせた。

「ああ、まあな」

＊＊＊＊

それから軽い朝食を済ませると、俺たちは身支度をして宿を出た。

今から向かう教会は、この街でもかなり大きな建物だし、迷うこともないだろう。

しかし、ガシュアの隣に並び、街の教会に向かって大通りを歩いていると、やはり目立つ。

この端正な顔立ちと恵まれた体格もそうだけど、黒髪の少ないこの国では、漆黒の髪が勇者の末裔であることを示しているようで、そこもまた目を引いた。

ガシュアの前では偽りの身分証は使えないし、この街で金儲けは諦めた方がいいだろうな。

ひょっとしたら、装備を返せば少しは報奨金だって貰えるかもしれない。

今はとにかく、この装備を外すことを考えないと。

正直、聖なる力を有する魔法の威力が上がるのでちょっと惜《お》しい気もするけど、この装備をずっと身につけている気はない。

俺は目の前にそびえ立つ大きな教会を指し示した。

「ガシュア様、もうすぐ着きそうですよ」

「聖導士に会うと言っていたな」

「はい、フリックはこの装備は呪いではないので、聖導士の方が相応しいと紹介状を書いてくださったのです」

「あの男か」

「ええ、早くお会いできるといいですね」

通常、聖導士や聖魔導士、神官、治癒士、他にも色々だが、聖なる力を宿すスキルを持った者は、基本的に神殿に勤めることが多い。

国が各地に教会を置き、そこから派遣される者もいて、特に聖導士なんかは巡礼で各地の教会をまわっている。常駐《じょうちゅう》する神父や神官はともかく、人の出入りも激しい場所だ。

フリックが言っていた聖導士であるこの男がいるかどうか、いたとしても、果たしてすんなり会ってくれるだろうか……。

「ああ、ヨルン様ですね、お待ちしておりました。こちらへどうぞ」

という先ほどの心配は、杞憂《きゆう》に終わった。

教会に着き、近くの門番らしき男に訊《たず》ねてフリックの紹介状を見せると、あっさりと中に通された。

神官に案内され、客人を迎えるであろう個室に足を踏み入れると、どこかフリックに似た雰囲気の男が佇《たたず》んでいた。

「！　ああ、お待ちしておりました〜」

柔らかく、のほほんとした声が響く。

緩くウェーブのかかった細い銀糸の髪をふわふわと揺らしながら、そこにいた男が振り返った。垂れ目がちの目が柔和《にゅうわ》そうに細くなる。

かっちりとした聖導士の服に身を包み、丸い眼鏡《めがね》をかけたその男は少しフリックに雰囲気が似ていた。

「ヨルンさん……と、あれ？　そちらの方は？」

「えー……こちらは」

軽く紹介すると、ガシュアの名前を聞いて目を輝かせた。流石にカトウの名前を聞けば、誰か見当がついたのだろう。

「なるほど、勇者様の末裔でしたか！　どうぞこちらへおかけください。僕はノーウェルと申します。聖導士としてしばらくこの教会に滞在しておりまして、フリックは僕の兄です」

「えっ、あぁ、ご兄弟でいらっしゃいましたか……。その、初めまして、ヨルンと申します。突然の来訪をお許しください。本日はノーウェル様にお伺いしたいことがございまして参りました」

「ええ、フリックに大体のことは聞いていますから大丈夫ですよ。聖女様の装備を身につけてしまったとか」

「………はい」

いつの間にフリックと話したんだろう。

あの街とは離れているはずだけど……、まあ聖導士ともなれば離れていても話す手段なんていくらでもあるか。魔道具だってあるし。特に高位の聖導士なら、神と対話ができるくらいなんだから。

俺はノーウェルをもう一度よく観察してみた。

人の中身は外見にも表れるから、外見から人となりを予想するのは大事だ。じ、と瞳を凝《こ》らして見つめる。

背格好はフリックとよく似ていて、結構な長身の細身。柔和な顔つきは見る人の警戒心をいかにも緩めそうで、誰にでも好かれそうな、柔らかい顔立ち。けれどどこか油断できない雰囲気もある。フリックと年はそう変わらないようにも見えるから、もしかしたら年子か、双子なのかもしれない。

緩い口調とは裏腹に服装の乱れもなく、佇まいも洗練されているし、空気が澄《す》んでいて聖力も高そうだ。

そうなると、この教会での待遇もいいんだろうな、と勝手に想像していると、ノーウェルが話しかけてきた。

「では、ヨルンさん」

「あ、はい」

「現状を確認しますので、今すぐ脱いでください」

「…………え？」

一瞬、何を言われたのか理解できず硬直したが、念の為もう一度聞き返す。

「は？」

「脱いでください」

「えっ、あの……脱っ……え、ここで？」

「はい」

「……上をですか？」

「いえ、全部脱いでください。この部屋には誰も通すなと伝えてありますので、聖女の装備になっても大丈夫ですよ～」

「ははは……」

俺は全然大丈夫じゃない。

いくら聖女という箔《はく》がつこうが、見た目はただの女の下着だ。それもやけに色々隠せていない、セクシーというか、俺が着たら変態的なランジェリー。

絶世の美女だったなら眼福かもしれないが、それをつけているのがただの成人男性なんて、見られたもんじゃない。

せめて俺が美少年ならマシだったのかもしれないけど、残念ながら人混みに紛れたら一瞬で見失われるような印象の薄い顔だ。似合ってないし、脱いだところで最悪に決まってる。

「ヨルンさーん？　どうしました？」

「えー……」

俺はにこっと笑顔を返して、口を開いた。よし、誤魔化そう。

「ノーウェル様、上着だけでは駄目ですか？　申し上げにくいのですが、聖女様の鎧は男である私には少々障《さわ》りのある装いでして。決して聖女様を貶《おとし》めているわけではないのですが、身につけた状態はとても他人様に見せられるような代物ではなく、ノーウェル様のお目を汚してしまいます！　お兄様に見せたのもごく一部ですし、ノーウェル様ほどのお人ならば、少しだけでも十分かと思い」

「いや駄目です、兄はともかく、私は実物を見ないとわからないので～」

「…………」

なんとか言いくるめられないかと、ぺらぺらと喋っている最中でバッサリと切り捨てられた。

飄々《ひょうひょう》としているフリックとはまた別の意味で、摑み所のない男だ。実際全部見ないとわからないのかもしれないけど、正直脱ぎたくはない。

「どうしても脱がないとわかりませんか？」

「お嫌でしたら、どうぞお帰りはあちらです」

と、来たときのドアを指し示され、俺は慌てて首を振った。これが脱げないのは困る！

「い、いえ……わかりました。ではガシュア様、少しの間席を外していただいてもよろしいですか？」

俺は隣に座っていたガシュアに笑みを向ける。こいつにまで見られたくもないし。

けれど、ガシュアは俺の言葉が気にくわなかったのか、不機嫌そうに眉間に皺を寄せた。

「何故だ？」

「えっ、それは……、服を脱ぐので」

「別に、脱げばいいだろう。問題があるか？」

「…………」

あるだろ。

どいつもこいつも、なんで俺が服を脱ぐことに抵抗がない人間だと思ってるんだ？　お前らは人の前で服を脱げって言われたら簡単に脱ぐのか？　……場合によっては二人ともあっさり脱ぎそうだな。

でも俺は違うんだよ。

大体、脱ぐにしたって服の下に変態みたいな装備を抱えてるんだ。いっそ全裸になれって言われた方がマシだ。今はできないけど。

頰が引き攣りそうな笑顔のまま、ガシュアに言う。

「……ガシュア様にお見せできるようなものでもないので」

「俺は駄目で、あの男はいいと？」

「聖導士様にはお見せしないと装備が外れない可能性がありますから、少しでいいのでお部屋の外に」

「断る」

「え……」

「何故俺がお前の言うことを聞かないといけない」

「…………ははは……」

この……、こいつっ……！

人が下手《したて》に出てればどんどんつけ上がりやがって！

拳《こぶし》を握るといかにも三下っぽい言葉が脳内に浮かぶ。

しかし、それを表に出さないように俺は必死に取り繕《つくろ》った。こっちは男の女性下着姿なんて見たら不快な気持ちになるだろうと思って配慮してやっていたのに。

じゃあもういい、勝手にしろ。

「……わかりました。では、どこか脱ぐところを……」

「ああ、この場でいいですよ。少し確認するだけですから」

「え……」

「？　どうしました？」

「いえ……」

このままここで脱げって？　せめて物陰とかに隠れさせてほしい。羞恥心《しゅうち》を持ち合わせてないのか？　と思ったけど、ここにそんな場所はなかった。

小さめの応接室のような部屋だ。それに、これ以上何か言い合っても時間の無駄かもしれない。

諦めて、聖魔導士のマントに手をかけた。

「……では、少しだけお目汚し失礼致します。確認したらすぐに服を着ますので」

せっかく見られないようにきっちりした服を買ったのに、なんだってこんなことに。

マントを外し、前掛けを脱ぐと、その下の長いコートを脱いだ。更にその下に着ている詰襟の釦を外していくと、中のシャツが顔を出した。こんなに着ていたら暑いと思われがちだが、素材が軽いし、魔法がかけられているのでそこまで辛《つら》くはない。

インナーを脱ぐと、下着についていた宝石がしゃらん、と軽く音を立てた。薄いヴェールがインナーを脱いだ途端に晒され、服よりも上等な生地がキラキラと輝いた。胸に面積の少ない布地。

ガシュアもノーウェルも、何も言わずただ俺の方を見ている。

「…………………」

居たたまれない……。なんなんだ、この時間。

なんか言われるのも嫌だけど、ただ見つめられるのも恥ずかしい。本当に見ないでほしい。俺は一体何をやっているんだ？

そのまま下穿《したば》きに手をかけたところで、二人を見た。

「あの～……、やっぱり上だけじゃ駄目ですか？」

「ええ、駄目です。確認したいので」

「…………………」

確認ってなんだよ。上だけ見たらどれだけ悲惨なことになっているかわかりそうなもんなのに。

俺は唇を噛み、そのまま勢いで下を脱いだ。

よくわからない下着が晒される。男の体で、この装備は本当にキツイ。自分でも、まずい格好をしてるってことだけはわかってるよ。

「こっ、……これでいいでしょうか」

全て脱ぎ終えると、俺は聖女の鎧とかいう呪われた変態装備姿のまま立ち尽くした。

ああああああ、キツイキツイキツイキツイ。改めて人の前に立つとマジでキツイ。この格好、恥ずかしすぎる。

顔に熱が集まり、全身が赤くなる。

なんだか泣きたくなってきた。俺が何をしたっていうんだ。ちょっと騙《だま》して盗んだだけじゃないか。

顔を赤くしながらふと隣を見ると、ガシュアと目が合った。

俺はどんな表情をすればいいのかわからなかった。けど、弱みを見せたら殺されるという意識があったので、反射的にへら、と笑った。

「―――っ」

「ああ……！　これが聖女様の鎧～～……！」

その時、ノーウェルが立ち上がり目をキラキラさせながら俺に近づいてきた。まるで、ずっと見たかった物が見られたかのような興奮の眼差《まなざ》しで。

確かに、聖職者たるもの聖女と神は崇《あが》める対象だし理解はできるけど……。

「聖なる力が溢れています、ああ、なんて美しい……！　まさかこの目で見られるなんて！　質感はどういった……」

「おい」

けれど、ノーウェルの手が俺の装備に伸びて触れようとしたところで、ガシュアがその手を掴んだ。

「人のものに勝手に触るな」

射殺すような冷たい視線が、ノーウェルに刺さる。

ノーウェルは一瞬ぽかんと間の抜けた表情を晒したが、驚いたのは俺も同じだ。

こいつ、俺が装備を返すと聞いたからって、もうこの装備を自分のものだと思ってるのか。

確かに脱げたら返すとは言ったけど。聖なる力が溢れている点はある意味最強装備だ。俺のスキルも底上げできる可能性がある。

この見た目じゃなければ、絶対に装備したまま逃げたのに。

ガシュアの言葉に、ノーウェルは笑い、俺に伸ばしていた手を引っ込めた。

「おっと、失礼致しました、存じ上げなかったので……フフフ～、それじゃあ、ちょっと確認致しますね。あ、触れませんのでご心配なく」

そう言って、ノーウェルは俺の装備の上に手を翳《かざ》した。

呪文の詠唱と共に魔方陣が浮かび上がると、身につけていた装備が淡く光り輝く。

「うわっ……」

その時、頭の奥で、女性の声が聞こえた。

『ああ……勇者様………！』

頭に声が響いた瞬間、ノーウェルが眩しそうに目を瞑る。

なんだろう、今の女の声。

……前もどこかで聞いた気がする。若い女性の声。一体誰だ？　ノーウェルは目を瞑ったまま動かない。隣では、ガシュアが俺のことを興味深そうに見つめている。

そのまましばし温かい光に包まれていたかと思えば、突然装備にバチバチと音を立てるほどの電撃が走り、体が痺《しび》れてその場に蹲《うずくま》った。

「いぃっ……――!?」

「！」

ノーウェルが手を翳すのをやめれば、装備から光が消えた。

「ヨルン、どうした」

「お、俺にも、なんだか……」

クラクラしながら起き上がると、珍しいことにガシュアが手を貸してくれた。……けど、俺は今この変態装備姿だ。そもそも勇者に近づくことすら恥ずかしい。

はっと我に返り、慌てて手を離した。

「っ、失礼致しました！　ガシュア様に触れるとは恐れ多い……！　私は大丈夫ですので」

畏《かしこ》まった口調でそう言うと、ガシュアは黙ったまま行き場のない手を握りしめている。ふ、不敬だったか？　けど、行動に移される前にノーウェルの声が響き渡った。

「あああぁ〜〜〜！　なんと素晴らしい！」

その声の大きさに俺たちの肩が跳ね、振り返る。さっきまでどこかぼんやりとした印象だったノーウェルの目はキラキラと輝き、涎《よだれ》でも垂れん勢いでうっとりと恍惚《こうこつ》の表情を浮かべていた。

「あの〜……ノーウェル様？」

「いくら神聖な気配を感じようと、この目で見るまでは、と思っていたのですが、まさか本当に本物だとは！　まさか聖女様の御声《おこえ》を聞くことができるだなんて……！」

「聖女様？」

神様じゃなくて、聖女様と対話してたってこと？　確かに、聖導士は神聖なる存在と対話できる職業だけど……。

ノーウェルはもう満面の笑みを浮かべている。

「はい〜！　この聖女の鎧は、紛れもなく本物です。装備しているだけで聖なる力は多大な恩恵を受けるでしょう。聖女様の魂《たましい》が宿っているのです。僕が保証します！」

「聖女の、魂……」

「これはすごいことですよ！」

さっきまでとは打って変わってウキウキとした様子で説明を始めようとするノーウェルに対し、俺は控えめに手を上げた。

「その前に……服を着ていいですか」

＊＊＊＊＊

先ほど脱いだ服をきっちり着込むと、さっきまで丸見えだった聖女の鎧は欠片も見えなくなった。

ノーウェルは聖女様がどうとか残念がっていたけど、男が三人いて、一人だけ聖女印の変態装備をつけているなんて、異様な光景すぎるだろう。

この部屋に誰かが来ることはない、と言っていたけど、万が一誰か入ってきたらどうなる。

少なくとも、俺への視線はとんでもないことになり、変な噂《うわさ》が立てられるくらいは予想できる。

「えーと、どこから話しましょうかね〜……、まず、ヨルンさんのその装備は紛れもなく、かつて勇者カトウと共に魔王を封印した聖女の装備です。これをどこで手に入れたんですか？」

「ダ、ダンジョンの奥で……」

「なるほど、では、聖女様自ら隠したのかもしれないですね」

「あの、聖女様ってこれを着て戦っていたんですか？」

こんな変態的な服で魔王に挑んだと？

俺は子供の頃から、勇者には憧れていた。勇者に関する伝記は相当読み漁りたかったし、その一心で字も覚えた。けど、そんな記述はどこにもなかったはずだ。

実際、その問いかけに、ノーウェルは首を横に振った。

「まさかぁ。そんな淫《みだ》らではしたない！」

俺はその淫らではしたない装備が見えるように、着ていた他の服を脱げと指示されたんだが。ノーウェルはもうそんなこと忘れたように、うっとりと頬を染めている。

「聖女様はいつだって修道女のような清楚《せいそ》な服に身を包んで戦っておりました。けれど、ヨルンさんが身につけているその装備も、ある意味戦闘服と言えましょうか……」

「……はあ」

なんだ？　何が言いたいんだ？　次の言葉を待っていると、ノーウェルが問いかけてきた。

「あ！　話は少し変わりますが、お二人は、勇者カトウについて、どのくらいご存じですか？」

「私は、まあ、それなりでしょうか……？　勇者様の伝説は有名ですので、当然ある程度は存じております」

「詳しくは知らない、それに話がくどい。結論から言ってくれ」

ガシュアはさっきから無表情のまま、苛立《いらだ》った様子で俺の隣に座っている。無駄な話は省《はぶ》いて、さっさと女神の装備を手に入れたいのかもしれない。

俺だってそうだ。この装備の能力は魅力だけど、さっきの屈辱《くつじょく》を思い出すとやっぱり外した方がいい。

「ノーウェル様、この装備は外れるんでしょうか」

「まあまあ～、私の話を聞いてください。それにこれは本来神殿の奥で厳重に保管されるはずのものです。聖女の力が宿っているんですよ？　万が一流出すれば、聖女の力によって封印が解かれて魔王が復活～……なんてことにもなりかねませんから」

「…………………」

まさにその復活を、この隣の男はやろうとしているんだけど。しかしガシュアはそんなことはおくびにも出さず、腕を組んだまま黙っている。

「生前、勇者カトウ様は……それはもう、おモテになりました。聖女であるアリアナ様、後に勇者様の妻となるイザベラ姫、共に戦った女戦士ルイーゼ、大賢者ユーリカ……、他にも沢山の女性の心を奪っておりました」

知っている。

巷《ちまた》では勇者カトウの恋物語、なんて本も出版されていたくらいだ。

俺は勇者の伝記の方が好きだったから多くは読んでいないけど、伝記の中でも想《おも》いを寄せられる勇者の姿があった。

どこまでが真実かはわからないが、勇者様に懸想《けそう》していた乙女は多い。聖女であるアリアナも、その一人だ。

しかし、色んな女を虜《とりこ》にしながら、罪深いほどに誠実な勇者様は、最後にたった一人を選んだ。それが、当時姫君だったイザベラだ。

そうして勇者カトウとイザベラ姫は結婚して子を成し、子々孫々と勇者の血は受け継がれ続いていった。

その子孫が、今隣にいるガシュアだ。

「けれど、残念ながら勇者様が選んだのはイザベラ姫でした。それに聖女はそもそも恋をしてはならない、神に仕える身。潔《いさぎよ》く、諦めるべきだったのです、本来は」

「……べき？　本来？」

まるで、諦められなかったかのような言い草だ。

俺の言葉に、ノーウェルはにこりと笑った。

「諦めきれなかったアリアナ様は、たったの一度だけ、勇者様に迫ったのです。その装備……いわゆる、【勝負下着】をお召《め》しになって。フフフッ、可愛《かわい》らしいですよね！　僕も神の信徒として【推し】てます！」

「げほっ」

「………………」

い、今なんて？　聖女様には似つかわしくない、俗っぽい言葉が聞こえた気がする。

よりにもよって、世界を救った勇者の仲間であり、最高峰の聖スキル、尊き乙女、聖女アリアナの装備に対して、勝負下着って言ったか……？

「しょ、勝負下着、ですか……これ」

「はい。聖女アリアナ様は一度でいいから、勇者様と結ばれたいと思ったのでしょう。その時の装備がそちらです」

「………………」

衝撃の事実だった。もう少し選びようがなかったのか？

確かに、これを着て戦ったというのは、いくらなんでも無理があるとは思っていた。

しかし、こんなことを今ここで暴露されているせいだろうか、心なしか下着がギチギチと締まっている気がする。この人、信徒を自称するとか聖女に傾倒している割には容赦がない。

「けれど、勇者様はイザベラ姫を選んだのですから、当然聖女アリアナ様の想いは通じず……、その無念が、この装備に託されたのです」

「なるほど……」

想いを託すべきはこの装備でよかったんだろうか？

どちらにせよ、その事実を明かされたところで、この装備が外れないことに変わりはない。

これが、たとえ聖女が勇者に迫ろうとした勝負下着だろうが、聖女の魂が宿っていようが、俺にとって重要なのは外せるか外せないか、そこだけだ。

「それでは……つまり、この装備は外せない、と？」

「いえ、それはどうでしょう？」

「何か手立てがあるのですか！」

「聖女の想い、魂が込められた装備。聖女様の祈りが込められたものですから、それが果たされたなら、外れるかもしれません」

「…………ん？」

聖女様の祈り？　それって端的に言うと、願いみたいなものだよな。聖女様の願いは、勇者様と結ばれたいっていう……。でも勇者様なんてもうとっくの昔にいないし、いるのは子孫……そこまで考えて、俺はなんだか嫌な予感がした。

冷たい汗が、背中を伝う。

「そ、それはつまり」

「はい～、ヨルンさんが聖女様の願いを叶えたなら……、勇者様はもうこの世にはおりませんので、その血を受け継ぐ方と結ばれたなら、未練はなくなり、外れる可能性があります」

「結ばれるというのは、その、お付き合い的な……？」

「聖女様がどこまで望んでいるのか僕にはわかりかねますが、勝負下着に込められた想いを察すればよいかと」

「…………」

それはつまり……。

俺は首をギギギ、と動かして、隣にいる勇者の末裔ことガシュアを見た。ガシュアは顎《あご》の下に手を置き、興味深そうに発言する。

「――つまり、俺がヨルンを抱けば外れるかもしれないと？」

「まあ、端的に言うと、そういうことですね」

「ちょっ…………！　お、お待ちください。お二人とも、それは些《いささ》か早計な考えではないでしょうか……っ!?」

待て、待て待て待て待て！　突然変な方向に話が飛びすぎだろ！

なんでそうなる!?　そもそも俺は、この装備を外してほしかっただけだ。

聖導士様が行う神の導きによって装備を外し、それをこの場でガシュアに返品する。それで礼が貰えたら万々歳。最悪殺されなければよし。そのあとはここを離れ別の街に行く予定だったんだ。

それが何？　結ばれるって、要は同衾《どうきん》ってことだろ……！　聖女様のくせに、そんなこと考えていたとか、結構その……、アレだな！　俺の聖女に対する想像が音を立てて崩れていく。

「いえいえ〜、僕の結論もそれですから、早計ではないですよ」

「っ……！」

「俺は勇者ではない」

「でも、勇者様の血を受け継いでいらっしゃる、それに見た目も美男子ですし」

「お、お話しして別の方にお願いすることはできないんですか……？　女性の方とか……！」

聖女の魂と話せる聖導士ならば、話し合って俺の体から装備を取ってもらい、別の人に、出来れば女性につけてヤればいいだろ！

しかし、その言葉にノーウェルは首を横に振った。

「ん〜……僕が思うに、ヨルンさんは聖女様の魂と適合する力が強かったのではないでしょうか？　あるいは、共通する何かがあったか……。別に誰でもいいってわけじゃない。それに、好きな人が自分ではない女性とするのは、聖女様も嫌なんじゃないでしょうか？」

「…………っ」

男とする方が嫌じゃないか!?　いっそお前が代わりに……、いやいや、違う。これじゃ駄目だ。ガシュアを納得させられない。もっと、別の言い訳を。早くしないと、ガシュアにやっぱり「じゃあこいつを殺した方が早いか」とか言って斬り捨てられかねない。

俺だって男に抱かれるのはごめんだ。

聖女の想いだとか、魂だとか、未練だとか、色々言っているけど、言い方を変えればただの怨念だ。

つまるところ、この装備には生前の未練を解消したい気持ちが宿っていて、それを俺に叶えさせようとしているってことだろう。

いくら身につけていたら神聖な力があがったりしても……、
やっぱりこれ、〝呪いの装備〟だろ！

「話は終わったか」

どう言いくるめようか考えあぐねていると、背後から声がして俺の体が宙へと持ち上がった。

「え」

浮遊した、と思った瞬間、俺はガシュアの肩に抱えられていた。今、片手で俺の体を持ってなかったか？

いや、それより話はまだ終わってないけど!?　なんで終わった体《てい》で帰ろうとしてんの!?

ガシュアはそのままドアの方へと向かっていく。

「帰る」

「ガシュア様!?」

「じゃあ、装備が外れたらこちらへくださいねぇ、然《しか》るべきところに納めますので～」

「断る」

「アハハハ、手厳しい～」

「ちょっ、ちょっと待っ……くっ、力強……っ」

腕の力が強すぎて全然抜け出せない……っ！

聖女やら神を信仰している割にノーウェルはのほほんとしていて、どこか面白《おもしろ》がっている節があった。

こんな奴が偉い立場でいいのか！　装備が返してもらえなくなるかもしれないんだぞ!?　それどころか、こいつは魔王を蘇らせようとしている！

手を伸ばし助けを求めたが、ノーウェルは俺を助ける気はないようで、頑張《がんば》れ、とでも言いたげに手を振った。

そういうところはフリックそっくりだ。この最悪兄弟め！

＊＊＊＊＊

「ガ、ガシュア様……あの、そろそろ下ろしてくださいませんか？」

「何故？」

「ほら、人の目がありますから……」

肩に担がれたまま教会内を歩き回り、建物の外に出たあともガシュアは俺を下ろさなかった。人とすれ違う度にぎょっとした目で俺たちを見てきた。

子供ならともかく、こっちは成人男性だぞ。

なんならガシュアよりも年上で、長く冒険者として働いてる。ガシュアと比べればアレだが、体格は標準だ。

そんな男を軽々と持ち上げるガシュアの筋力はどうなっているんだろう。それともコレは、ガシュアのスキルなんだろうか。

ガシュアは俺の言葉を無視してそのまま街を歩いている。ただでさえ、俺がいなくても目立つのに、このままだともっと目立つ。

俺はもう一度言った。

「ガシュア様、逃げないので下ろしてください」

「逃げない？」

「え………ええ！　もちろん！」

一瞬逃げるか？　という選択肢が頭に浮かんだが、逃げ切れるかと聞かれれば微妙なところだった。

とりあえず同意して、あとから考えよう。

ようやく地に足をつけると、なんとか落ち着いた。

本物と確定した聖女の鎧に逃げられないようにする為

か、ガシュアは俺の腕を掴んできたけど、肩に担がれるよりはマシだ。

それより、これからのことを考えなければ。

そもそも、ガシュアだってつい昨日知り合ったばかりの男とそんなことをするのは嫌なはずだ。抱きたくない男を抱くのなんて、お互いただの苦行でしかない。

俺は笑顔を浮かべながらガシュアに問いかける。

「それにしても、先ほどのノーウェル様のお言葉には頭が痛みますね……。なんとか別の道を探してみますので、まずは話し合いを……」

「どうして」

「えっ？」

「俺は別にしてもいい。すでに解決策は提示されていて、その装備が外れる道がある。別の道を探す理由はなんだ。ただ抱けばいいだけだろう？」

「……はは……」

ひくっ、と俺の頬が引き攣った。


こいつ、貞操《ていそう》観念ガバガバか？　抱けば外れるかもしれないから抱こう、じゃない。嫌だろ普通に。

「……ガシュア様に抱かれるなんて、私からすれば恐れ多い事ですから。それに、ガシュア様もお嫌でしょう？　私は男ですし、見目もガシュア様のように麗《うるわ》しくもない……」

「それはお前が決めることじゃない。俺は、目の前に解決方法があるのにそれをしないという理由がわからない」

「……………」

なるほど、この勇者様は両刀か。まあ、首都ではそういう奴も多いって聞くしな……。

そして、俺のようなのでも構わないというあたり、特に好みやこだわりがあるわけでもないらしい。

いや、そもそもこういったことに興味がない可能性がある。

意外と淡白で、穴に突っ込んで出したら終わりとか思っていそうだ。

尚《なお》のこと嫌だ。大体、ちょっと肩に担がれた程度で抜け出せなかったのに、抱かれたりしたら全身の骨が砕けたりするんじゃないだろうか？

想像するだけで恐ろしい。確かに、それが近道かもしれないけど、何が悲しくてこんなデカい男とセックスしないといけないんだ。

俺は男が好きなわけじゃないし、抱かれる趣味もない。つーか抱かれたこともない。俺への旨味《うまみ》が何もない。

せめて金銀財宝の一つでも貰わないと……。

「休憩で」

「……！」

言い訳を色々と頭の中で考えている間に、いつの間にか路地裏にある薄暗い宿まで連れられていた。ここは、一般的な宿とは違って、いわゆる少しだけの『休憩』ができる宿。

つまり、営みを目的とした宿だ。そういった目的の奴らが訪れる。

客も受付も、顔が見えないよう配慮された造りになっており、受け取った鍵を持ってガシュアが俺の腕を掴みながら進む。デカい体で前を歩くから気付かなかった。

俺は青ざめながら掴まれた腕を引いた。

「ガシュア様！　私はここに入るのは、ちょっと……！」

「ああ、外がいいのか？　俺はどこでも構わない」

「……ひ、人が悪いなあ」

「確かに、人がいいと言われたことはないな」

「ははは……」

下手に抵抗したら本当にそのまま外で犯される気がして、俺は覇気のない笑顔を浮かべた。

場所は構えよ。それとも、屋外でやっても見つからない自信でもあるんだろうか。

このまま部屋に入ったらまずいのは、俺も十分わかっている。けど、だからって今、手を振り払って逃げられるか？

今後の展開としては……。

選択肢1、抵抗せずにやられる。

最悪だ。しかもすれば聖女の願いが叶って外れる可能性があるってだけで、本当に外れるかどうかはわからない。これで外れなかったらやられ損だ。

選択肢2、抵抗する。

抵抗するなって斬られて装備を回収されて終わりな気がする。

これも最悪だ。

選択肢3、逃げる。

逃げられるなら逃げてるんだよ。

何故か、逃げても追いつかれる予感しかしない。そもそも俺は前の街からこの街に来る過程で逃げきれたつもりだったのに、どうやって追いつかれたのかすらわかっていない。


くそ、どうしよう……。

部屋の中に入ると、普段の簡素な宿とは違って、多少設備は充実している。けれど、ガシュアはそんなものには目もくれず、部屋の中央に鎮座《ちんざ》しているベッドの方へすたすたと歩いていく。俺は腕を引かれ、そのままベッドに放り投げられた。ベッドの上に沈み、体勢を立て直す前にガシュアがベッドの上に乗り上げる。

「わっ」

そうして、そのまま俺の上にのしかかってきた。

「ガシュア様、あの、ちょっとまず話を……」

まずい、このままだと流される。なんか流れで普通にヤられる！

何か言い訳を……、うまくここを逃れられる言い訳を！

「っ、ちょっ、う、待っ……」

ガシュアの手が、俺の服に触れた。ぶち、と糸のちぎれる音がして、血の気が引く。聖魔導士の装備がいくらしたと思ってるんだよ！

「わーっ！」

勢いのままガシュアの体を突き飛ばそうとしたが、びくともしなかった。なんだこれ岩か⁉ むしろ胸を突き飛ばそうとした手首が折れるかと思った。

「ちょっ……だから、私の、は、話を……」

ガシュアは俺の言葉を無視して、そのまま行為を進めようとする。こいつ本当に人の話を聞かねえな！

俺の喉元《のど》に、ガシュアの唇《くちびる》が触れた。獣《けもの》に喉を噛み付かれたような気分だ。このまま抵抗しなかったら死ぬんじゃないかという恐怖と同時に、どうして俺ばかりがこんな目に遭《あ》わなければいけないんだという怒りが湧いてくる。

大きな手が俺の体に触れた瞬間、俺は負けじと大きく叫んだ。

「人の話を聞けぇ！」

「…………！」

大声に、ガシュアが一瞬動きを止めた。

「こ……っ、こういうのは、好きな人とやることだと思うんですよ！」

「…………………っ」

俺の服に手をかけていたガシュアが止まる。よし、チャンスだ。ここで一気に畳《たた》みかけよう。

俺はここぞとばかりにぺらぺらと喋り出す。

「ガシュア様、恥ずかしながら私、こういった経験がないもので！　初めての経験がガシュア様というのは大変名誉で光栄なことですが、やはりこういった行為は想いの通じ合った者と行いたいのです！　そもそも私は男ですのでガシュア様にもご迷惑かと！　恥を忍《く》んでお伝えした私の立場も汲んでいただけませんか⁉」

「……経験がない？」

「ええ、お恥ずかしいですが！」

「本当に？」

「本当ですってば……！」

屈辱に顔が熱くなる。そんなに何回も聞くな。

そんな俺を見て、ガシュアが珍しく動揺したように目を丸くして首を傾げた。

「ああ、人から迫られたときは、こうやって躱《かわ》していたのか」

「はは……ご冗談を。私はガシュア様のように目立ちませんしモテませんから」

冒険者をしていた以上、こういったことを全く知らないわけじゃない。どこにだって変態はいるし、人の趣味なんて多種多様だから、俺のような男でも口説《くど》こうとする奴はいた。けど、うまく避けてきたし、存在感が薄い俺に多く訪れることでもない。

「ガシュア様だって、好きな方がいたこともあったでしょう？　一緒にいると心が躍《おど》るような……、私は、そういう人としかしたくないのです」

「……そんな奴はいない、いたこともない」

「なるほど、では、これからできるといいですね」

その言葉に、少しだけガシュアの瞳が揺らいだ気がした。

ちょっとくさすぎる言い訳かと思ったけど、常識で括《くく》らない方が却《かえ》ってそういうものかと響くかもしれない。

笑顔のまま宥《なだ》めていると、ガシュアはじっと俺を見つめてくる。

「それは……聖女の鎧を脱ぐのは諦めるということか？」

「いいえ、他にも外す方法があるかもしれません。それに、魔王の封印を解けばいいのなら、それまではガシュア様に同行致します。これで、装備を外す為に体を重ねる理由もなくなるでしょう。そもそも、装備だけで魔王の封印を解けるかもわかりませんから」

少し面倒だけど、もうそっちの方がいい気がしてきた。

魔王を倒すくらいの実力者なら、ギルドで毎回別のパーティに紛れて宝を拝借するよりも楽だし、ガシュアだって装備が他人の手に渡らないと言う安心感がある。

俺も、聖女の鎧を着ている分スキルが強化されているし、この変態装備なことだけが最悪だけど、服を脱がなければいい話だ。

「俺についてくると？」

「お許しいただければありがたいです」

にこり、と笑顔を向けると、ガシュアは何かを考えているのか黙り込んでいた。

……今なら抜け出せそうだな。なんなら逃げられるか？　俺は身を捩《よじ》り、ガシュアの下から抜けようとすると、ガシュアの手が俺の体を摑んだ。

「ひっ!?」

「お前は……なんなんだ？」

ガシュアは片手で顔を覆ったまま、指の隙間から俺を見下ろしてくる。

「な、何がでしょう？」

「よくわからない。お前の存在が理解できない。そういうスキルなのか？　そもそも何故、俺の目を掻《か》い潜《くぐ》って逃げられた？　お前と話していると……、何故か自分でも理解できない感覚が湧き上がってくる。不可解で、不愉快で……気持ち悪い。お前を抱けば、それが解消される気がする」

「はは……なるほど、そういうのはまず医師に見せた方がいいかもし、んっ……？」

答えようとした途中で、ガシュアの唇が俺の口に重なった。デカくて少しかさついたものが俺に張り付き、そのまま舌《した》が中に入り込んできた。舌の腹が、俺の上顎を掠《かす》める。

「ん、ぅっ……!?」

自分のもの以外の異物が口腔《こうくう》内に入り込んできた感覚に目を見開いた。慌てて精一杯ガシュアの服を引っ張り、引き離そうとしたけれど、そもそも手で思い切り押したところでびくともしなかった剛健《ごうけん》な男だ。びくともしないまま、口の中が貪《むさぼ》られる。顔を固定され、動かすこともできず舌が腔内を動き回る。急に、なんだよ、何するんだ……！

「うぅ、うっ……っん」

濡《ぬ》れた音が口から響き、俺はガシュアの下で身を捩った。生温《なまぬる》い体温と、熟《う》れた果実のような柔らかい感触が生々しく残り、足をジタバタと暴れさせる。

唇の間から漏れる吐息の音が、やけに大きく、興奮した息づかいが響いてくる。

「……は……っ」

「う、っ、やぇっ、ん、ん——っ……」

少しだけ唇を離され、抵抗しようと口を開くと、すぐにまた唇が覆ってくる。まるで、巨大な獣にゆっくりと食われているみたいだった。唇が離れるたび、目の前の端正で無表情だったはずの顔が、少しずつ、少しずつ、楽しそうに口角が上がっていく。

反対に俺は気が気じゃなかった。まるで、感情を覚えているみたいに、嬉しそうに笑うガシュアを見て止めなければと、本能的に悟《さと》った。

「やめっ、ろっ……！　んっ、う、……っふ……」

再び食われた。引っ張るのを止め、殴っても、足でシーツを蹴って暴れても、まるで通じない。

そもそも、同じ冒険者とはいえ詐欺みたいなことで金を稼いでいる俺が、こんなレベル100みたいな男に勝てるはずもない。職業を変えて能力を使ったところで、初級スキルしか使えないんだから。

「んっ、んぐっ……………はぁっ、はっ……」

「……………。もう一度」

「ん——っ……！」

シーツを摑み、強く握りしめる。

何度もキスをされているうちに、コレが現実かもわからなくなってきた。唇を貪られ、食《は》まれ、噛まれ、吸われ、頭がぼんやりと溶けていく。正気が戻ってきたのは、腹に硬いものが当たったときだった。

「っ……ヨルン……」

「………っ」

それが何か、なんて考えなくてもわかる。熱を帯びた体が、布越しに俺の体にめり込んでくる。

……こいつ正気か？　だって俺だぞ？

唾液が口の端から溢れ、さらに熱くなったガシュアの舌先からとろりと垂れてくる。俺は呼吸もままならず、苦し紛れにダメージにもならない攻撃を繰り返す。

何度殴っても、ビクともしない。

「はっ……っ、ぅ……！　くそ……！　や、やめろ……って、言ってんだろっ……！」

「……それが素か……」

「んっ、ぅううっ、っから、や、えろ……！」

「っ」

がり、とその唇を思い切り噛むと、ようやくガシュアが離れた。俺の上に座ったガシュアの股間は盛り上がり、噛み付いた口からは赤い血が流れている。

……勇者の血も赤いんだな。

息を乱しながら、現実逃避のようにそんなことを考えると、さっきまで俺の中で暴れていたガシュアの舌が、口の端から流れた血をぺろりと舐《な》め取った。

「──悪くない」

そのとき、ガシュアが浮かべた笑みは、やっぱり俺が物語で憧れた〝勇者様〟からは、ほど遠いものだった。

ガシュアの下に敷《し》かれながら、俺はこの状況に少し焦《あせ》っていた。

ガシュアがどういう感情で動いているのかはわからないけど、このままだとまずい。噛み付いてしまったし、口調も乱れた。

ガシュアの性格上、今更取り繕っても無駄かもしれないけど、やれるだけのことをやるしかない。

「あの、ガシュア様……唇、大丈夫ですか？　すみません、驚いてしまって、しかしこういうことはやはり相手の同意を得てからすることですから、だからこれ以上は……って、ちょっ」

「問題ない」

けれど、俺が何か言葉を並べ立てる前に、ガシュアが手を俺の首元へ伸ばしてきた。瞬間首元のマントを留める装飾具をぶちっとちぎり捨てた。

胸元の装飾具が弾け、音を立てて床へと転がっていく。

「ああーっ！　わ、私の……！」

俺の装備が！　こいつ……、外すっていう行動を知らないのか!?

ていうか、さっきの俺の話とか聞いてた!?　したくないって言ってたんだよ！　こっちだって譲歩《じょうほ》して魔王復活に関しては協力するって言ってんだから、こんなことまでする必要ないだろ！　俺が逆らったのが気に食わなかったのか!?

「随分脆《もろ》い服を着ているんだな」

「ぶっ……！」

分厚くて丈夫だよ、お前が馬鹿力なだけだろ！

いや、違う、そもそもこいつは人の話とか全然聞かないタイプの男だった。

別に俺が何を言おうが関係ない、俺の事情など興味ない。我が道を行く男。少しは話を聞いてくれるかと思ったけど、どうやら変なところを刺激してしまったらしい。こうなったら少しでも隙を作りたい。俺は思い切り青ざめ、怯えた顔を見せる。

「お、おやめください……、ガシュア様、怖いです……！　どうかお慈悲を……っ」

「なるほど、演技がうまい」

くそっ。

多少の良心があれば、手が止まるかもしれない。

そう思って涙まで浮かべたのに、ガシュアは無視したまま膝下《ひざ》まである俺の前掛けを捲《まく》った。このままだとコートも服も全部ボロボロにされる。やめろ！　これ以上俺の装備を壊すな！

「ちょっ、ちょっと待った！　自分で！　自分で脱ぎますから！　それ以上壊さないで！」

慌てて中のコートの紐を解く。あとは下の服と長い前掛け、それからインナーと脱ぐものは沢山あるけれど……。

ガシュアがどう出るか視線を動かせば、俺が脱ぐ様をそのまま見つめていた。そこから少し下に目線を落とすと、俺の腹の上には膨《ふく》らみからして、凶器とも呼べるサイズのものがある。

……無理だ。絶対に無理だ。大きさを想像して、ぞっとしながら無理矢理笑顔を作った。

「…………ガシュア様、あのー、一度私の上から退《ど》いていただいてもよろしいですか？　このままだと脱げない服がございますので……」

「さっきみたいに素で話してもいいぞ。お前の虚栄《きょえい》がどこまで剝がれていくか楽しみだ。そういえば初めてだと言っていたな。それも虚言か？」

「や、やだなぁ、私は嘘なんてつきませんよ……アハハハ」

「まあ、いいだろう。必要なものもあるし」

案外素直に俺の上から退いたガシュアを見ながら、その目を盗んで、逃げることを考える。

俺の言葉にガシュアは何を思ったのか、また悪そうな笑みを浮かべていた。

初対面のときは全くの無表情だと思ったけど、案外笑うタイプなのかもしれない。いや、笑うなんて可愛い表現じゃない。企む、だ。

けれど、脱ぐ様を監視されるかと思いきや、ガシュアは俺から目線を外し、宿に備えてある引き出しを漁りだした。

……好機！

俺は身を翻《ひるがえ》し、気取《けど》られないよう四つん這《ば》いでベッドを移動する。今ここから逃げても意味がない。叫んでも、こういう宿には防音魔法が施《ほどこ》されてるから無駄だ。俺が背後から襲ったところで返り討ち。

ならば、宿から出て助けを求めるという手だ。

そんなことをされてもガシュアは何も気にしなさそうだけど、ガシュアの家はそうは思わないだろう。

真実を騒いだところで俺相手に、と思うかもしれないけど、最悪ガシュアの動きを止められればいい。何より、そうすることによってまた別の手段が生まれるかもしれないから。

音を立てないように……、と動いたつもりだったが、上から突然強い力で、うつ伏せにベッドへ押しつけられた。

「わぶっ」

「なんだ、まだ脱いでいないのか」

「あっ、今！　今脱ごうと……」

「ヨルン、お前は、嘘ばかりだな」

「やめっ」

「服の一つも脱げないなんて」

ズボンのベルト部分を摑まれ、そのまま前の留めている部分を力任せにちぎられたので、また留め具が飛んだ。……なんでいちいち壊すんだよ。デカいから細かい作業が出来ないのか？

けれどそのことに嘆《なげ》いている暇もなく、そのまま脱がされると、ついに下半身は聖女の鎧一つになった。前掛けの後ろも背中から滑《すべ》り落ち、薄い布に覆われたほぼ何も隠せていない下着が露わになる。

「…………っ……」

「それで、次はどうする？　ヨルン、お前という人間に興味が湧いてきた。こうしていると、気分がいい」

「ご…………ご冗談を……」

こうなると、いよいよこれからされることが現実味を帯びてくる。

俺はガシュアにケツを晒しながら、鼓動《こどう》がどんどん速くなっていく。背中に鳥肌が立ち、ガシュアの手が俺の尻に触れた瞬間、喉から乾いた空気が漏れた。

まずい。背後から感じる圧倒的な気配は、とんでもない威圧感で、逆らおうものなら殺すとでも言わんばかりだった。

「どうした？　脱がないのか？」

「っ」

「さっき自分で脱ぐと言っただろう。またそれも嘘か、いつになったら本当のお前になるんだ？」

嘲笑混じりの笑みに、俺は苦し紛れにへらりと笑った。

「ああ、い、いえ……今脱ぎまー……、す」

手が震える。脱ぎたくはないが、上の服まで引きちぎられたくない。のろのろと釦を外そうと手を伸ばすと、突然背中に冷たいものがかけられ下着の後ろの紐部分を引っ張られる。

「ぎゃっ!?」

「それにしても、紐みたいな下着だな。聖女が聞いて呆《あき》れる」

「ガッ、ガシュア様！　今何を……!?」

「初めてなんだろう？　だから慈悲をかけてやった」

振り返って見ると、俺の背中にかけられたのは薄紅《うすべに》色の透き通ったゲル状のもので、僅《わず》かに蠢《うごめ》いている。

「…………っ！」

それを見た瞬間、俺は青ざめた。

「！　やめっ、うっ」

取ろうと手を伸ばしたが、頭を掴まれ、ベッドの中に沈められた。ば、馬鹿力……！

ジタバタともがいているうちに、ゲル状のもの……という名のスライムが俺の中に入ってくる。

「うーっ！　うーーっ!?」

シーツに押しつけられくぐもった声を上げていると、尻の隙間に移動してきたスライムが、少しずつ侵入してくる。ガシュアの手が俺の尻肉を摑み、入りやすいように広げてきた。

こ、こいつ……！

「ううううっ！　ううっ！」

俺は手足をめちゃくちゃに暴れさせたが、ガシュアの体はぴくりとも動かない。体の中に、どんどんスライムが入ってくる。どんなにもがいてもそれを止められない。

下級の毒を抜いた無色のスライムが、男同士の性交渉の際に用いられることはよく知られている。粘膜保護や洗浄、潤滑剤《じゅんかつ》の代わりと色々な役割を持っている。が、今のスライムは色がついていた。つまり、微毒《びどく》を持っているということだ。こういうのは色によって効果は異なるが、薄紅色は大抵催淫《さいいん》系の微毒があり、体内に入れると筋肉の弛緩《しかん》と、あとは……っ。

「ああ、全部入ったな」

「っ……こ、の……！」

頭を押さえる負荷が消え起き上がると、俺は思い切りガシュアを睨みつけた。

一度体内に入ったスライムを引っ張り出すのはなかなか難しいのに。水のような存在で、摑めないから。

「っ――――！」

突然びく、と体が跳ねた。

「あ、あっ」

スライムが俺の体の中を這いずり回るたび、中をちくちくと針のようなもので刺されているような感覚が広がる。コレは痛覚を少しだけ和らげるものだが代わりに催淫系の毒も注入される、と話だけは聞いたことがあるけど……っ！

「う、っ、ぁ……っ」

自分にされるとは思っていなかった。起き上がり、腹を押さえて後ずさる。

今は前掛けに隠れて見えないけれど、少しずつその前掛けが持ち上がり、自分の陰茎《いんけい》が勃《た》ち上がっているのがわかった。

やばい……、こんなことで。汗が額から流れ、呼吸がどんどん荒くなっていく。

スライムは満腹になるまで出て来ないし、こういう宿にあるタイプは、体内で溶けることだってあると聞く。商人に成りすまして働いていたこともあるからわかる。

体の奥からビリビリとした痺れる感覚が溢れ、足に力が入らなくなってきた。呼吸が乱れ、少しずつ体が熱くなってくる。こうなったら時間がない。

これ以上、体の自由が効かなくなる前に……！

「……――――！」

「っ！」

俺は呪文を唱えた。

今の光の呪文は、聖なる力を有する聖魔導士が使える魔法だ。ガシュアを撒《ま》くときにも使ったもので、俺のスキルじゃ初級魔法しか使えないが、今なら聖女の装備で効果が大きくなっている。部屋の中に光が溢れると同時に、俺はすぐに外へと駆《か》け出した。

退路はあらかじめ確認しておいた。至近距離で食らったんだ。あいつが光に目をやられている間に……、と思ったのに、ドアに手をかけたところで、すぐ背後から声が響いた。

「同じ手が二度も通じると？　随分と舐められたものだ」

「ぐっ……！」

ガシュアの手が、俺の体を拘束した。

「それより、その格好で外に出る気なのか？　やめた方がいい」

「お、お前のせいだろ！」

「取り繕うのはやめたんだな。さっきよりもいい顔になってきた。それで、次はどうする？」

どこか楽しそうな口調で体を取り押さえられ、前掛けの中に手が入ってきた。

すり、と布越しに乳首を擦られ、息を呑んだ。

「結局自分では脱がなかったな。あの場では脱いだくせに」

「っ……」

背後から押さえられ、着ていた上半身の詰め襟の釦が引きちぎられていく。ぶちぶちと音を立てて糸がちぎれ、釦が床を転がっていった。結局俺の装備は全部壊された。

こうなってしまっては、取り繕っても無意味。そう悟った俺は、自分の持てるものを全て使うしかないと判断し、スキルを使って職業を黒魔術士へと変化させた。普通の攻撃魔法じゃおそらく届かない。けれど、呪いの魔法であれば、少しはダメージが与えられるかも。

黒魔法は当てるのが難しいが、この至近距離なら当てられるはずだ。とにかく、少しの隙でいい。

「っ……くらえ!」

「ああ、こういうこともできるのか。変わったスキルだな」

「な……」

黒い炎が、ガシュアの顔を包む。

けれど、初級魔法だったことが災いしたのか、それとも単純に俺の力が足りないのか、あるいは聖女の力が及ばないと無意味なのか、呪怨の炎に包まれたはずのガシュアの顔は、傷一ついていなかった。

相変わらず端正な顔が目の前にある。

そりゃ初級だから小さな炎だけど、この至近距離で打たれたなら、少しは効果があるはずなのに。呆然《ほうぜん》とする俺を見て、ガシュアが興味深そうに言った。

「スキルの変化……。いや、職業の変化によって使えるスキルが変化するのか? つまり、お前は本物の聖魔導士でもなく、治癒士でもない。言うなれば、……ただの詐欺師か」

「っや、やめ」

「面白い」

中のシャツをそのまま破り捨てられ、前掛けだけが残った。下着にこの格好は、さっきよりも変態度が高い気がするけど、背後から首に手を回され、この状態だと脱ぐこともできない。

ガシュアの手が、俺の手を取った。

「そういえば、随分と高そうな指輪や装飾品をつけているな。コレは盗品か？」

「………いや……その」

「ヨルン、お前はあと、いくつ俺に嘘をついている？　あとどれだけ暴けば、本当になるんだろうな？　本当のお前を見せてみろ」

俺は顔を青くして目線を逸らした。

盗品……、といえば盗品かもしれないけど、これは俺が職業を偽って一緒に行ったダンジョンで手に入れたものだ。だから、厳密には盗品じゃない。ただ、手に入れたことを言わなかっただけで……。

黙り込んでしまった俺を見て、ガシュアの指が俺の中に入り込んできた。ごつい指が、スライムの粘液を借りて、閉じていた穴を少しずつ広げていく。初めて入ってくる異物感に、体が萎縮する。

「ひっ……！」

スライムの毒が少しずつ体に馴染んでいるのか、前掛けには、うっすらと染《し》みが滲んだ。

「っ、ぅ、く……、が、ガシュア……」

俺がガシュアの名前を呼ぶと、嬉しそうな声が後ろから聞こえた。

「なんだ？　ヨルン、次はどうしたい」

正直魔王より、こいつの方が断然怖い。

「は、ぁっ、……はっ……！　ごめ、っ、ごめんなさいっ……」

「何？」

「と、っ、盗ったものは、全部っ、う、返します、から……っ！　あ、あっ、あついっ……！」

体が、燃えるように熱かった。

泣きながら謝り頭を下げる。腹の奥がじくじくと疼《うず》き、薄い布地を持ち上げて俺の陰茎がさっきから自己主張を果たしていた。むっとした熱気に包まれた部屋の中で、ベッドの上に引きずり込まれた俺は荒い息を繰り返しては、上にいる男を見た。

「なんだ、本当に盗品だったのか？　……まあ、そんなことはどうでもいい」

　太く骨張った指の腹が俺の中を掻く度に、スライムの毒が回りきった体が跳ねる。

「う、っあ、あ〜〜……」

「ただ、もう少しお前の中を見せてくれ」

＊＊＊＊＊

「あ、っ……うっ……」

「大分解《ほぐ》れたな」

　ガシュアの指が中を擦ると、喉奥から短い声が漏れた。体が何度も痙攣《けいれん》し、シーツには汗やらなんやらで染みが広がっている。

　スライムの核は取り出されたものの、体液はローションとして体の中に残ってしまった。スライムが持つ微毒のおかげか、指が中に入っても最初に覚えた強い異物感や痛みはない。けれど、体の奥が熱く疼き、手足が痺れてさっきよりも抵抗ができなくなっていた。いや、それはスライムのせいというよりも……。

「く……っそ、……っ、……！」

「次はどうする。そろそろ魔力も尽きてきただろう。まだ頑張《がんば》れるか？」

　あらゆるものを使ったせいだ。

　ベッドの上で、俺は最早力尽きていた。体力も魔力も、すでに底をついている。

　試せる手段は全て試したし、できる抵抗なんてとっくにした。聖魔導士に職を変え、再び攻撃したり、聖女の装備がついている状態なんだからと聖力が宿る魔法も使った。単純に物理的な抵抗も試みた。

けど、全部無駄だった。

そもそも、聖力を使う魔法は攻撃よりも補助や治癒、浄化などの魔法が多い。

強い攻撃魔法もあるにはあるけど、俺が使えるのは初級魔法だけ。この強靭《きょうじん》な肉体に俺の力が通じるはずもなく、そもそも元から詰んでいたんだ。それとも、俺が攻撃手段を間違えなければ抜け道はあったのか？ この男相手だと、どれが正解だったのか、今となってはわからない。

鋼の肉体を持っている男には、どんな攻撃魔法も通じないし、暴力すらも意味がなかった。俺はただ無駄《むだ》に魔力を消費し、気が付けば職を変えることもできないほどに摩耗《まもう》していた。

ベッドの上にぐったりと横たわっている俺を見て、ガシュアが言う。

「もう少し頑張れるだろう？」

「…………っ…………――――！」

呪文を唱え、残った魔力でも放てる麻痺系の魔法を口にした。けれど、勇者に直撃したところで、相変わらず涼しい顔をしている。そりゃあ、聖なる力でもなんでもない初級魔法が効くはずないよな……。

抵抗しなくなった俺を見て、中に入っていたガシュアの指が再び動いた。

胸が跳ね、装飾華美な下着が前掛けの隙間から覗《のぞ》く。

「んっ、あ、っ、ぅっ……！」

「もう魔力も底をつきたか。随分と少ない魔力だな」

「や、やめっ、っ」

指が増え、ごりごりと中を強く刺激されると、呼応するように腰が跳ねる。奥へと進入する太く長い指が内壁をこすりながら、中を緩く引っかいた。

「っ――――！」

腰が跳ね、シーツを掴む。

「ンっ、く……！」

粘液が泡立ち、下半身からぐちゅぐちゅと水音が響く。しばらくすると指が抜け、尻肉を摑まれると横に穴を広げる感覚があった。

「う……」

この国は、男同士の恋愛が禁じられてはいない。同様に、女性同士、あるいは異種間、亜人《あじん》なんてのも、恋愛に関しては、割と寛容《かんよう》な国だと思う。

けど、俺は恋愛そのものに興味がなかった。誰かに傾倒《けいとう》しすぎたり、誰かのことばかり考えることは危険だ。裏切られたとき、どうすればいいかわからなくなる。

単純な性欲発散なら一人でもできる。だから恋愛なんてしたこともないし、人に取り憑くまで恋する聖女の気持ちもわからない。どうしてそんな、他人に必死になれるんだ。ガシュアだって恋愛目的でこんなことをしているわけじゃないのはわかっているけど、この状況でも諦めて抱かれようという気になれなかった。

「っ、ちょ……、……！」

ガシュアが俺の両足を摑み、勃起《ぼっき》した自分の性器を晒した。その大きさに思わず息を吞む。そりゃあ、こんだけデカい男なんだから、性器だってデカくても驚きはない。けど、それが自分の中に入れられるとなると話は変わってくる。

俺は恐怖のあまり、それを凝視したまま青い顔で首を横に振った。

視界に映る勃起した性器は、とてもじゃないけど俺の中に収まるとは思えなかった。血管が隆起《りゅうき》し、硬く反《そ》り上がった凶器は、俺のと比べてもかなり大きい。

こんなん入れられたら死ぬだろ！

涙目で縋《すが》るように声を発した。もうなりふり構っていられない。俺はまだ死にたくないんだ。

「……ガ、ガシュア様……」

「なんだ、またその口調に戻ったのか。まだ余裕《よゆう》があるんだな」

「っ……ガシュア！」

「なんだ」

「………も、もうちょっと待ってくれないか？　せめて、あの、少し慣れるまで……、それは、ホラ……流石に入らないだろ……？」

「心配するな。聖女の鎧をつけているのだから、お前が死ぬことはない」

「いや、そういう問題じゃ……ひっ」

前掛けを避けられ仰向《あおむ》けの状態で足を開かれると、俺の陰茎の横に、ガシュアの勃起したペニスが並べられた。べちんっ、と音を立てて置かれたそれは、サイズの違いもさることながら、全部入ったらどこまで来るか考えさせられる。多分内臓が破れるな。ゾッとして俺は息を呑んだ。

「せ、せめて、後日にしてくれないか……？　それまでに俺もほら、なんか、こう、頑張るから……！」

「断る」

「なんで！」

「今できることなのに、何故後日にする必要がある？」

俺が怖いからやめろって言ってんだよ！　と力任せに叫んでしまいたいが、ここでそれを言ったら問答《もんどう》が終わってしまう。

ぐっと堪えて、俺は口を開いた。こいつを納得させられる論が必要だ。

「そ、そりゃあ……俺が慣れた状態でやった方が、聖女様もご満足いただけるっていうか……」

「聖女がそう言ったか？」

そんなの知るか。会話ができるならとっくに脱いでお前に渡して逃げてるよ。けど、それを馬鹿正直に言う必要はない。

「ああ、そうだ！　聖女様がそう言った！」

「なるほど……、なら、慣れるまでしよう」

「えっ？　あ」

足を摑まれ、腹の上に乗っていた陰茎が、俺の穴に宛《あ》てがわれた。

「――――！」

やばい、やばいやばいやばいやばい！　俺は青ざめたまま叫ぶように言った。

「こ、殺さないで！」

「別に死なない」

「お前はな！　俺はまだ死にたくない！」

そう叫んで、身を翻し、ベッドから下り……ようとしたところで、ガシュアの手が腰回りにつけていた俺の装備を摑んだ。しゃらん、と宝石の揺れる音がしたと同時に、尻の割れ目にあった細紐の装備が引っ張られる。

「やっ、め――」

ぐ、と力が入り、穴に亀頭がぶつかり、尻肉を片手で摑まれた。せめて俺にもうちょっと体力があれば、聖女の鎧を使いこなすだけのスキルがあれば、もう少し、何かがあれば。

こんなことにはならなかったかもしれないのに。

走馬灯のように、昔の記憶が蘇ってくる。

「待って、まっ……」

足でシーツを蹴り、後ろから尻穴を広げながら腰を摑むガシュアに懇願《こんがん》するように声をかけたところで、この男が俺の話を聞くはずもなかった。

大きな異物が、俺の中に入ってくる。

「あ」

ずぷ、と亀頭が捻じ込まれ、体が硬直した。

な、なか、に。

「や、やめっ、やめろって！　おいっ！　や、ア――」

「ああ……っ……確かに、狭いな」

「ひ、ひ、っ――！　あっ」

俺の言葉は全部無視して、ガシュアのペニスが中へと入ってくる。亀頭が埋められると、あとは体重を預けられれば、重力に従って上から無理矢理突き刺さってくる。

　肉をかき分け、ずぶずぶと差し込まれたその質量と存在感が、俺の中ではっきりと自己主張を果たしていた。足をばたつかせ、叫ぶ。

「やめろっ、あっ、あっ、あ……！」

　は、吐きそう。

「お、……ぷ……」

　口元を押さえ、ぶるぶると震える。よく、この行為を気持ちいいと感じる奴がいるよな。

　痛いとか、苦しいとか、それ以前に圧迫感に押し潰されそうだった。

「う、うぅぅうっ……！」

　裂ける。ってか死ぬ。冷や汗が全身に滲み出た。

　シーツを固く握りしめ、生まれて初めて神に祈った。でも途中でやめた。神様がいるなら、そもそも俺はこんなことになっていない。

「……っ……全部は、入らないか」

「ふっ……、ぅううっ……ぐ……！」

　あ、死ぬ。これ死ぬ。多分死ぬ。俺の人生ここで終わり。ぐるん、と瞳が上を向きそうになった瞬間、装備していた聖女の鎧が、淡い光を放った。

　装備が虹色に光ったと思うと、腹の圧迫感が消えていた。

「………あ？」

　それどころか、痛みも消えていく。これは……聖女の癒やし効果ってやつ？　さっきまで死ぬほど苦しかった感覚が薄らいでいる。体が淡い光を纏い、吐き気も痛みも圧迫感も消し去っていく。

　いや、でも中に入ったままだし……、と後ろを振り返ろうとしたところで、さっきよりもガシュアの陰茎が奥に入ってきた。

「――あぐっ!?」

「聖女の付与効果か」

「あ、あっ、あっ、あ……――〜〜〜……っ！」

な、中、中に、ぃ、どんどん入ってくる！

涙腺《るいせん》から溢れ、目尻に溜《た》まった涙がぼたぼたとシーツに落ちた。俺の上に覆い被さるようにして、ガシュアが上から重なる。は、腹が膨れてる……っ、見えないけどこれ、絶対膨らんでるって……！　ガシュアとシーツの板挟みで感じるのが怖くて、体を持ち上げるとやはりぽこりと膨らんでいた。

けど、聖女の鎧がその暴力的な行為を打ち消しているのか、痛みはない。その代わり。

「うぅっ、うっ、んっ……」

ごりゅっ、ごりゅっ、と中でガシュアのが擦れる度に、言いようのない感覚が頭の中を走っていく。

内腿が痙攣を続け、俺は布団に顔を突っ伏しながら、何度も空気を取り込み息を吐いた。ふぅふぅと荒い息が全て布へ吸収されるのを感じながら、シーツを強く握りしめる。熱が暴走し、体中を駆け巡っているようだった。

「…………っ、全部は、無理だが……っ」

「はっ、あ、あっ、ぅっ、うぅっ、あ……!?」

なんだ。

なんか、変な感覚が。

奥をこじ開けられ始め、息を吐く度に、腰が跳ねた。デカくて圧迫感がすごいはずなのに、聖女の鎧の付与効果で、本来与えられるであろう激痛は和らいでいる。代わりに襲ってくるのは、痺れるような感覚。視界が弾け、喉奥から掠れた声が溢れる。

感覚というか、これは……。

「っ、ふ、ぅっ、うぅっ、うっ」

「っ……――っ、……っ…！」

上から挿入され、体が揺さぶられた瞬間、中が擦れ、電撃のような刺激が走った。

「あ……っ――！」

びくっ、と腰が動き、下半身に目を向ければ触られていない俺の陰茎も完全に勃起していた。

「……っ……⁉」

ガシュアの手が、俺の髪を梳《す》き、まるで褒めるように頭を撫《な》でる。だが俺は、自分の体の変化が信じられず、目を見開いて下腹部を凝視するしかできない。熱が混じり、汗が伝う体に密着したガシュアは、カリで潰すように腸壁を突いて奥へ入っていく。

「あっ、あ」

再び体が反応した。全身が熱い。

認めたくなかったけど、これは快楽だ。一突きごとに頭の中が真っ白になるような快感が突き抜けてくる。それがわかった瞬間、俺は顔をシーツに押しつける。

こんなの、俺は知らない。自分で処理しているときですら、こんな風にはならないのに。

「んっ、うっ……、ッ、はぁっ、あ」

ごりゅっ、ごりゅっ、と硬く熱いガシュアの陰茎が後ろから俺の中を擦る度に、喉奥から変な声が漏れた。漏れないように抑えようとしているのにもかかわらず、中を突かれると呼応するように反応した。皮膚がじっとりと汗ばみ、シーツに染みを作っていく。

「はぁっ…………っ、ふー…………っ！」

奥の開拓をやめ、上体を起こしたガシュアは、俺の腰を掴むとそのまま引き寄せ、無理矢理ちんぽを再び中にねじ込んだ。

「ひ、ぃ……！」

俺の陰茎からはぽたぽたと先走りが垂れ、シーツを固く握りしめながら、必死に感じないよう唇を噛む。

なんだこれ。

なんだこれ。

自分で処理しているときとは比較にならないような快楽が、じわじわと俺を支配していく。ここで感じてるなんてバレたら、何を言われるかわからない。けど、俺の心配をよそに、ガシュアは何も喋らずただ腰を動かし、皮膚を打ち付けてくる。

そうして、何度かピストンを繰り返したあと、俺の中に精を放った。

「っ――――……！」

「～～……っ」

中に出された感覚が確かにあったし、実際、俺に入っていたガシュアのものがゆっくりと抜けた瞬間、俺はこれで終わりだと思った。

「は……っ」

瞳の奥でチカチカと点滅していた白い光が少しずつ色を取り戻していく。おわ、終わった……。とりあえず、これで一日終了だ。死ぬかもしれないと思ったけど、終わったことに安堵《あんど》する。

ほっと息を吐いたせいか、体を起こすと中に出された精液が内腿を伝って流れてくる。自分の内腿に白い線が描かれていく様子を見たくなくて、目を逸らした。

「うぅ……」

自分の中から、自分のものじゃない体液が溢れる、気持ち悪い感覚。

けど、それもこれで終わり……と思った瞬間、ガシュアと向かい合うように体をひっくり返された。

「……っ……!?」

このとき、ガシュアは相変わらず涼しい顔をしていると思った。なんせ表情の変わらない男だ。

どうせ冷たい顔で俺を見下ろして、聖女の鎧に手を伸ばすのだろうと思っていた。

……けれど、予想外に顔が赤い。体も赤く、呼吸が少し乱れている。

これじゃあ、まるで興奮しているかのような……。

俺は自分でも癖になっている、へらりとした笑みを浮かべた。とりあえず、これで終わりだよな？　という確認をしたかった。

「…………はっ……！」

「ん、んんっ……!?」

けれど、終わりかどうかを問いかける前に、唇が塞がれた。ガシュアの巨大な体躯が、俺を抱き込むように覆い被さってくる。それどころか、今出したばかりだというのに、下腹部になんか当たってる。

「はっ……、あ、あの、もう終わりだよな……？」

「――終わり？　どうして」

「え？　いや、だって、ほら、俺もう体力ないし、一回やったら確かめるには十分だろ……！」

　俺の問いかけは、至極当然なものだ。実際、聖女の願いが勇者と結ばれることだったなら、一度すれば十分なはずだ。ガシュアだってしたくてしているわけじゃないだろうし。

　俺の言葉に、ガシュアは目の前で少しだけ眉間に皺を刻んだ。何かを考えている表情だったけれど、相変わらず、何を考えているかはわからない。

「……何故笑った？」

「え？」

「今、俺を見て笑っただろう」

「いや、ガシュアを笑ったわけじゃや、……く、癖……？」

　そもそもそれ、今関係あるか？　別にガシュアを見て笑ったわけじゃないし。

　答えた今だって、自然にへらりと笑ってしまった。

　子供の頃に身につけた処世術だ。どうにもならないときは笑って誤魔化す。それとも笑われたのが不快だった？　なら謝るべきか、と思ったが、その前に再び唇が吸い付いてきた。

「んんっ……、ちょ、ん、なん、……っ」

　犬のようにデカくて長い舌。

　鋭く赤い瞳が、目の前で俺を見つめている。吐息がかかるほどに近く、犬歯が覗く口から出た舌も赤い。俺の唇を舐め、中に入り込んでくる。

「あ、ふ、っ、……はぁっ……」

「っ……は……」

　……今、こいつも笑わなかったか？

　密着した状態でようやく唇が離れると、溢れた唾液が服を汚した。硬くなったガシュアの陰茎が、未だに俺の腹に当たっている。

「……なあ、もう終わりだよな……？　あの、装備脱げるか試してみよっか……？」

　恐る恐る問いかけてみると、ガシュアが笑った。

　相変わらず悪魔のような、凶悪な笑みだった。

「いや」

「え……」

「……——まだ、足りない。もっと欲しい」

　それは、もしかして俺に死ねって言ってる？

＊＊＊＊＊

　視界が回る。

　ぐるぐると回って、歪み、滲む。

　熱気が籠《こ》もった部屋の中で、俺は声を張り上げていた。

「はーっ、あっ、あ、あ、っ、もう無理っ、だって！　し、死ぬっこんなの、無理っ、死ぬっ、しぬ……！　もぉむり……っ」

「っ、だからっ、死なないと言っている……っ！」

「っあ————！」

　下から強く突き上げられた瞬間、喉奥が震え、下着からはみ出た俺の陰茎から精液が漏れた。びゅるっと飛び出た精液は肌を伝って床へと落ちていく。

「あ、あっ、あ～～……」

　自分の体が、自分のものじゃなくなったみたいだ。

　瞳が上に滑り、体はびくびくと痙攣して、擦られる度に何度も跳ねた。ガシュアに体を持ち上げられたまま、俺はずっとイキっぱなしの状態を繰り返していた。背中から抱き込まれ、少し奥を穿《ほじ》られただけで絶頂を迎える。

　口が空気を求めて開閉を繰り返すことでなんとか理性を取り戻すが、繋《つな》がったまま肛門を締め付けるためガシュアの精液が俺の中に吐き出されその熱で再び快楽の波に落とされる。腹の奥がさらにガシュアに侵略されていく。

「は――……っ……、ぅうっ……っ」

腹が重い。出したあともたまに抜かずにそのままするから、どんどん中に溜まってく。涼しい顔をして絶倫かよ。

どれだけ出せば気が済むんだ。ガシュアの体に体重を預けたまま、俺はガシュアのを受け入れざるを得なかった。

あれからどのくらい時間が経《た》ったかわからないけど、少なくとも数時間は経過しているはずだ。

いつの間にか、唯一身につけていた衣服である前掛けすらも外れ、床にくしゃくしゃになって落ちていた。その上にはどちらのかわからない精液が無残にかかっている。

俺は聖女の鎧の姿だけを身につけたまま、ずっとガシュアに抱かれていた。

これ以上抱く必要も抱かれる必要もないはずなのに、ガシュアは俺を抱くのをやめてくれないのだ。

防音の魔法でもかけられているのか、俺がどんなに暴れても叫んでも、宿の主《あるじ》が現れる気配すらない。頭が馬鹿になりそうだ。

ガシュアの無骨な指が、聖女の鎧越しに乳首を摘《つま》み、ごりごりと捻《ひね》ってくる。下着ごと持ち上げられ、乳首が引っ張られる。

「ひ――――っ」

赤く充血した乳首の先が潰され、指先で窪《くぼ》みをカリカリと穿られると、自然に背中が反った。勿論、男である俺がこんなことで感じることはない。ない、はずなのに……。

「あっ、っ、あっ、イく……、イくから、や、やめろってそれぇ……っ！」

「…………っ…………」

ガシュアの方を向くと、目が合った。

紅《こう》潮《ちょう》しながらも俺を見つめる瞳はどこか血走っていて、端正な顔立ちが焦って見えた。

もうこうなってしまえば恥も外聞もなく、俺は泣きながらガシュアに懇願《こんがん》する。感じることはないはずなのに、コレも聖女の鎧の効果なのか、乳首ですら快楽を享受《きょうじゅ》してしまう。触られる箇所全てが気持ちよく感じられるのは、ある意味呪いだろ。

きゅっと摘み上げられたまま、下から突き上げられると、俺は背中を仰《の》け反《ぞ》らせ再び絶頂に達した。

「っ～～～～～……！」

「ヨルン……」

「あ、あ、もう、無理っ！　こ、これ以上は本当に……っ、た、たのむよ、もうガシュアの精液で腹がいっぱいだから……っ」

「…………は……」

ガシュアに触られると体が熱を持ち、触感は快楽に変換される。

壊れた蛇口のように精液を溢していた俺の陰茎からは、最早精液ではない透明の体液が流れていた。

ガシュアは俺の言葉に少しだけ笑うと、空いている方の手で俺の顎を掴み、噛むように口づけてきた。繋がったままの奥を亀頭で抉《えぐ》られ、視界に星が散った。

「ん～～～～～……っ！」

あ、また、またイッてる……！　こんなにイき続けてたら、頭、ん中、馬鹿んなりそうっ……。

口も、下も、どこもかしこもガシュアに塞がれた。

普通なら耐えられそうにないこの行為も、加護を受けた今の俺にはある意味毒そのものだ。

過ぎた快楽は、身を滅ぼす。

「は――――……、ふ……っ、うぅうう……」

「もっと」

「ん、んうぅっ、んっ、んぅ、ぐ」

キスなんて意味のない行為なのに、ガシュアは何度も俺にキスをしてくる。デカい舌が俺の口の中を舐めてくる度に、気持ちよくなって、快感が全身を走っていく。

「はー……っ、は……っガシュア……」

「…………」

「も、やめ、おわり……っ」

ガシュアは何も言わずに俺を見つめていた。

俺は足に力を入れ、にゅぽんっ、と音を立てながら、なんとかガシュアのモノを中から抜いた。

「う……っ」

抜いた瞬間、腹に溜まっていたガシュアの精液が流れ出る。白濁が音を立てて床を汚した。……尻、元に戻らなくなったらどうしよう……。聖女の癒やし効果があるから、大丈夫だと思いつつも、この化け物じみたセックスに付き合わされ、そろそろ限界だ。

そもそも、抵抗していた時点で体力もなかったのに、こんな怪物とのセックスにいつまでも付き合えるわけないだろ。こっちのことも考えろ。

「う、く……っ、くそぉ……っ」

よろよろとドアの前までなんとか這いずっていくと、すぐに後ろからガシュアが近づいてきた。

逃げられるわけもなく、俺が振り向く前に再びどすん、と貫かれた。体力が無限なのかこの男……!?

「んオっ……!?」

「まだ抜くな」

「あ、あ、っあ、なんれっ」

そうして、そのままごりごりと奥を開かれる。こいつのせいで、俺の中がどんどん広がっていく気がする。聖女の鎧姿だけになったせいか、体を揺さぶられる度に、宝石のシャラシャラとした音が響く。

ずんっ、ずんっ、と背後から貫かれ、俺の体はガシュアの言いなりになっていた。

「あっ、あっ、ガシュアっ、イくっ、イってる……っ！」

「っ……く……っ」

痛みはない。圧迫感もなくなった。

けど、それよりもガシュアに挿入されたときの快楽が恐ろしかった。何もかもがどうでもよくなるような強制的な快楽は、頭がどうにかなりそうで、これ以上続けられることが怖かった。

「あ～～～～……っ！　やめっ、もうやぇっ……イ……くっ……！」

びくびくと体が痙攣し、強制的に絶頂を迎えさせられる。

なんとか抵抗しようとしたけれど、そのとき信じられないことが起きた。ガシュアの手が、俺の下着……もとい聖女の鎧を摑んだ瞬間、あれほど外れなかった聖女の鎧が、するりと脱げたのだ。

下着と、繋がったソックスガーターが脱げ、俺は目を輝かせた。

「っが、ガシュア！　脱げた！　服、っん、あっ、ぬ、脱げてるっ！　おいっ、ほら、と、あっ、あっ、やめっ、イくって、イって……あっ～～～～……――！　ぬげた！　ぬげたぁっ！　ぬげたっての！　もういいだろ！　なんでっ、あっ」

「……ああ、邪魔だなこれ……っ！」

「はぁ……っ!?」

このままガシュアの興味は聖女の鎧に移ると思っていたのに、ガシュアは脱げた鎧には目もくれない。ぶちぶちとそのまま剝ぎ取ると、床に放った。罰当たりかよ！

そのまま胸の聖女の鎧も脱がされると俺の体は再び持ち上げられベッドへと連れ戻された。聖女の鎧は、そのまま床に放置されている。

「おい！　…………ぬ、脱げたぞ？」

「ああ」

呼吸も荒く、興奮状態のまま、ガシュアは俺を見つめてくる。何を考えているかわからないその瞳には、困惑している俺の姿が映っていた。

「脱げた……」

「わかってる」

ぎし、とベッドが軋《きし》み、そのまま仰向けの状態で、再びガシュアのものが挿入された。最早スムーズに入ってくるそれは、みっちりと俺の中を広げ、ガシュアの陰茎を包み込んだ。

「っは――――……～～……！」

「くそ……っ、ヨルン……っ」

「あ、あっ、あぁっなんで、っ」

そのままガシュアが俺の上に覆い被さる。

ガシュアは興奮した息づかいをしながら、傷の多い体軀で俺を抱き潰してくる。じたばたと足をばたつかせたが、まるで意味はなく、そのままプレスされるような状態で再び奥へと射精された。

ぎし、ぎし、とベッドの揺れる音が、やけに生々しく耳に響いた。

＊＊＊＊＊

目を開けると、目の前には草原が広がっていた。

世界の果てのような美しい場所で、一面に広がる黄金畑の中に、一人の女性が立っている。

……ああ、これは夢だ。

頭の中ではなんとなく理解できるけど、まるで現実のように生々しく、美しい情景だった。

大きく風が吹き、草が波のように揺れると、赤い空に金糸のような髪が靡《なび》く。

俺は少し遠くから彼女を眺めていたが、何故か顔はよく見えなかった。けれど、背格好から察するに若い女性だ。

修道女が着るような、厳粛でかっちりとした、けれど柔らかな女性らしさも備えた服装で空を背にする姿は、神々しさすら感じた。声をかけようとしたけれど、口は開かず、足も縫い付けられたように動かない。

……誰だ？

『……ごめ……い』

すると、彼女が口を開いた。鈴を転がしたような、可愛らしい声だった。

謝られる覚えはない。そもそも俺は、彼女が誰かもわからない。何も言えない俺に向かって、彼女は続ける。

『どうしても……諦めきれなかったの』

急になんの話だ？　長い髪が風に靡き踊っている。綺麗な金色の髪だった。

そこで、俺はふと思い出す。

何度も読んだ勇者の冒険譚《たん》に出てくる聖女のことを。金糸の髪に青い瞳、聖女が身に纏うような衣服。瞳はここからは見えないけれど一致する特徴は、もしかして……聖女、アリアナ？

問いかけようとしたが、声は出なかった。聖女様なら、言いたいことがあったのに。

『あなたは……私と同じで……――と思って……、ごめんなさい、せめて……――傷はつかないようにするから』

……――っ。

声が出ない。おまけに、風の音のような雑音が混じって何を言っているか聞こえない。

けど、もしもあれが聖女様なら、言いたいことがある。

謝罪はいい。祝福もいらない。貰えるものならなんだって貰いたいけど、それよりもまず、呪いを解いてほしい。

聖女様からすればあの装備の効果は祝福かもしれないけど、俺からすれば呪いと変わりない。とにかく、脱げるようにしてくれ。あんな目に遭うのはもうごめんだ。

けど、俺の声は相変わらず出なかった。逆光のせいなのか、聖女様らしき女性の顔は陰になっていてやはり見えない。

なんとか声を上げようと口を開いたが、その時、視界がぐにゃりと歪んだ。

『……でも――――いつか……――だから……』

おい、待て、だから何言ってるかよく聞こえないんだって。

なんて言った？　口は動いているけど、何を言っているかはわからない。

いや、言い訳とかいい。そんなのいいから、その前にこの服、脱がせてくれ。

効果はともかく、見た目的にも課せられるもの的にも大分きついんだ。おい、なあ、ちょっと。頼むよ。聞いてる？　ってか、俺の声、届いてるか？　頼む。頼むから！

いい加減この装備を……

「脱がせてくれ！」

自分の口から出た声に、俺ははっと目を見開いた。

気が付けば、薄汚れた天井が目の前にあった。体の上には布団がかけられていて、一気に現実感が押し寄せ自らの境遇を思い出した。

……そういえば俺、昨日ここで……。

「起きたのか」

「…………！」

その声に、思わず布団から飛び起きた。

当然というべきか、意外というべきか、ガシュアが隣のベッドに腰かけていた。

自分の装備をきっちりと着込み、昨晩の熱などなかったかのようにいつもの無表情で俺を見つめていた。

心臓がばくばくと鳴り響く。

ガシュアからすれば、ここにいるのは当然なんだろうけど、あんなことをしておいて平然と隣に座っていられる神経がわからない。

いや、そもそも普通じゃないんだ、この男は。それに、こいつの目的は聖女の鎧……、と思ったところで、俺は慌てて布団を捲り、自分の体を見た。…………体中に、色んな痕《あと》が残っているのは置いといて。

「は……外れてない……！」

聖女の装備が、再び俺に装着されている。

俺はがくりと布団に沈んだ。

朧気《おぼろげ》な記憶の中では、昨晩は一瞬外れた覚えがあったのに、聖女の鎧は再び俺の体へと戻っていた。……やっぱり、呪われている。

今脱ごうとしても、脱げないんだろうな。……そういえば、なんか変な夢を見た気がするんだけど、いまいち思い出せない。

「…………はぁ」

俺は再び布団を被ったまま、部屋の中を見渡した。

……昨晩は色んな汁が飛び散って大分エグいことになっていたはずだけど、今部屋の中を見る限り綺麗になっていた。まるで昨日のことなんてなかったみたいに。聖女の鎧の付与効果なのか、体に痛みも残っていない。ただ、俺の体に残された痕だけが現実を物語っていた。

破かれた俺の装備はそのままベッド脇に畳まれている。……破れたままだから、あとで縫《ぬ》わないと。

ちら、と横を見ると、ガシュアが俺に近づいてきた。その威圧感にびくりと体が強ばり、俺は毛布を被ったまま距離を取る。

「な、なんだよ……」

「…………」

なんか言えよ。

無表情なのも怖いし、何も言わないのも怖い。

昨晩散々な目に遭ったのはどう考えても俺の方だ。幸いというべきか呪いというべきか、どこにも怠《だる》さひとつ残っていない。

あんなにも規格外なもんを突っ込まれたにもかかわらず、こんなに元気なのが、奇跡みたいだ。

尻が痛いとか、腰が痛いとかってこともない。けど、されたことは覚えている。

ガシュアの手が俺の方に伸びてきたので、俺は反射的にその手を振り払った。部屋の中に、乾いた音が響く。

「っ、触るなっ！」

叩くように弾くと、ガシュアが止まった。

相変わらず無表情だ。

少し前なら、俺も取り繕おうと笑顔の一つでも向けたかもしれない。けど、いくら王族だろうが、勇者の末裔だろうが、俺とは比べものにならない身分だろうが、されたことを怒る権利くらいはあるだろう。何よりこいつは一度怒らないと、こっちの気持ちが伝わらない気がした。

敬語も被っていた猫もかなぐり捨てて、俺はガシュアを睨みつける。

「触るな、もう二度と触るな！　クソが！　もうお前とやったところで装備は取れないってわかったんだから、これ以上する必要もないだろ！」

勢いのままに怒鳴りつけると、ガシュアは口を噤んで喋らなかった。少しだけ目を見開いたのは、俺が怒ったのが意外だったからだろうか？　でも、そんなの関係ない。

どうせ、この感情倫理が欠落した【脳筋】男のことだ。昨日俺にしたことだってなんとも思っていないんだろう。

実力主義の冒険者間じゃ、弱くて抵抗できなかった俺が悪いとまで言われる可能性すらある。

でも、だからって好き勝手していいわけじゃないし、言い返したいと思うプライドくらい残っている。

布団を身にまとったまま、俺は迷わず言葉を吐き出した。

「あんだけ無理だって言ったのにそのまま続けてんじゃねえぞ！　性欲馬鹿か!?　死ぬかと思った！　つーか聖女の加護がなかったら死んでたからな！　最悪な

死に様だ！」

「…………………」

「なんとか言えよ、王子様は口もきけねえのか！　この装備が外れない以上、外れるまでは付き合うけどな、それ以降は二度と俺に付きまとうなよ！　このクソ野郎が！」

「……っ！」

そう叫ぶと、ガシュアの鋭い眼光が俺を射抜いた。

俺はびく、と肩を縮こめ布団に引っ込む。

な、なんだよ、……いくらなんでも王族にクソ野郎は言いすぎたか？　でもあんなことする奴はクソ野郎呼ばわりされても仕方ない。勇者の末裔だからって何しても許されると思うな。

「それが素なんだな」

「あんなことして謝りもしない奴に、敬語を使う必要ないだろ、どうされましたガシュア様、敬語をお望みでしたか？　敬われる行動ではなかったのに？」

わざと煽《あお》るように嘲笑すると、何故かガシュアも笑った。いや……そこで笑いが出てくるのもおかしいだろ。なんの笑みなんだよそれは。

布団の中に引っ込み、睨み付けると、ガシュアが口を開いた。

「いいや、その口調でいい。外れるまで付き合ってくれるなんて随分と心優しいんだな」

「はあ？」

何を今更……、と思った瞬間、ガシュアから信じられない言葉が飛び出した。

「――悪かった」

「は」

「無茶をさせて、負担をかけすぎた。悪かった」

そう言って頭を下げてきた。……こいつにも、一応謝罪って概念があったのか。生まれてから一度も謝ったことなんてないかと思っていた。俺が動揺して黙り込んでいると、ガシュアは少し考えるような素振りをして言葉を追加する。

「ごめん」

「ご……っ⁉」

ご、ご、ごめん？

今ごめんって言ったのかこいつ⁉　いや、ごめんで許されることでもないけど、絶対に言わなそうな言葉を吐かれて耳を疑った。こいつ本当にガシュアか……？

訝《いぶか》しむ俺に、ガシュアは続ける。

「ここまでする気はなかった」

一応悪いことをしたって自覚はあったのか？　いや、ここまでする気はなかったとか負担をかけすぎたとか言ってるあたり、別にあれ自体を悪いことだとは思っていない可能性がある。やりすぎたのがよくないだけで、やること自体はなんとも思っていないかもしれない。

相手の同意なくするのはよくないことだって意識を植え付けた方がいい。


「そもそも俺はやめろって言ったはずだろ！　なんであんなことした？　お前からすれば、条件的には装備を外す必要もなかったはずなのに」

「！　それは………」

俺の問いかけに、ガシュアは言葉を噤み、それから思案したあと、静かに言い放った。

「……したかったから」

「は？」

「お前が、どういう表情をして、どんな声を上げて、俺に抱かれるのか見たかった」

予想外に飛び出してきた言葉に、俺は面食らった。

「え…………な、なんで？」

「なんで？　…………？　そうだな……………」

俺の問いかけに、ガシュアは再び沈黙を産んだ。

したかったからしてみた、というクソガキみたいな理由はともかく、その根本はどういう感情だ？

俺のような凡夫《ぼんぷ》としてみたい理由とかあるか？　ま

だ聖女の鎧を俺から剥ぎ取って、魔王殺しの旅に俺というお荷物を置いていきたかったからと言われた方が説得力がある。

　まさか、俺としたかったからという回答が返ってくるとは思っていなかった。

「ヨルンのことが、気に入ったから」

「…………っ」

　いや、あれは気に入ったからする行動じゃないだろ。獣のマーキングか。死ぬかと思ったんだぞ。聖女の加護がなかったらと考えると……。

　ずっと背筋に悪寒が走った。俺の本能が告げている。これは、深く関わらない方がいいと。

「と、とにかく、約束した以上お前の目的には付き合うけど、そこまでだ。この装備が外れたら俺は離れる。もう、ああいうことはするなよ」

「…………」

「おい、返事しろ！」

　そこで沈黙の返答は怖いからやめろよ！　こいつ本当に悪かったって思ってる？

　起こってしまったことはともかく、今後もこんなことがあるのは耐えられない。いくら聖女の加護や装備があろうと、単純に男としての尊厳を奪われたような気分になるからだ。

　俺は、欲しいもののためならプライドなんていくらでも捨てていいと思ってるけど、特に理由もなく尊厳を捨てたいとまでは考えていない。

　むっと口を尖《とが》らせ布団の中から恨みがましく言った。

「……ちゃんと約束できないなら、同行しない」

「……………」

　ガシュアの眉間の皺が深くなった。

　今まで、我《わ》が儘《まま》を言えば最悪ここで斬り捨てられるかもしれない、と思っていたけど、俺には聖女の装備がある。

　なら、簡単に死にはしないだろうし、こっちだってある程度交渉の余地がある。それに、反省している今が好機だ。

こいつが少しでも罪悪感を覚えているなら、その間は俺の方が立場が上だし、意見が通るうちに全部通そう。

勇者語録曰く、【転んでもタダじゃ起きない】だ。

あんな目に遭ったんだから、俺だって少しは何かを得てもいいはず。

というか、ガシュアだってもう俺とあんなことをする理由はないわけだから、ただ頷けばいいだけなのに、何を渋ってんだよ。

「…………それは、困るな」

「そうだろ？　なら……――」

「手足を落として連れて行くべきか？」

「勿論お前の目的が達成するまでは付き合うけどな!?」

なんでこの期に及んで俺が脅されなきゃいけないんだよ！　でもこいつ躊躇《ためら》いなくやりそうだし……。

「次は気を付ける」

「次……？」

こいつ、あれだけのことをしておいて次もあると思ってるのか？

「……お前、本当に反省してる？」

「している」

「何に対して」

「お前の貧弱さを理解していなくて悪かった」

「あ、煽ってるのか……？」

「なんのことだ」

喧嘩を売ってきたのかと思った。コイツ、俺が弱かったからああなったと思ってる？　俺じゃなくても無理だろあんなの！　しかし、きょとんとしているところを見ると、悪気はないらしい。その態度が俺からすれば純粋悪だけど。

じっと見つめていると、カシュアは目を逸らさず見つめ返してくるもんだから、逆に俺の方が逸らしてしまった。咳払いして、場を仕切り直す。

「はぁ……とにかく、もうあんなことしないでくれよ」

ガシュアは何も言わないまま黙り込んだ。

「おい……しないよな？」

「断定はできない」

「断定してくれ！　お前だって俺みたいな目立たない地味顔の成人男性としたところでいいことないだろ！」

「容姿は関係ないが……」

「な、なんだよ」

「乱れているときは可愛いと思った」

「か…………っ!?」

ぞぞぞ、と背筋に鳥肌が立った。こいつ、可愛いもの見たことがないのか？　女からは存在感がないと無視されて、男だって変な奴しか寄ってこないのに、可愛いわけあるか。

どう言えば伝わるんだと悩んでいると、ガシュアが立ち上がって俺を見下ろしてくる。

「ヨルン」

「何」

「…………」

何か言ってくるかと思ったが、無言のまま俺の頭を掴んできた。捻り潰される？　と思ったら、わしわしと撫で始めた。なんだその行動の脈絡のなさは。

「おいっ、勝手に触るなっ！」

さっき触るなっつったよな？　人の話聞いてないのかこいつ!?　俺が吠《ほ》えると、ガシュアは相変わらずの無表情で俺の頭を触ってくる。

「聞いてるのか？」

「……ずっと考えていたんだが……」

「俺の話も聞かずに……？」

「俺がヨルンに愛着が湧いたのは、昔一緒にいた魔物に似ているからかもしれない。こうしてみると、触り心地も似ている」

「………だからっ……！　いや、もういい……、触るなら頭だけにしてくれよ……」

「わかった」

誰が魔物だよとか、俺に愛着湧いてたの？　とか、言いたいことは色々あるけど、まずは今後のことを考えないと。こうなったからには、俺も色々と計画を立て直す必要がある。

「お前の旅に同行するんだから、今後は俺の意見も聞けよ。俺を装備の付属品だと思わないで、ちゃんと人間として扱えよ？」

「わかった」

「よしっ、あと俺……別に強くないから、戦力には期待するな」

「元からしていない」

「それはそれで……、あ、金はどうする？　お前と一緒にいたら仕事もできないし」

「俺が所属するギルドに行けばいくらでも貰えるだろう」

「稼ぐってこと？　……じゃ、クエストの分け前は山分けとかでもいい？」

「構わない」

ぃよし！

素直に頷くガシュアに、俺の死んでいた精神が少しずつ回復していく。

正直、このままこいつと二人旅とかどうしようと思っていたけど、こうやって素直に俺の言葉にも耳を傾けてくれるなら、なんとかやっていけそうだ。

俺の身の安全と財産が保証されるならそれでいいんだ。

目の前で大人しくしている男は猛獣《もうじゅう》かもしれないけど、その男を制御できるなら、怖くなんてない。俺は笑顔を見せてガシュアに言った。

「よし、じゃあ正式に契約書を書こう！」

「契約書？」

「ちゃんと証拠として残しておかないと、裏切られるのはごめんだからな」

何事も、約束をするのは慎重にいかないと。

「別に書くのは構わないが、なんの制約も課されていない紙切れになんの効果がある？　それともお前はそういうスキルも使えるのか」

「…………」

流石にそれは無理だ。ものにかけて効力を持たせ、破った奴に罰則を与えるような超高難易度スキルなんて、俺には使えない。

確かにこいつは、契約書なんて燃やして塵《ちり》にするかもしれないけど、それでも書類として残しておくのは、いざというときの証拠にもなる。俺は口を曲げて、その場に倒れた。

「…………あっ、いたたたた、尻がいたい！　あ〜〜、誰かさんのせいで体中が痛いな〜〜……無理矢理されたせいで……もう無理だって何回も言ったんだけどな〜」

「…………」

俺の言葉に、ガシュアが一瞬眉を顰《ひそ》めた。

けど、俺だって引かない。もう猫を被る必要もないし、強気に出ないとやられるだけだ。布団の中からガシュアを見つめると、ガシュアが俺に近づき、布団ごと俺を抱き上げた。

「うおっ……!?」

「この近くに本物の治癒士が滞在しているらしい。そこまで連れて行こう、治療してもらえばいい」

「は!?　いやそれは別に頼んでな……」

「それに」

痛いところもないのに本物の治癒士の元に行ったらひやかしかと怒られるに決まっている。止めようとすると、ガシュアが言葉を遮《さえぎ》って言った。

「俺はお前を裏切らない、そんな紙切れより信じられるだろう」

真剣味を帯びた声でそう言われ、俺は思わず息を呑んだ。

そんなことを言われても、信じられない。大抵の人間は裏切るんだ。裏切らない、なんてそんな保証はどこにもない。けど、その表情は真《しん》に迫っていて、本当に俺のことを裏切ったりしないという意思が垣間見《かいまみ》えた。

俺は恐る恐る聞き返す。

「ちなみに……もし俺が裏切ったら……？」

「…………」

ガシュアは口を閉ざし、抱き上げた俺の体を再びベッドに戻した。横たわった俺の上に、ガシュアが覆い被さってくる。

「な……！」

「お前が裏切るなら、俺も約束したことは守らない。裏切った代償を払ってもらうのは当たり前だろう」

にぃ、と邪悪《じゃあく》な笑顔で笑われて、俺はひくっと喉が震え、背筋が凍《こお》った。

多分裏切ったら本当に殺されるな、これ。青ざめながら俺は無理矢理笑みを浮かべた。話題を変えよう。困ったときは別の話に移すに限る。

「は……はは……そうだな、ガシュアの言うこと、信じるよ……！　じゃあ次に行く場所を決めないと、いや、その前に服だな！　服！」

話を逸らし、俺は脇に畳まれた装備の中から聖魔導士の服を引っ張りだした。それはもう無残な姿になっている。

「……あーあー、裂けてる……高かったのに」

「新しいのを買えばいいだろう」

「そんな金ないって。それともお前が出してくれんの」

「構わない」

「……えっ、いいの？」

「ああ」

……これが王族の金銭感覚ってやつ？　聖魔導士の

服って結構高いけど大丈夫か？

「なんだ」

「いや……」

どちらにしろ、ここを出る為の応急処置は必要だ。服を買うのはいつでもできる。

「俺の荷物に針があるから持ってきてくれ、あと服も貸してくれ」

「これか？　今度は針子に化ける気か」

ガシュアが近くにあった鞄《かばん》を俺に放る。

その中から、常備している針と糸を取り出した。ついでに、ガシュアが羽織っていたマントも奪い取る。

この格好だとガシュアの視線が気になって縫いづらいし、変態装備も丸見えだ。

針子にも化けられると言えば化けられるけど、化けたところであまりメリットがない。ただ悪戯《いたずら》に少ない魔力を消費するだけだ。縫うくらいなら別に化けなくてもできる。

「縫うだけなのに、いちいち化けない」

「…………そうか」

そのまま、黙り込んでガシュアが俺の隣に座った。

何かしてくるのかと思ったが、特に何をするでもなく、ただ俺が破れた聖魔導士の装備を繕《つくろ》うのを見ているだけだった。赤い瞳が、せかせかと動く俺の手だけを見つめている。

そのまま沈黙がしばらく続いたが、ようやくあと少しで繕いが完成するというところで、ガシュアが口を開いた。

「器用だな」

「……ただの補修だよ」

実際この装備は繕ったところでもう使えないだろうし、次の装備を買いにいくまでの繋ぎだ。それまでなんとか保《も》てばいい。

確かに他人と比べれば多少は器用かもしれないけど、この程度、俺じゃなくてもできることだ。こんなことより、俺は勇者みたいなスキルの方が欲しかった。

「こんなの誰でもできる」

「そうか？　俺は針を全部折るからできない」

「ぶっ……！」

不意打ちだった。

真面目な顔で突然冗談みたいなことを言い出すガシュアに、思わず吹き出した。

まあ、確かにガシュアみたいなタイプは、服を破くことはできても、繕うことはできないだろうな。そんな器用なタイプには見えない。

「っ……お前な……っ」

ぶるぶると震えながら笑いを堪えていると、ガシュアが首を傾げた。

「なんだ？」

目が合うと、俺はその大柄な体軀で、全ての針を駄目にして破れた服を前に敗北を認めるガシュアを思い浮かべてしまった。やばい、もう駄目だ、限界だ。


「ふ……ふはっ……はっ……！　あははははは！　っく……ふふ……確かに！　お前、すごい不器用そ～……！　ははははっ」

耐えきれずケラケラ笑っていると、ガシュアが少しだけ目を見開き、俺に近づいた。

「？　何……」

勘に障ったか？　口を開こうとしたところで、ガシュアの唇が俺の口に重なる。

「…………!?」

ふに、と柔らかな感触が唇に伝わった瞬間、思わずガシュアの胸を押す。

ガシュアは微動だにしなかった為、反動で俺が後ろに転がった。頭上でガシュアが、俺を見下ろしている。

こ、こいつ……、こいつ……！

「お……お前、俺の話聞いてた!?」

「…………？」

唇が離れると、ガシュア自身も不思議そうな顔をして、自らの唇を触っていた。なんでお前が驚いてんだよ！

その姿に俺が口を開いた瞬間、身につけていた装備が熱を帯びた。

「うっ……!?」

「ヨルン？　どうした」

「……いや……」

全身が締め付けられるような感覚に体を抱くと、パキン、と何かが砕けたような音が聞こえたけれど、すぐにその熱は消えた。

二章

俺たち冒険者にとって、装備というのはかなり重要だ。

それぞれの職業によって見た目が異なる装備は、生地や素材ごとに付与される魔法が違う。治癒士の装備だと質のいいものは軽く、おまけに元々の能力を底上げしてくれる。

けれど、当然そういったものは高価で、簡単には買えないし、魔力や技術が見合っていないと宝の持ち腐れだ。つまり、高価な装備を身につけている奴はそれだけ能力が高いということ。俺が今まで買っていたのは最低限レベルのものだった。

「う〜ん……、やっぱこれだな」

「決まったか？」

目の前に掲げられている治癒士の装備は、この近隣の店だと一番高価だ。当然以前の俺には手の届かない代物だったけれど……。

「先に確認しておくけど、本当にあとから返せとか言うなよ？」

「くどい。俺は嘘はつかない」

その問いかけに、ガシュアは素直に頷いて言った。

俺は内心拳を突き上げ、勝利のポーズを決める。無料《タダ》より高いものはないというけれど、俺の場合無料《タダ》じゃないからこの報酬は受け取ってもいいはずだ。装備を破いたのがガシュアなのだから、ガシュアには俺の装備を弁償する義務がある。

今まで色々な職業に化けてきたけど、治癒士の最高位装備となればかなりの高額で、この装備一式を売り飛ばすだけでもまとまった金額になるだろう。

客観的に見て、俺のような男がそんな装備を纏うのは攫《さら》われたり追い剝ぎの可能性があって危険かもしれないけど、今はガシュアが近くにいる。聖女の鎧が装備されている現状、連れさられたり殺されることをガシュアは許さない。それに、俺自身聖女の装備で能力が底上げされているし。ガシュアと離れたあとはこれを売れば資産になる。

口から緩んだ笑みが溢れると、隣にいたガシュアが笑った。

「随分と嬉しそうだな」

「そりゃ、新しい装備が手に入るんだから嬉しいだろ！」

「そうか」

ガシュアはそれ以上何も言わなかった。俺は服の寸法を測るべく、個室へと向かう。大抵の装備はその人の体格に合ったものが用意されているけれど、高価なものは一点物が多い。今回のもそれで、寸法が合わなければ話にならない。

「あ、裾合わせは自分で確認するので大丈夫です」

通常は一緒に入って寸法を測ってもらうのだが店員をスキルと説得で断り、俺は試着室へと足を進める。寸法を測るには服をある程度脱がないといけないし、そうなると、この装備も見られるかもしれない。一人で個室に足を踏み入れると、ガシュアも一緒に入ってきた。

「おい……」

「なんだ？」

「俺一人で入るから出て行け」

岩のように動かないガシュアを手で押しても無駄なので、そのまま手で出て行くよう指示した。

「…………」

怒るだろうか、と思ったが、意外にもガシュアは素直に出て行った。本人の言葉通り約束はきちんと守るタイプらしく、俺の身の安全にも気を配ってくれる。一部やりすぎな面もあるけど、そのあたりは説明してやめさせればいいだけだ。

寸法を測るべく服を脱いでいくと、聖女の鎧の一部が割れていた。

「げっ……！」

割れてる！　なんで！　いつ……!?

装飾部の宝石が砕けたのか、中身がなくなっている。

「やべ……」

いや、流石にもう売り飛ばそうという計画はなくなっているから宝石がなくなっても俺はいいけど、これが原因でガシュアになんか言われたら面倒だな……、黙っとくか。

素早く装備の寸法を確認し、聖女の鎧が見えないように服を着込んだ。豪奢《ごうしゃ》な雰囲気のあるこの装備は、質素な俺の顔には合わないかもしれないけど、そんなことはどうでもいい。肌触りもよく、軽やかな素材の装備に目を細めた。なるべく汚さないようにしよう……。

「ヨルン、終わったか」

「っ！　あ、ああ、今出ます！」

「おお！　お客様、よくお似合いです。まるでお客様の為に作られたようで！」

個室から出ると、店主とガシュアが並んで待っていた。高い装備だし、当然そう言うだろう。俺が店主でもそう言う。似合ってなくても言う。けどガシュアはどうだろう。目が合うと、俺は慣れた笑顔を浮かべた。

「どうですか？」

「脱がせにくそうだな」

「ごほっ」

隣で店主が咳払いをした。それから、俺とガシュアの顔を興味深そうに見てくる。おい、やめろ！　変な誤解を生みそうな発言をするな！　優しい言葉を吐くとは思ってなかったけど、ここまで空気が読めない言葉を発するとも思ってなかった。

笑顔を引き攣らせて、俺はガシュアを引っ張り、足早に会計口へと向かう。

「は……ははは、脱ぎにくそう、ですよね？　あの、彼はちょっとこの国の言語を勉強中でして……！　この装備、確かに少し着脱はしにくいですが、やはり能力向上効果が素晴らしいです！　それに軽い！」

「はは、そうですね、凄腕《すごうで》の職人が作った一点物ですので……」

　俺の苦しい言い訳に、突っ込んで聞いてはこなかったのは店主の気遣いだろう。会話を続けると、ガシュアが横からしれっと割り込んできた。

「一人で脱ぎ着できないなら手伝ってやろうか」

「すみません、もうお会計をお願いします！」

「お、お買い上げありがとうございます……」

　ガシュアの言葉に被せて無理矢理会話を終わらせると、俺は空気の読めない男を睨み付けた。

＊＊＊＊＊

「ところで、俺はいつからこの国の言語を勉強中になったんだ？」

　装備の直しも終わり、支度を整えて店を出ると、俺たちは再び教会へ向かうことにした。

　あそこまでしても外れなかったんだ。別の方法を探らなければならない。そもそもノーウェルがあんなことを言い出さなければ、俺はガシュアに抱かれることもなかったのに。

　外れなかったぞ、と文句の一つや二つや五百くらいノーウェルに言ってやりたいが、聖職者にそんなことをすればあっという間に背信行為で捕まる。

　ならば、次の情報収集だ。

「急に変なこと言うからだろ」

「変なこと？　見たままの感想だ」

　至極真面目な顔で言うガシュアに悪意はないのかもしれない。けど、あんな風に言われるこっちの身にもなってほしい。男同士が禁じられているわけでもないが、絶対数は多くない。

「脱がせにくいとか、手伝うとか、絶対そういう関係だと思われた……」

「そういう関係とはなんだ」

「いや、だから」

世間知らずというか、常識知らずというか、こいつ今までどうやって生きてきたんだろう。ずっと感じていたことだけど、ガシュアの感覚は一般的なものと少しズレている。実はとんでもない田舎《いなか》で育ったりしたのか。それとも、全部力で黙らせてきたのか、あるいは俺に対する嫌がらせかもしれない。

「……恋人同士だと思われたかもしれないだろ」

「…………………っ！」

ぼそりと呟かれた俺の言葉に、ガシュアが目を見開いた。

あるいは、もっと健全じゃない関係だ。少なくとも、体の繋がりがあると思われた可能性はある。可能性っていうか、体の繋がりはあったけどな。

考えていて泣けてくる。大体、なんだよ脱がせやすそうって。普通は脱ぎやすそうだろ。そこで脱がす方向に行くのがどうかしている。

ガシュアは俺の言葉を聞くと、黙り込んでこっちを見つめてきた。

「恋人……？」

「え？　ああ、恋人っていうのは、好き合った者同士が付き合う関係で……」

「意味くらい知っている」

「ああそう」

恋人って単語も知らないのかと思った。ガシュアがじろじろと無遠慮に俺を見つめてくる。

「なんだよ」

「俺とお前は恋人同士なのか？」

吹き出した。

「…………はぁ⁉」

「他人と付き合ったことがないから、どうすれば恋人になるのかよくわからない。俺とお前は恋人になるのか？」

「な、なるわけないだろ！　恋人っていうのは……だから、相思相愛っていうか、……お互いに想い合ってる奴らのことを言うんだよ！」

俺だって付き合ったことなんてないし、付き合いたいと思ったこともないから、よくわからない。なんだってこんな説明をしなきゃいけないいんだ。

「そもそも、付き合ったことがないならお前だって初めてだったんじゃないのか……!?」

その年で経験の一つもないのかと辱められたけど、同じ立場なら俺に言えることでもなかったはずだ。けれど、ガシュアは不思議そうに首を傾げた。

「付き合わなくても、抱くことはできるだろう」

……………まあ、王族だもんな。それにその容姿と体格だ。女の方から寄ってくるだろう。モテ自慢のつもりはないのかもしれないけど、イラッとしたのは確かだ。

「じゃあ、俺もそいつらと同じってだけだよ」

「……………」

俺の言葉に、ガシュアは少しだけ考え込むようにして、再び口を開いた。

「どうしたらってそりゃ……、俺がガシュアを好きになって、ガシュアが俺のことを好きになったら……。

……………っいや、そんなの考えてどうすんだよ。それより早く教会行くぞ」

怖い会話を断ち切って、俺はガシュアを促した。ガシュアは頷きはしたものの、そのあとも視線が背後から突き刺さり、なんだか怖かった。

＊＊＊＊＊

「それで、今日はどうされたんですか？」

再び教会までやってくると、ノーウェルはまるで俺たちが来ることをわかっていたかのように応接間へと案内してくれた。

前回とは違う部屋で、俺とガシュアはノーウェルと向かい合う形でソファに座る。ノーウェルはにこにこと微笑みながら、俺たちの報告を待っていた。

……来たはいいけど、どう話せばいいんだ？　セックスしたけど、脱げませんでしたって言うのか？　そんなこと話せるはずがない。そもそもガシュアとしたということを知られるのも嫌だ。

ガシュアへ目線を移すと、相変わらず何を考えているのかわからない様子で口を噤んでいる。

ガシュアの性格上、コイツの穴にハメたら一度は取れたがまた元に戻ったから他の手段を考えろ、とか最悪なことを言ってきそうだと思っていただけに意外だ。考えごとでもしているのだろうか。

けど、ガシュアが口を挟まないのは俺にとって好都合だ。

俺だってこの変態装備を一生身につけているつもりはない。効果はいいけど、年を取るごとにキツさを感じるだろうから、早々に脱ぎたい。ガシュアとのことはやんわり誤魔化してもっと他に情報がないか引きだそう。

「その……相談がありまして」

「いいですよぉ、聖女様に選ばれた方のご相談であればなんなりと！　聖女様の信徒である僕は全て協力致します！」

大仰《おおぎょう》に腕を広げ、ノーウェルが明るい笑みを見せる。

その瞳には、聖女に対する信奉と若干の狂気が窺《うかが》えた。

「はは、ありがとうございます。実はですね、えー……、色々と試してみたのですがやはりこの装備が脱げなくて。一度は外れたものの……、朝起きたらまた元通りという現状なのです。ノーウェル様、他に何か手立てはないでしょうか？」

肝心なところはぼかして事のあらましを説明すると、ノーウェルが笑顔で頷く。

「外れたときはどういう状況だったのですか？」

「えっ⁉　あ、ああ、それは……、そうですね」

言えるわけがない、この男にハメられている真っ最中だったなんて、絶対に言えない。しかもこいつ、せっかく外れた装備を邪魔だとか言ってその辺にポイ捨てしていた気がする。ノーウェルが聞いたら怒り狂うぞ。

なるべく表情には出さず、うまく誤魔化す。

「ガシュア様と対話をしているときに不思議とこう、するりと」

「なるほどぉ、どういう対話を？　内容は？」

「え、ええと……」

覚えてねえよ！　そもそも会話なんてしてたか……⁉　あのときは、俺も記憶が朦朧《もうろう》としていたから、どんなことがあったかなんて、子細は覚えていない。

いや、馬鹿正直に話すことはない、ここはいつもみたいに適当な嘘でもついて……！

「会話はしていない。ヨルンは俺の下で喘《あえ》いでいた」

「…………っ……⁉」

そのとき、隣に座っていたガシュアがさらりと答え、俺は言葉を失った。口を魚のように開閉させ、言葉を発せずガシュアを見る。

「な、っ……おま……っ」

こ、こ、この男……！　なんで今それを言うんだよ！　全身が熱くなり、俺は震えながら買ったばかりの装備をぎゅっと掴んだ。今のはノーウェルの前で、俺はこの男に抱かれましたと宣言するのと同義だ。

ノーウェルは微笑みながら俺たちを見る。なんなんだよ、その生温い目線は。

「あ～、ふむふむ、勇者様に抱かれたにもかかわらずまた戻ってきてしまわれたということですね。勇者様、いかがでしたか？　抱いたときのことをもう少し詳しく教えてください」

「っ〜〜〜……！」

おい、なんだこの辱めは！

このふてぶてしい男より俺の方が年上なんだぞ!? 冒険者歴だってきっと俺の方が長いし、先輩だ。その俺に対してもうちょっとなんか、ないのかよ！

　羞恥に赤くなり震えていると、ガシュアが言った。

「お前に話す必要はない」

「いやあ、聖女様の装備が外れたということは、聖女様の欲が満たされたという可能性があるじゃないですか。どんな感情を抱いたんですか？　それとも苦痛でしたか？」

「……いや、別に苦痛ではなかった、むしろ……」

「ちょっと」

「あ、よかったんですね。いや〜、ヨルンさんのそういうところは想像できませんが、どこがよかったんですか？」

「あの」

「………どこが？」

「抱いていてなんの感想も抱きませんでしたか？　可愛かったな〜とか、好きだなぁ、とか」

「おい」

「そうだな………、しているうちに全部見たくなって、俺の下で啼《な》いている姿を見ていると満たされた。体つきもいい、表情も……」

「なるほど〜、好きになっちゃいました？」

「す」

「もういいでしょう！」

　俺は会話を遮って叫ぶ。なんて会話を続けてるんだよ。こんなの【セクハラ】だ！【デリカシー】って言葉を知らないのか!?　知らないだろうな！　俺が制止すると、ノーウェルは俺とガシュアの顔を交互に見て微笑んだ。

「いやあ、失礼しました！　アハハ、聖女様の願いがまた一つ叶ったのかと思うと感慨深いです……」

誰かこの男から聖導士の職を取り上げてくれ。

こいつもガシュアとは別のベクトルでヤバすぎる。聖職者のくせに何を聞いてるんだ。

顔に熱が集まり、羞恥心から唇を噛んだ。けど、ここで呑まれてはいけない。しっかりしろヨルン、お前は口喧嘩《げんか》なら負けないだろ。落ち着いて深呼吸をすると、引き攣らないように笑顔を浮かべ、つらつらと述べた。

「……聖女様の装備は、国の尊き宝ですから、私も早めにお返ししたいと思いまして。その為ならば私の身など安いものです、一等早い手段があるのならば試すのも役目かと思いまして」

「おお、なんて献身的な……、聖女様がヨルンさんを選んだ理由がわかった気がします。その献身さに、聖女様も親近感を覚えたのかもしれませんね」

「ははは……」

今となっては、俺は聖女に献身という言葉を感じないが、適当に笑って誤魔化しておいた。献身さを身につける聖女は自分勝手に他人に取り憑かない。

「相談なのですが、何か別の手立てはありますか？提案して頂いたことも意味を成さなかったのです。また戻ってしまうのでは意味がありませんので」

「そうですねぇ、まずは装備の現状を確認しますので、ヨルンさん、一度脱いでいただけますか？」

「ぬ……」

「断る」

またかよ、と思った横で、ガシュアが断った。

「ガシュア……？」

「昨日一度確認しただろう、二度見せる意味はない」

そう言って、ガシュアは俺をちらりと見た。

俺だって人前で脱ぎたくなんてないけど、まさかガシュアが断るとは思わなかった。装備を取る為だからさっさと脱げと言われるならまだしも。ガシュアは不機嫌そうな瞳でノーウェルを睨んでいる。

「いやいや意味はありますよぉ、前回と変わったところがないか比べないといけませんし、早く全部脱いで……」

と言いかけたところで、ガシュアが殺気を放ってノーウェルを睨みつけた。隣に立っているだけでビリビリと鳥肌が立つような殺気に、俺は思わず息を呑んだ。ノーウェルも微笑みを崩さないままでいるが、若干口角が引き攣っている。

「……えーと、今回は全部脱げとは言いませんので、上だけで構いませんよ」

「何故お前に見せないといけない」

「僕が聖導士だからです。それに、昨日と違った点があるかもしれませんし、本当は全身を確認したいところですが……、勇者様がそう仰るなら一部でも構いません、現状を見たいのです」

譲歩したように伝えるノーウェルは、それでも堂々と言い放った。……上だけなら、醜態には変わりないが、前よりはマシか？　けれど、ガシュアは譲らず言葉をぶつけている。

「お前の言葉通りにしても外れなかったのに、それを信じろと？」

「信じられないならそれで結構です。僕が示したのはあくまで可能性の一つであって、そうしたら外れるとは明言しておりません。ですのでぇ、外れなかったのならまた別の可能性を示すまでですよ」

「だが」

「それに、一度は外れたのでしょう？　僕の言葉も合ってはいたじゃないですか」

「…………………っ」

ガシュアとノーウェルの言い合いでは、勝敗は見えている。ガシュアは力にものを言わせることにかけては強いが、口が達者なわけではない。……っておい待て、何剣握ってんだこいつ。

服を脱がさないように配慮してくれたのは助かるが、次にどうすればいいのかわからないのは事実だ。

前回はほぼ全裸だったし、上だけならマシな方だろう。俺はガシュアがノーウェルを切り刻む前にノーウェルの眼前に立った。

「はぁ……わかりました、今お見せ致します」

「おい！」

ガシュアの声を無視して、俺は服に手をかける。

とはいえ、この服は些《いささ》か構造が複雑だ。装備の線が出ないようになるべく厚着のものを選んでいるからな。

マントを脱いで、中の服の釦を外し、下に着ている服を持ち上げ、前掛けを避けた。すると、素肌をまとう装備が露わになる。

「ああ、なるほど、かなり盛り上がったんですね」

「…………っ！」

そこで気が付いたが、俺の体には装備だけではなく、情事でガシュアがつけた痕もいくつか残っていた。噛み痕や鬱血痕《うっけつこん》が、ぽつぽつと皮膚に残っている。……魔法で消してくるべきだった。俺としたことが！

顔を赤くすると、隣にいるガシュアの威圧感がまた増えた。

「そ、それで、どうですか……？」

早く終わってくれ。心臓の音が速くなると、ノーウェルが俺に近づき、装備を見つめて手のひらに光を集め、俺の胸元に翳《かざ》した。魔法文字が胸の上に浮いた陣の上を駆け巡り、光が溢れる。

「少し失礼します……、おや？　宝石が割れてしまっていますねぇ。これは」

そう言って伸ばしてきた手が俺の体に触れそうになると、ガシュアが摑んだ。

「勝手に触るな」

そして、一応聖職者であるノーウェルの腕を摑んで捻りあげた。

「あいたたたたたっ、あ〜、腕が折れちゃう〜」

「ガ、ガシュア！　……様！」

　言動は緩いがノーウェルは苦悶《くもん》の表情を浮かべている。俺はガシュアの手を押さえ、首を横に振った。ガシュアは常人とは力の強さが違う。一方でこの男はこう見えても教会ではある程度の力を持つ立場の人間だ。そうじゃないと、こんな待遇は許されないだろう。

　下手に扱って怪我をさせたら厄介だ。

「放して差し上げてください。私は大丈夫ですから」

　俺の訴えかけるような視線が通じたのか、ガシュアは舌打ちしながらノーウェルの手を離し、俺に落ちていた服を渡してきた。

「早く着ろ」

「あの、もういいですか？」

　ノーウェルを振り返ると、彼はかけていた眼鏡の位置を直しながら頷いた。

「ええ、構いませんよ。もう少し聖女様の装備を確認したかったのですが……、こうも威嚇《いかく》されては仕方ありませんから。フフフ、それにしても、随分と愛されているのですねぇ～、聖女様はいわば恋の仲介人といったところでしょうか？」

「ノーウェル様、私たちはそういった関係ではございません」

　ノーウェルの勘違いをばっさり切り捨てる。どう考えても聖女は厄介だからだ。俺の言葉に、ノーウェルがおや？　と目を瞬かせた。

「付き合っているのでは？」

「違います、私のような者がガシュア様となど、恐れ多い」

「ええ～、そうですか……？」

　ノーウェルの目はガシュアを捉えた。けれど、ガシュアは黙ったまま何も言わない。勘違いも甚《はなは》だしい。そんなことより大事なことがあるだろう。服を整えると、俺は改めてノーウェルに問いかけた。

「それで、何かわかりましたか？」

俺の質問に、ノーウェルが目を輝かせて両手を合わせた。

「ええ、ようやくわかった気がします。ヨルンさん、ひょっとしたらその装備……、きちんと外れるかもしれませんよ」

「っ！　本当ですか!?　一体どうやって!?」

まさかの朗報に俺は目を輝かせて立ち上がった。やっと光明が見えてきた。さぞかしガシュアも喜ぶだろうと思ったけれど、ガシュアは訝《いぶか》しげな顔をしてノーウェルを睨んでいる。……なんだ？

ノーウェルはウキウキした様子で立ち上がり、部屋の隅へと歩いて行く。

「服についた宝石が割れていたでしょう？」

「あ、それは……、俺、いえ、私が割ったのではなく自然にっ！」

装備を壊した人物として通報されたら困ると思って、慌てて弁明する。

「ええ、わかっていますよ。あの宝石は魔石で作られておりまして、聖女様の力が込められているのです。それが割れているということは……、聖女様のご意志でしょう」

「……………つまり？」

「まずは、別の部屋に移動しましょうか。本当は秘密なのですが……お二人には特別にお見せしちゃいます！」

そう言って近くにあった本棚を動かすと、壁の裏に隠し通路が現れた。教会には、いざというとき外へ抜け出すための道が隠されているというが、ここがそうなのだろうか。古そうな階段は、地下へと続いている。

「これは……」

「ついてきてください」

一瞬、大丈夫か？　という心配が頭を過《よぎ》る。地下への誘導なんて、何かの罠《わな》かもしれない。

一人で冒険していると、騙されそうになったことは幾度となくあった。囮《おとり》に使われたことも、狭い部屋に閉じ込められたことだってある。

なんとか生き残ってこれたけど、ここはダンジョンの中じゃない。俺一人なら、ここで色々と難癖をつけて避けていたかもしれない。だって俺は別に強くはない。戦闘力よりも別のところを磨いて生き残ってきた人間だから。けど……。俺はガシュアにこっそり近寄って、耳打ちをした。

「ガシュア」

「……なんだ？」

「いざというときは、頼む」

今はガシュアがいる。性格はともかく、その実力は確かだ。

一緒にいれば最悪の事態は免《まぬが》れるだろう。すると、ガシュアは何かを確信したかのように頷いた。

「わかった」

俺達はノーウェルの後ろをそっとついていく。長い階段を降りた先の通路は薄暗く、人のいる気配はない。

やがて歩き続けると、石造りの小さな部屋の中へとやってきた。地下室、か……？

青い光が灯る燭《とも》台《しょくだい》に囲まれた部屋はどこか幻想的で、中央には結界が張られた台座がある。

ノーウェルはそこに近づき、結界を解くと、中にあった何かを取りだした。

「ノーウェル様、それは……？」

「聖女様が残した聖遺物は、ヨルンさんの装備だけじゃありません。全国各地に、聖女様の遺物は残っているんです」

「あぁ……、存じております。確か北の教会には聖女様がかつて装備されていたネックレスが納められているとか」

そもそも、救国の聖女の装備なんて国からすれば貴重品だ。保管されていないこの装備がおかしい。どうしてあんなダンジョンにあったんだろう。俺の言葉に、ノーウェルが頷く。

「その通りです。聖女様の持っていたものは基本的に教会に保管されていることが多いのですが、中には日の目を見ないものもあります。ヨルンさんが持っていた装備もそうですし……、今回はヨルンさんたちにも特別にお見せ致しましょう。……こちらです！」

ノーウェルが俺たちに向かって差し出したそれは、本だった。

ベロア素材の赤地に金色の模様細工が刻まれた、綺麗な本。これが聖女の遺物……？

ノーウェルはその本を丁寧に撫でながら口を開いた。

「ヨルンさん、僕は最初、ヨルンさんが聖女様の想いを叶えてあげればいいと言いましたよね。僕の考えだと、おそらくあれは半分合っていて、半分は違います」

「……というと？」

「全ての願いを叶えることによって、聖女様はその装備から解放されるのではないかと」


「全ての願い……？」

なんだそれは。そもそも、装備から解放されるのは俺の方じゃないのか？　ノーウェルの言葉に反応したのは、俺じゃなくてガシュアだった。

「それは本当か？」

「ええ、おそらく」

「…………？」

話が見えない。どういうことだ？　それを聞く前に、ノーウェルが本を開いた。すると中から淡い青色の光が溢れ、神秘的な様子はいかにも特別な本に見えた。

「ノーウェル様、その本は一体なんですか？」

「これは聖女様がかつて所持していた経典《けいてん》です」

「ああ、聖書ですか」

聖女ともなれば、そういう本も読むんだろう、と思ったがノーウェルから返ってきた返答は全く別のものだった。

「いえ、違います」

「違う？　じゃあ……」

　経典というからには、ご立派な何かかと思っていたけれど、ノーウェルが告げた正体は、俺にとって意外なものだった。

「日記ですよ」

「に、日記？」

「ええ。聖女様の秘密の書とでもいいますか、聖女様の祈りが込められた、大変貴重な書物です。中をご覧になりますか？」

「えーっと……よろしいのですか？　では……」

　他人の、しかも聖女の日記を勝手に見るのっていいんだろうか、と少し良心が咎《とが》めたが、もう死んでいる人間の日記だ。ひょっとしたらこの装備を外す手がかりが残されているかもしれない。

　そう思いながら中身を開いてみると、そこには、俺の想像とは少し違う文章が書かれていた。

『今日は異界から勇者様が現れました。凜々《りり》しく、優しい方。神はこの世界のことを見捨ててはいなかったのですね』

『勇者様と一緒にこの世界の不浄を浄化する旅に、私も同行することになりました。勇者様と旅をするだなんて、光栄なことです』

『隣国の姫君の魔力が強いので、彼女も旅に同行することになりました。とても心強いのですが、心がモヤつくのは何故でしょう』

『祈りを捧げていると、勇者様に話しかけられました。優しい笑顔で微笑む勇者様、お慕いしております。私もイザベラ様みたいに頭を撫でてもらいたいな……ああ、神様、不埒《ふらち》な私をお許しください』

『初めて会ったときから勇者様は私に対してお優しく、この間は私が怪我をしないように守ってくださった。勇者様も私のことをきっと気にかけてくれているはず……。勇者様、好きです、神に仕える身でありながら、貴方を愛してしまったことをお許しください』

『勇者様が別の女性に言い寄られているのを見てしまいました。勇者様は素敵な方だから仕方ないのかもしれないけど、もっと私だけを見てほしい。どうしてあの娘ばかり見るの？　勇者様がこの世界に来て、初めて出会ったのは私なのに、どうして私を見てくださらないの』

『勇者様とデートしたい。デートというのは勇者様が教えてくれた言葉、仲睦《なかむつ》まじく二人きりでお出かけしたい。手を繋いで、それからその手で抱きしめてほしい……』

『ルイーゼが勇者様のことを好きだって。嘘つき、だってルイーゼは恋なんてしないって言ってたじゃない』

『勇者様が他の誰かを見るのが嫌。嫌嫌嫌嫌嫌嫌嫌』

『勇者様に抱かれたい、私だけを愛して！　勇者様としたいことが沢山あるの』

『勇者様に近づかないで、この世界、私と勇者様の二人だけだったらよかったのに』

『腹立たしい！　あの女！　私の勇者様を取らないで！　あんな女とどうにかなるのを考えるくらいなら、私の手で勇者様の前に行けないような体にしてしまった方がましよ！』

ページを捲《めく》れども捲れども、勇者との夢物語が延々と綴《つづ》られていた。途中から聖女の勇者に対する想いが乱れたのか、徐々に口調が荒くなり、妄想が激しくなっている。

「これは……」

勇者語録で言うところの……【メンヘラ】なのでは？

「イカれた女だな」

お前が言うな。

隣で一緒に読んでいたガシュアを無視して、再びページを捲るが、結局は同じだ。なるほど、コレは確かに妄想と現実が入り交じった日記だろう。聖女の願望も多く書かれている。

けど、ノーウェルが俺にこの日記を見せてきた意図がわからない。

「あの、これは……」

「聖典です」

「日記ですよね？」

「ええ！　聖女様の無垢《むく》なる想いが綴られた聖典、本当は全国各地に複製して聖典として布教する予定だったのですが……」

やめてやれよ、この痛い日記を全国にばらまかれたら、俺なら化けて出る……いや、もう化けて出ているか。

「ですが教会の人間に止められまして、今はここにひっそりと保管しているのです」

「なるほど」

ノーウェルの頭のネジは外れているが、他の教会の人間はまともだったということか。賢明な判断だ。

「それで、この日記を私たちにどうしろと？」

「うーん……つまりですね、この書物は聖女様の本心なわけです」

「はぁ……」

確かに、そうかもしれない。

伝記で読む聖女の姿は、いつだって純粋無垢《じゅんすいむく》で清らかな乙女だったけど、この日記を読む限り、嫉妬もするし他の女を害そうとしているくらいだ。神経もそこそこ図太かったんじゃないか？

大体この装備を勝負下着に選んでいる時点で清らかな聖女の像からは遠ざかっている。これを経典にしたら、教会の印象は著しく下がるだろうし、止められて当然だな。

「ヨルンさん、僕はですね、聖女様の熱烈なファンなのです。聖女様はいつもこの切ない本心を隠し、清廉《せいれん》潔白《けっぱく》かつ清らかな聖女として生を全うされた。そんな聖女様の願いなら、全て叶えて差し上げたい。それがファンっていうものでしょう？」

「そうですね、お気持ちはよくわかります……」

わからん。なんでそうなる？　狂信者の考えることは理解できない。例えば今、勇者が勇者以外の体で復活して、他人に迷惑をかけていたら、俺はきっと多かれ少なかれがっかりすると思う。

それはもう俺の憧れた敬愛する勇者じゃないし、勇者の叶えられなかった願いを全て叶えてあげたいとも思わない。人生ってのは、終わった時点で終了だ。だから皆、死ぬまでにやりたいことをするんだろう。たとえ心残りがあったとしても、それ含めて人生だ。他人が口を出すことじゃない。けど、ノーウェルの考え方は違うようだ。

「流石ヨルンさん、話が早い！　とはいえ、僕も己の私利私欲《しりしよく》の為に叶えろと言っているのではありません。これはヨルンさんの為でもあるのです」

「私の……？」

「ここに聖女様が望んでいることが書かれているとしたら、これらを叶えれば聖女様の願いは成就《じょうじゅ》し、装備が外れる可能性があるということです！」

「……どういうことですか？」

繋がりが見えない。俺の問いかけに、ノーウェルは微笑んで説明してくれる。

「聖女様の装備についていた魔石は、聖女様以外には砕けません。あれは聖女様の魔力を注いで生成、使用されるものですので。結局のところその装備は、聖女様の意思によりヨルンさんについていると思われます。そして、根源はその宝石なのではないかと」

「なるほど……？」

つまり、この宝石がなくなれば、装備は外れるってことか？　ノーウェルが続ける。

「しかし、その魔石が一部割れていましたね。ヨルンさん、その石が割れたとき、何をしていましたか？」

「えーっと……」

そういえば何かが割れるような音を聞いた気がする。

あれはきっとこの宝石だったんだろう。それを聞いたときは、確かガシュアが俺にキスをしたとき……。

「…………」

思い出して、俺は口を噤んだ。おい、ちょっと待て。

「その様子ですと、ヨルンさんもどうすればいいのかなんとなくわかったようですね」

「どういうことだ？」

今度はガシュアが口を挟んだ。

「つまり、装備を解く鍵は、この聖典にあるのではないかと。ここに書かれた望みを、お二人が現実のものにしたなら、きっと聖女様の望みは叶い、魂は解放され、その装備も外れることでしょう」

「ちょっ……と待ってください」

いや、ちょっと待て。簡単に言うけど、ここに書かれている望みって、ほとんど勇者と何がしたい、みたいなものばかりだ。

夢物語みたいな子供の妄想から、なんの本に影響されたのかどぎつい妄想まで。これを、俺とガシュアにしろと……？

流石にガシュアも何か言ってくるかと思ったが、ノーウェルの言葉の何がそんなに刺さったのか、真剣な表情で日記を見つめていた。

「なるほど……そういうことか」

おい、何納得してんだ。何に対する納得だそれは。

俺は何も納得していない。

内心ハラハラしていると、ガシュアが日記を指差してノーウェルに問いかけた。

「ならば、この本は俺たちが預かるということでいいか？」

「いいえ、いけません。これは聖女様の大切な遺品ですから、お渡しできるわけないでしょう？」

「そう言われましても、結構な厚みがありますよ」

「ええ！　ですので、お二人はここで暮らせばいいのです！」

満面の笑みを浮かべて、ノーウェルが嬉しそうに両手を広げる。大げさな仕草に、俺は間の抜けた声を上げた。

「……………は？」

「幸い、僕はここに勤めておりますし、お二人をサポート致しますので、ここで暮らしてはいかがでしょう？　そうすれば僕も聖女様のお傍にいることができますし……！　ああ〜、聖女様と勇者様が近くにいるだなんて、最高だ〜」

ドン引きした。

やっぱり私欲丸出しじゃないか。聖導士は神の声を聞くことができると言うが、こいつはできない、神も縁《えん》を切るだろう。俺はノーウェルの言葉には頷かず、別の提案を持ちかける。

「ノーウェル様、持ち出しが駄目なら、中身を書き写せばいいのでは？」

「聖女様の日記を、外部に書き写すことは許可しておりません」

「では、ここに通うことは……」

「毎日来て不審がられて困るのは、ヨルンさんでは？」

「……………」

ノーウェルはこの装備、というか聖女にしか興味がないようだけど、そもそも来て覚えるなんて効率が悪すぎる。なんとかならないだろうかと頭の中で思考を巡らせていると、ガシュアが再び問いかける。

「どうしても渡してはくれないのか？」

「はい、駄目です」

「そうか……、わかった」

諦めるのか？　と思ったその瞬間、ガシュアがノーウェルの腹に拳を沈めた。鈍《にぶ》い音がして、ノーウェルが小さく呻《うめ》いた。

「……………は……？」

予想外だったのか、ノーウェルは無防備なその体をくの字に曲げ、そのままずるずると床に倒れこむ。

……気絶したらしい。

「は……えっ……!?」

当のガシュアは慌てることなく床に落ちた聖女の日記を懐にしまい込み、俺を見た。

「行くぞ」

「いやっ、えっ……いやいやいやいや！　おまっ……！　な、何してんの!?」

当たり前のように盗んだ！

「この日記が必要だから貰った」

「持ち出しは禁止だし、バレたらどうすんだよ、ノーウェルが起きたら俺たち指名手配されるぞ」

「？　ああ……、それもそうだな」

そう言ってガシュアは腰に差していた剣に手をかけ、鈍い光を放つ刃先を倒れているノーウェルに向けた。

それから、そのまま当たり前のように剣を構えた。

「口外できないようにしておくか」

「うわ――――！」

待て待て待て待て！　何を殺そうとしているんだ！　聖職者殺しは罪が重いぞ！　それに秘匿《ひとく》してある聖女の日記を見せることができるあたり、この教会でノーウェルの地位はかなり高いはずだ。

ぶん殴って気絶させ、さらに殺して教会から聖女の日記を奪ったとなると、王族といえど極悪犯罪者になる！　なんでこいつこんなに計画性ないの!?

「やめろ！」

「何故だ？　お前が言っていた頼むというのは、こういう意味じゃないのか？」

「違う！」

俺は首を横に振った。頼むの意味をはき違えている。

「頼むっていうのは……、俺の身に危険が及んだときは守ってくれっていう意味だ。なんで殺そうとするんだよ？」

「邪魔な奴は消した方がいいと思って。この男の言った通り、日記の内容を再現して聖女の願いを叶えれば解放されるというのなら、俺の目的も達成する」

なんとも思ってなさそうな淡々とした物言いに、俺は頭を抱えた。ガシュアの中で、邪魔な奴はさっさと消すが根幹にあるのはわかった。でも、それだけじゃうまくいかない。

「わかった、ガシュア……。俺の言い方がよくなかった、謝る」

「…………？」

「言い方を変えよう。すぐに相手を消そうとしないで、今後はまず俺に、こうしようと思っている、とか相談してくれ……。俺はお前のこと、頼りにはしてる。でも、お前も俺を頼ってくれ！」

少なくとも、お前がするよりは絶対マシな解決方法があるはずだ。この男は、全ての選択肢を全部外して、一番最悪な方法で解決しようとする。殴って奪っていくって、山賊じゃねえんだぞ。

そういうのは最終手段であって、一番最初にやることじゃない。それこそ、ノーウェルが相手ならもっと他にやりようがあったはずだ。

言葉で解決できないなら、それ以外に平穏な方法を探せたし、それすらも駄目ならば、こっそり盗めばいい。中身だけを書き写す手段だってないわけじゃない。理由なんていくらでも後付けできるのに、初手ぶん殴るとは考えていなかった。

俺の言葉に、ガシュアが少しだけ目を丸くする。

「頼る？　俺が？」

「そうだよ、前から思っていたけど、お前はやり方がちょっと……いや、全部雑！　少しは考えろ……てか、次からは俺にちゃんと相談しろ、これでも協力関係なんだから」

「相、談……」

俺の言葉を反芻《はんすう》するように繰り返す。

「あ、相談っていうのは人にどうすればいいか悩みを打ち明けることで……」

「意味くらい知っている」

「そっか……」

　まるで、人に相談だとか頼ったりだとか、今までしたことがなかったような態度だったから、相談という言葉すら知らないのかと思った。一体どういう生き方をしていたらこんな性格になるんだ？　そんな気持ちを呑み込み、ガシュアに言い聞かせるように、俺は続ける。

「応援するって言っただろ？　ちゃんと力になるから……お互い、情報を共有しよう」

「共有……？」

「そうだよ。だってそうじゃないと、協力できないだろ」

　俺の言葉に、ガシュアが俺の目を見つめてくる。まるで、俺の言葉を本当かどうか見極めているようだった。ここで嘘をついても仕方ないだろ。俺が目を見つめ返すと、ガシュアは、倒れたままのノーウェルに目線を動かした。

「……なら、お前はどうするつもりだったんだ？　こいつは絶対に聖女の日記を渡さないだろうし、下手すれば監禁だってしてきそうだったぞ」

「まあ、確かに行きすぎなところはあったけど……、でもさガシュア、俺のスキル忘れたのか？」

「何？」

　俺は『変化』のスキルを使い、とある職業に変化した。ガシュアに手を伸ばし、日記を求める。

「ちょっとその日記を貸してくれ」

　今化けた職業は『複製士』という特殊職業だ。ものを複製するスキルが使えるけれど、俺の場合複製したアイテムは長時間保たないし、そのアイテムが持つ性能まで複製できるわけじゃない。

　要は見た目だけ複製できるはったりスキルだが、本くらいなら中身も複製できる。今はこの日記の中身が写せればそれでいい。

日記に手を翳し、もう一つ別の日記を作り上げた。

ここに偽物を置いていってもいいが、そうなったら今と状況は変わらない。偽物はそのうち消えるだろうし、バレて追いかけてこられても厄介だ。内容がそっくり複製できているなら、あとはこの中身を持ち帰って急いで書き写せばいい。

本物の日記は元の位置に戻し、倒れているノーウェルには簡単な書き置きだけ残す。突然倒れて心配したこと。聖女の日記は元に戻しておくこと。自分たちで頑張って解決方法を探してみるということ。こうすれば、俺たちを追いかけてはこないだろう。

「ほら、解決しただろ？」

まあ、実際は殴って気絶させているので、解決はしていないかもしれないが、実物を持ち出すよりはマシなはずだ。明るく笑顔を見せると、ガシュアが意外そうな顔で俺を見た。

「どうしたんだよ」

「……複製するという考えはなかった」

「まあ、筆跡ですぐ偽物だとバレる精度だけどな。中身が読めればいいだろ。俺も昔こっそり勇者の本をパクっては複製して……」

あ、これは別に言わなくていいか。口を噤むと、ガシュアがぼそりと口を開く。

「……随分と、勇者のことが好きなんだな」

「いや、まあ……子供の頃から読んでたから……」

憧れていると言った方が正しいけど、もしかしたらその点が聖女と俺の共通点なのかもしれない。

「俺の行動を、勇者の血に相応しくないと怒りはしないのか？」

少し不機嫌な顔で問いかけてくるガシュアの真意がわからない。周りの奴らから今までそう言われてきたのか？

「そりゃ、勇者様は確かに聖職者を殴って気絶させた上に本盗んでいくとかはしないだろうけど……、でも、お前は別に勇者カトウじゃないし、怒っても仕方ないだろ」

ガシュアが自分で言ってたことだ。勇者の血を引いているだけであって、勇者様じゃないって。なのになんで今更そんなことを言うんだ？　血に縛られているのはそっちなんじゃないのか。

「お前はガシュアなんだから、勇者様みたいになれとは言わない」

行動自体は褒《ほ》められたもんじゃないけど、別の人間なんだから、勇者様と混交《こんごう》するのはよくない。皆が血のせいで同一視するから、今だって勇者から最も遠い性格をしているようなこの男を、聖女が勇者に見立ててこんなことになっている。

「つーか、血くらいで勇者ぶるな」

勇者っていうのは、血だけじゃないだろ。俺の言葉に、ガシュアが吹き出すように笑った。

「はっ……」

「……？」

それから、堪えきれないようにくつくつと笑い出す。

「はっ……ははは……っ！」

「な……なんだよ？」

「いや……自分の中で、気付いたことがあって」

「はぁ……？」

急になんの話をしているんだ。怪訝に思っていると、ガシュアは少しだけ空気を柔らかくして、俺を見た。

「わかった」

「何が？」

「今後はヨルンに相談するし、頼ることにする。俺のことを、助けてくれるんだろう？」

「そりゃ、まあ……」

いわば俺たちは運命共同体だ。しどろもどろに頷く俺の目をじっと見たガシュアは、嬉しそうに口角を緩めた。よくわからないが、俺の行動は正しかったのだと思いたい。

「じゃあ……とりあえず逃げるか」

「ああ」

ノーウェルが起きる前に、早くここを去らないと。

ガシュアも頷き、俺を抱き上げた。……抱き上げた？

「っ、お、おい!?」

「こっちの方が早い」

「え──────」

その瞬間、すごい速さでガシュアが駆け出した。一瞬、息ができなくなるかと思ったほどに。そんな速さだったので、教会にいた連中は軒並《のきな》み俺たちの存在に気付いていなかったし、そのままガシュアは空まで駆け上がった。

「う、うお、お……!?」

飛んでる！　いや、空を走ってる!?　なんだこれ……!?

ガシュアに掴まりながら、俺は足下を見た。ガシュアの足は淡く輝いており、なんらかのスキルが発動していることがわかる。驚いていると、ガシュアが説明してくれた。

「歩行スキルだ。空中だろうがどこだろうが歩けるし走れる、俺のスキルの一つ。そこに、俊足《しゅんそく》スキルと加護スキルを組み合わせている」

風の音に紛れるかと思っていたのに、不思議とガシュアの声はよく聞こえる。

「な、なるほど……」

初めて、ガシュアが自分のスキルを俺に教えてくれた。

通常、自分のスキルを他人に明かすことはしないし、ましてやガシュアは絶対に明かさないと思っていた。というか、今さらっとスキルを三つ言ったよな？　普通、スキルっていうのは一人一つしか持てないのに。やっぱりとんでもないなこいつ。少なくとも三つ以上のスキルを有していることになる。

建物を無視して一直線で空を歩けるなんて、有用性しかない。それに、空だと気付かれにくいし、そのまま街を出て行ける。次の街までこのまま空を走って行く気か？　風が頬を撫でるが、耳に響く風音はどこか遠く感じた。

「なあ、ガシュア、これからどこに……」

「聖女の装備には、魔王が封印されている」

「……………え？」

「情報を共有するんだろう？　だから、真実を話しておく」

ガシュアは淡々と言うが、突然放たれた言葉は、俺の予想を上回るものだった。空を駆けるのを感じながら、俺はガシュアを見つめた。

聖女の装備には、魔王が封印されている……？　何を言っているんだこいつは。

魔王といえば、今は誰も近寄れない絶海の孤島に封印されているはずだ。少なくとも、勇者の伝記にはそう書かれていた。なのに、この装備に封印されているって、どういう意味だ？

「……魔王は孤島に封印されているんじゃなかったのか？」

「器はな」

「器？」

「魔王とは、負の感情の集合体で孤島にあるのはその器だ。勇者は器から中身を引き剝がし、聖女の欲望が詰まった装備に封印した。当初はその装備を器の前で壊せばいいかと思っていたが……、聖女の感情がある限り封印が解けない。だから、聖女を解き放てば、自ずと魔王を殺せるはずだ」

「それは、つまり……」

ノーウェルの言っていた通り、聖女の望みを叶えないといけないということか？　でも、どうしてガシュアがそんなことを知っているんだ？

「ガシュアお前、その話……誰から聞いた？」

そんな話、俺は聞いたことがないし、もしそれが本当なら、大問題だ。魔王を封印したと言われる聖女自身が魔王だったということになるんだから、今までの伝記すら覆《くつがえ》るかもしれない。

じっとガシュアの顔を見つめていると、ガシュアも俺の目を見て、答えた。


「カトウ」

＊＊＊＊＊

ガシュアは俺を抱き上げたまま走り続けると、そのまま湿地帯を越えて別の街までやってきた。

ゲランダという小さな街は、地域的に雨期《うき》が長く、植物は日が当たらないので光合成もできず根腐《ねぐさ》れすることが多い。そのせいか、全体的に空気が淀《よど》んでおり、あまり栄えてはいない。けど、それでも人が住んでいるのは、魔物の出現が少なく雨の多い地域でしか育たない特産品があるからだ。

それに、人の少ない街だからこそ、誰かに見つかる可能性は低い。

ゲランダに辿り着いた俺たちは、幸いなことに小さな宿を一部屋だけ取ることができた。

ガシュアの身分は伏せ、俺も名前と身分を偽って似てない兄弟の二人旅ということにしておく。

本名で宿に泊まっていたら、教会の連中が追いかけて来たときに見つかりやすくなるし、念の為だ。

ガシュアはいつも力で解決しようとする脳筋の節があるが、俺は避けられる戦闘は避けていきたいし、何より今日は先にすることがある。

「はぁ……かなり濡れたな」

宿に到着するまではガシュアのスキルのおかげなのか濡れずに済んだが、止まったら一気に雨に降られ、せっかく買った装備がびしょ濡れだ。ガシュアは気にしていないようだったが、水を吸うと少し装備が重くなる。ガシュアはマントの水分を絞りながら淡々と答える。

「ここは一年中ほとんど雨だ」

「これは確かに……人があまり居着かないだろうな」

じめじめとした部屋の中は蒸し暑く、不快指数が高い上にカビも発生しやすいのか、部屋の片隅が黒ずんでいた。この気候じゃ湿気を吸収する魔法も追いつかないんだろう。

この街の名産は水分の多い地域でしか育たないという透明の果物だったと思うが、それがなければとっくに廃《すた》れているだろう。

宿が取れたこと自体奇跡だ。肌に服が張り付いてべたべたする。俺は装備を外し、軽装になるとテーブルの上にペンを用意して、息を吐いた。

「よし、じゃあ……やるか」

ガシュアに声をかけて、俺は机の上に聖女の日記を置いた。

俺のスキルで作り出した複製品の制限時間はそう長くない。これが消えてしまえば、またあそこまで取りに行かないといけなくなる。けど、ノーウェルだって、もう気軽に見せてはくれないだろう。捕まる可能性もあるわけだし、俺は一刻も早くこの中身を書き写さなければいけない。

「ヨルン、この複製品はいつまで保つ？」

「そうだな……保って一晩ってところか」

「なるほど」

ガシュアが頷き、ここに来る途中買った白紙の本を取り出した。書き写し用に買ったものだが、すでに湿気で若干ふやけている。

けど、書き写す分には問題ない。ガシュアは日記を捲りながら、俺に問いかけてくる。

「もう一つ出せないのか？」

「できなくはないけど、その分時間が短くなるぞ」

「構わない、手分けした方が早いだろう」

まあ、二人で半分ずつ分けた方が早いのは明らかだ。けど、ガシュアが率先して言うとは思ってなかった。

「手伝ってくれんの？」

声をあげると、ガシュアは不思議そうな顔をして首を傾げる。

「手伝う？　手伝ってるのはお前だろう」

「お……」

そういう意識はあったのか。

ガシュアの性格を見る限り、細かいことなんてやらないと思っていたし、これも一人で書き写す予定だったから、少し驚いた。複製を複製するとガシュアはすぐに聖女の日記を開き、一行目から書き始める。意外と、こういう作業は面倒くさがらずにやるんだな。

もっと凶暴で荒々しい性格だと思っていたけど、こうして筆を執《と》っている姿を見ると、少し印象が変わってくる。

……そういえば俺、ガシュアのことをそんなに多くは知らないな。

ガシュアには聞きたいことが沢山ある。魔王の話をカトウから聞いたという言葉もすごく気になるけど、それ以外にも色々。

しかし、今はそれよりもすべきことがあった。

「……じゃあ、ガシュアは今書いているところからここまで書き写してくれ。俺は後半の方を書き写すから」

「ああ」

お互いやるべきことを確認すると、俺も自分用の筆記帳を取り出した。書き写していけば、同時に聖女の考え方も見えてくるかもしれない。さっき少し読んだだけでも大分性格に難がありそうな聖女だったが……。

俺とガシュアはお互いペンを持ち、横並びで机に向かうと、静かに筆を走らせ始めた。複製品を更に二つに分けてしまったので、消える時間は早まるけれど、より多く書き写すことができるならそっちの方がいい。

むしろ複製品をいつまでも持っていたら、万が一捕まった時に疑われる。

内容的に中身を知っているのなんて一握りの人間だろうし、本物じゃなければ言い逃れはできる。最悪自分が考えて書いたと言えばいい。

書かれた文字を素早く紙に文字起こしするスキルは持たず、そのような職業もないので、ひたすらに地道な作業だ。ガシュアは元々喋る方でもないし、俺だって仕事じゃないならぺらぺら喋ったりしない。

延々と降り続いている雨が窓に打ち付けられる音だけが部屋に響く。湿度の高い部屋の中で、俺たちは二人で必死に文字を追い、手を動かした。

それから、どのくらい時間が経っただろう。

黙々と作業を進めていたが、俺の頭に段々痛みがさすようになった。これは眼精疲労や肩こりとかから来る頭痛じゃない。

「…………はぁ……」

息を吐いて頭を押さえると、ガシュアがペンを走らせながら問いかけてきた。

「どうした？」

「いや、……そっちは、なんて書いてある……？」

「つまらない話だ」

「例えば？」

「勇者がこの世界に来てからの動向と、道中の冒険譚」

「面白そうじゃん……」

それなら俺は、前半の書き写しを申し出るべきだった。

聖女から見た勇者の話なら俺も興味があるし、道中の冒険譚なんて、俺が読んできた物語には載っていなかった話の可能性もあり得る。なんなら今から読みたいくらいだ。それに比べて……。

「そっちは？」

「……聖女の願い、的な……？」

後半の日記は、書かれている内容が色々と厳しいものがある。

教会で読んだときある程度は察していたけれど、改めて見ると色々……。手を繋ぎたいだとか、【デート】してみたいだとか、そういうのはまだいい。国民が想像する清らかな聖女像も保たれるだろう。

けど、こっち側の文章は、教会が公開せず隠した理由がわかる気がする。

『勇者様に愛されたい。繋がりたい。私の中に命を吹き込んでほしい。そしたら私は、もっと強くなれる気がするの』

「…………………」

文章の隣に描いてある絵は自画像だろうか。

勇者様と繋がりたいっていうのはいわゆるアレか……？　命を吹き込んでほしいという文言を見るに、体の接触が脳裏に浮かぶ。

曖昧《あいまい》に濁《にご》しているけれど、聖女の日記は後半になるにつれ、こういう話題が徐々に増えていく。

好きになってほしい、愛してほしい、自分だけを見てほしい、という想いが切に語られていて、そのくせ時折自分以外の女性に激しい嫉妬を見せた。

今まで聖女のことは伝記で語られる物語でしか読んだことがなかったから、勝手に慈愛に溢れた清らかな女性だと思っていたけれど、こうやって日記を見ると、聖女も一人の人間なのだと思い知らされる。人を勝手に神聖視なんてするもんじゃないな。そう考えると、勇者だって、俺が想像するような人間じゃなかったのかもしれない。

じめじめとした部屋の中で、俺は再び息を吐いた。

「はぁ……」

「大丈夫か？」

「え？」

「顔が赤い」

「あ、ああ……、部屋が暑いのかも」

そういえば、さっきからやけに体が熱い。この部屋自体が蒸しているというのもあるけれど、それとは別に、じわじわと熱が体を蝕《むしば》んでいるような気がした。

聖女の書いた日記を読んでいると、なんていうかこう……、無性に腹の奥が疼くような感覚が襲ってくる。妙にむずむずするというか、落ち着かない。

聖女の文章を読み続けたせいで、脳内まで彼女に侵蝕されたのかもしれない。気を紛《まぎ》らわせようと、俺はガシュアの書いている文に目を向けた。文字は人となりを表すものだし、どんな字を書くのか気になったっていうのもある。

ガシュアのことだから、大柄で癖のある文字かと思ったけれど、白紙に綴られているその文字は、癖もない綺麗な形をしていた。

「へぇ……、綺麗な字を書くんだな」

素直にそう呟《つぶや》くと、留《とど》まることなく動き続けていたガシュアの手がピタリと止まった。

それからゆっくり俺を見ると、もどかしそうに眉間に皺を寄せる。……な、なんか失言だったか？　褒めたつもりだったけど、こいつの場合、何が地雷かよくわからないんだよな。俺は取り繕うように続ける。

「えっと……誰かから習ったのか？」

「母に、教養は資産になるからと教わった」

「ああ、なるほど……、そりゃいいもん貰ったな」

字が読み書きできて、更に癖もない綺麗な字というのは、それだけで働き口も増える。

ガシュアの場合、そんな必要はないのかもしれないけど、俺のような身分だと読み書きすらできない人もいる。母親がそれを教えてくれたのなら、感謝しかない。きっと大事にされていたんだろう。

俺の言葉に、ガシュアは眉間の皺を消すと、少しだけ口元を緩めた。

「……そうだな、贈り物だ」

それから、再び腕を動かすガシュアの顔は、心なしかさっきよりも嬉しそうだった。

「お母さんは元気？」

「子供の頃に病気で亡くなった」

「…………」

これは間違いなく失言だ。俺はバツが悪くて目を伏せた。

「あ、その……ごめん」

「構わない」

ガシュアは淡々と答えるが、少し空気が重くなった気がする。

「えーっと、俺も両親は子供の頃に事故で亡くなったんだ……」

話の方向を変えるために、別の話題を口にすると、ガシュアが顔を上げた。

「孤児院出身だと言っていたな」

「え？　ああ……覚えてたんだな」

前にちらっと溢したただけなのに、よく覚えていたものだと思う。

「印象に残っていただけだ。お前のことは、よく知らないから」

それはこっちだって同じだ。俺も、ガシュアについてはよく知らない。

「うーん、いい記憶はそんなにないところだけど……」

「どんな場所だったんだ」

「え？」

「お前が育ったのは、どんな場所だった？」

なんでそんなことを聞くんだろう、と思ったけど、ただ書き写していくだけのこの時間が退屈だったのかもしれない。俺は当時のことを思い出す。

「んー……」

劣悪な環境だったけど、今も生きているのは一応あの孤児院があったからだ。とはいえ、振り返っても綺麗な想い出に美化はされない。ひたすら最悪だったという記憶だけが残っている。

「そうだな……まあ、いい場所ではなかったよ。ただ飢《う》えて死ぬことはなかったし、寝る場所もあったから、そういうのはマシだったな」

死ぬことはなかったけど、折檻《せっかん》、飯抜き、人身売買と、今思い返してもゴミのような場所だった。

両親が死んでから今までの人生で、最高だと思った記憶なんて数えるほどしかない。けど、あの孤児院で勇者の伝記を読んだときの衝撃だけは、未だに覚えている。

あの場所で娯楽と呼べるものなんて、本しかなかった。

「そこで、初めて勇者の本を読んだんだ」

幸い、俺の両親も文字の読み書きができたので、二人が生きてきた頃に熱心に教えてもらい、そのおかげで、夜は布団に隠れて勇者の冒険譚を毎日飽きもせず読んでいた。

異世界から現れた勇者の物語は、何度読んでも刺激的で面白かったし、知らない世界に惹《ひ》かれて魅了された。俺もカトウのいた世界に生まれていたら、と何度も想像したくらいだ。

暗記するほど読みこんで、いつか俺も冒険者になって世界を旅したいと思うようになった。

あるいは、勇者にはなれずとも、世界を冒険してお宝を見つけるトレジャーハンターを夢見た。貧困は罪ではないけど、金があれば世界は広がるから。実際の俺は、勇者のようなスキルは持ち合わせていなかったけど。

「正直、聖女様の行動はよくわからないけど、勇者を好きになった気持ちは理解できるよ」

俺の言葉に、ガシュアの眉がぴくりと跳ねた。

「何故？」

ガシュアが問いかけてくる。何故、と言われるとそりゃあ。

「だって格好いいだろ、優しく強くて……、全然知らない世界から連れてこられたのに世界を救うなんて、簡単にできることじゃない。それに、勇者カトウは、どんなときも絶対に諦めない、だから勇者なんだ」

と、俺は柄にもなく目を輝かせて語ってしまった。

仮に俺が知らない異世界に召喚されたとして、何ができるだろう。

……きっと、何もできない。

だからこそ、勇者みたいな夢物語に憧れるんだ。

物語の中の勇者は、何があっても諦めず、その高潔《こうけつ》な精神を持って、最後まで戦い抜いた。その姿が本当に格好よかった。俺の言葉に、ガシュアが不機嫌そうに眉間に皺を寄せた。

「……俺はそうは思わない」

「え？」

「勇者がきっちり魔王を殺していれば、お前は今その装備を身につけていない」

「そ、それは……」

「子孫に後始末をさせる男が本当に格好いいか？」

「えっと……」

「自分を好いていた女一人納得させられない男のどこがいいんだ」

刺々《とげとげ》しい言い方に、俺は口を開いた。ガシュアの発言からは、明確な怒りを感じる。聞いていいものか悩んでいたけれど、やっぱり気になった。

「あのさ、ガシュア……魔王が聖女の負の部分って話、勇者から聞いたって言ってたよな」

「ああ」

「……それって、本当の話か？　だってカトウはもう死んでるのに……」

「聖女だって死んでいるだろう」

「それはまあ、そうなんだけど……」

俺が頷くと、ガシュアは少しだけ渋い顔をして言った。

「夢で見たんだ」

「……夢？」

「そうだ。別に信じなくてもいいが、魔王についての情報を聞いた」

「へー……夢か」

　俺が相づちを打つと、ガシュアが溜め息を吐いた。

「信じていないな」

「なんで？」

「誰も信じていない」

「ああ……」

　実は魔王と聖女は表裏一体で、聖女の勝負下着に封印されていると夢で言われた、なんて荒唐《こうとう》無稽《むけい》な話、普通は信じないだろうな。

　けど、俺は実際に外れない装備を体験しているわけだし、今だってそのせいでこんな書き写しをしているんだ。それに、俺の夢に出てきた女が聖女様で、聖女様が夢に出るくらいなら、勇者も夢に現れたって不思議じゃない。

　大体、この素直すぎる脳直男が、俺に嘘をついて得られるもんがない。

「いや、信じるよ」

　だからそう伝えると、ガシュアは何も言わなかった。

「…………」

　その代わり、持っていたペンをへし折った。

「おいっ！」

「脆いペンだ」

「お前の力が強すぎるんだろ……。ああもう、別のものに魔力を使ったら余計本の複製時間が短くなるんだから気をつけろよ……」

　俺は折れたペンを複製して、ガシュアに手渡した。複製は魔力量によって出現する時間が変わる。早いところ書き写さないと。

　ペンを受け取ると、ガシュアは再び文字を書き始めた。俺も続きを、と思ったけれど、その前にどうしても気になることがある。

「なぁ」

「なんだ？」

「お前ってさ……勇者カトウのこと、そんな好きじゃないよな」

「ああ、嫌いだ」

きっぱりと放たれた言葉に、勇者ファンの俺は一瞬言葉に詰まる。が、だからこそわからない。

「なら、なんで後始末なんてするんだ？　放っておけばよかったんじゃないのか？」

一緒にいてわかったけど、ガシュアには多分正義感とか、義務感とか、勇者の血に対する責任感、なんて言葉はない。そういう倫理観は欠如した男だ。

ただ真っ直ぐに前だけを見て、邪魔な奴がいたらそいつをなぎ倒して進む、【ブルドーザー】みたいな奴。

そんな男が、どうして夢に出てきたからという理由で、勇者が為し得なかったことをするんだろう。

俺の問いかけに、ガシュアが笑う。

「決まっている。アイツより、俺の方が強いからだ」

「……………うん？」

「あの男の血を引いているというだけで、どこにいても何をしても、勇者の末裔だから、と皆口を揃えたように言う。それが鬱陶しくてな。その発言をした奴は全員消してやろうと思ったくらいだ」

暴君すぎる。

国はこいつが王にならないように阻止した方がいい。

「……それで？　皆殺しにした……わけじゃないよな？」

だって、そんな話は俺の耳には届いていない。それどころか、こいつの存在すら知らなかったんだから。

「ああ、それは最後にすることにした」

選択肢からは消えてないのかよ。

「魔王を殺せば、勇者の名前も上書きできるだろう。殺せなかった奴を殺せば、歴史に俺の名が残る」

「………それだけ？」

世界平和を願っているわけではないと思っていたけど、まさかマジで自分の先祖に対する対抗心で魔王を殺そうと思ってたのか？　魔王が復活したら国滅びるのに？

呆気《あっけ》に取られる俺に対して、ガシュアは続けた。

「いいや、理由はまだある」

「あ、そうだよな……！」

流石にそんな理由じゃないよな、と安心したところでガシュアが凶悪な笑みを浮かべた。

「魔王がどのくらい強いのか、試してみたかったんだ」

笑った顔に、年下らしさは微塵《みじん》もなく、俺はひくっと口元を引き攣らせた。……戦闘民族の人？　やっぱこいつ、どうかしてる。

「…………………続き、やろうか」

俺はもうその話題に触れることはなく、力なく声をかけた。とにかく一刻も早く、この日記を書き写さないと。

＊＊＊＊＊

「お、終わった……」

それから集中して書き写すと、どうにか複製した本が消える前に書き終えた。時間的にギリギリだったらしく、俺たちが書き終えた瞬間に、複製本は消えていった。書いている途中から、段々俺は官能小説でも書き写しているのかと錯覚するくらい、内容がおかしくなっていった。

『勇者様とくっつきたい』だの『勇者様に口づけしてほしい』だのはまだいい。可愛い女の願望だと思えば許せる。けど、『胸に顔を埋めて皮膚を食んでほしい』だの、『肌を重ねて種を貰い子を成したい』だの、それ以外にも直接的な表現が増えていったあたりで、俺は目眩《めまい》がした。聖女像が完全にぶっ壊れた。そして最後には……。

これを経典にしようとか抜かしていたノーウェルも大分いかれてる。こんな経典、年齢制限待ったなしだ。

「ヨルン」

「なんだよ……」

「大丈夫か？」

「………」

そして更に厄介なのは、そんな日記を書き写して、欲情してしまっている俺の体だ。

雨で濡れた布地が皮膚に張り付くからという理由で軽装になったのは失敗だったと、今なら思える。

何故なら、勃起したのが丸わかりだからだ。

俺は上着を伸ばして股間部分を隠し、なるべく自然にガシュアから目を逸らした。

「……何が？」

別に、聖女の日記に興奮したわけじゃない。

自分でもわからないが、書き写しているとまるで聖女が俺に乗り移ったかのように腹の奥が疼き、ガシュアに抱かれたときのことを思い出した。湿度の高い部屋の中が、あのときの状況を彷彿《ほうふつ》とさせるからだろうか。

何度脳内から消去しようとしても俺を抱くガシュアの顔が消えず、記憶を思い返すと、下着がきゅっと締まる気がした。

額からは汗が滲《にじ》み、やけに熱い。この部屋は確かに蒸し暑いけど、それだけじゃない気がする。聖女の呪いか？　ガシュアが俺の股間を見て言った。

「勃起している」

「…………っ……」

そういうのは気付いても言うなよ。こいつって本当にデリカシーって言葉を知らないよな。一人でこっそり抜こうと思ってたけど、バレたならもういい。

「疲れたからな、放っておいてくれ。じゃあ俺はちょっと席外すから……」

さっさと抜いてこようと、欲情する体を抑え、立ち上がって便所へと向かう。けれど、その前にガシュアが俺の腕を摑んだ。

「おい、何……」

「その前に確認することがある」

「確認…………？」

ガシュアの手が、俺の顎を摑み親指が俺の唇を撫でた。

「そうだ」

皮膚の硬い指先が俺の唇を軽く押し、上唇を持ち上げる。他人に唇を触られるのは、いい気分じゃない。熱でぼうっとする中、俺はガシュアの手を摑んだ。

「おい……やめろ」

「聖女の願いを叶えたら、本当に装備に変化があるかどうかだ」

ガシュアが書き写したばかりの手帳を開き、聖女の願いが書かれたページを示した。

そこにはよりによって、愛しの勇者様にキスをしてほしい、と重い欲求が掲げられていた。それを見た瞬間、俺はガシュアが何をしようとしているのか理解し、咄嗟《とっさ》に顎を引く。

「まっ……！」

待った、と口を開こうとしたが、その前にガシュアに抱き寄せられた。

「んっ」

唇に柔らかいものが触れ、その瞬間、全身に痺《しび》れが走ったかのようなビリッとした感覚が駆け巡る。

「っ…………!?」

雷でも落ちたような衝撃に心臓の音が速くなり、撥《は》ね除《の》けようとした手が止まる。頭の奥で、歓喜の声が響いた気がした。

これは、聖女が望んでいたことだからか？　キスしただけで、喜びが溢れてくる。誰かとキスしたいなんて、今まで思ったこともないのに。

「は……っ」

くちゅ、と僅かな水音が口元で響き、開きかけていた唇を閉じるとガシュアの舌が俺の唇を軽く撫でた。

ガシュアはそのまま立ち上がり、近くにあったベッドへ俺を押し倒すと、再び口づけてくる。

手を拘束されると、角度を変えて深く唇が重なる。

「う、ぅん……っ」

少しかさついた唇が、唾液で濡れ、さらに湿った音を立てる。それからちゅ、ちゅっ、と啄《ついば》むような音が響くと、頭の奥で、もっと、とねだるような感覚が溢れてくる。もっと、もっとしてほしい。抱いてほしい、好きだ。好き、すき……。

「は……っ」

違う、これは俺の意思じゃない。なのに、もっとしてほしいと願ってしまう。気持ちいい。瞼《まぶた》が下がり、息が弾むと、装備をつけたところから熱が広がっていくようだった。

「ヨルン……」

ガシュアの唇を受け入れていると、服の下で、パキン、と何かが割れる音が聞こえ、それをガシュアも聞き逃さなかったらしい。

「今、音がしたな」

「……っ……」

服を捲り上げられると、ついていた胸付近の宝石の一つが割れている。そこで俺は、はっと正気に戻った。

「お、おいっ、離せ！」

「割れているということは、聖導士の言ったことも嘘じゃなかったんだな」

「っ」

ガシュアの手が、俺の股間に触れた瞬間、反射的に背中が弓なりに反った。

「っ、ど、どこ触って……」

「抜いてやろう」

「はぁ……っ!?」

押さえつけられた手を外そうともがくが、ガシュアは片手で俺の腕をひとまとめにしてしまい、もう片方の手に布越しでも勃起したとわかる俺の陰茎を撫でられた。こんな状況、萎えてもおかしくないのに、ガシュアの手が緩く触れただけで、またもやビリビリとした刺激が体を走る。俺は息を呑み、首を横に振った。

「っ〜〜……！　い、いいっ、やめろ！」

「遠慮するな。聖女の願いにも入っているかもしれないしな」

「は？　オイふざっ……、うっ、ううっ……!?」

再び口づけられ、両手足をばたつかせ抵抗するが、体格差のせいか、全く歯が立たない。聖女にちんこは生えてねえよ！　勇者様に抜いてほしいとは流石に日記にも書いていなかった！

「ふ、ぅうっ、うっ……！　ン、ガシュ……っ、あ」

けれど、反論しようとする前に再びガシュアの唇が降ってきて俺の唇を塞いだ。同時に服を下ろされ、聖女の装備を押し上げる俺の性器が露出する。

「んんっ……っ！」

元々面積の少ない布地は、勃起した俺の陰茎が持ち上げたことで、全く陰部を隠す役割を果たしていない。むしろ先端から漏れた先走りが、薄い布地をうっすらと濡らして目を引いている。

「っ……！」

顔に熱が集まり、羞恥に唇が震えた。俺はこの装備姿を人に見られるのが何よりも嫌いだ。

似合っていないのもあるけれど、外れない装備なんて、弱味でしかない。それを他人に見られることも、見られると恥ずかしい扇情的《せんじょう》な女物だということも、全部が嫌だ。

聖女の恩恵はあるにしても、それがいつまで続くかもわからないし、デメリットが多すぎる。

「くそっ……」

屈辱に顔を背けると、ガシュアがの指がそっと俺の陰茎に触れた。

「う……っ！」

にちにちと濡れた音を立てながら、無骨な指に先端を擦られると先走りが糸を引く。布越しに敏感な部分への刺激を与えられ、小さく腰が跳ねた。

「うっ、あ……」

ガシュアは何も言わずに、俺を見つめたまま手を上下に動かしていた。そのままカリ首を撫でられ、大きな手で竿《さお》を握られると、背筋にびりっと刺激が走る。足に力が入り、腰が持ち上がれば下着がズレて性器が露出した。

「っ………」

俺の腕を押さえる手が、少しだけ汗ばんでいるのは、この部屋の湿度が高いせいだろうか？　真正面から俺を押さえるガシュアとの間で、握られた陰茎がどんどん勃起していくのが見えた。不思議なことに、ガシュアに触られるとそれだけでイってしまいそうなくらい、気持ちよかった。ベッドの上で勃起したものを擦られ、止めようとした声が上擦る。

「おいっ、あ、が、ガシュアっ……！」

一度擦られるだけで、全身に快楽が駆け巡り、何度も腰が跳ねる。手に合わせるように腰が揺れ、俺は唇を噛んだ。こんなの、気持ちいいって言ってるようなもんじゃないか。

「や、ぁっ、あめっ……うっ、っ」

イく、こんなのすぐイく！　ガシュアの手は柔らかくて気持ちいいとは言えないけれど、手のひらが広く、体温が高いせいか握られて少し擦られているだけで、性感がどんどん高まっていく。先走りで濡れた手のひらからは粘着質な音が響いた。

喉奥から小さな声を漏らしながら耐えるが、これも聖女の装備の効果なのか、耐えれば耐えるほどに気持ちよくて、僅かに痙攣する体と、浅い呼吸音が部屋の空気を震わす。好きだ。気持ちいい。いや違う、俺はこんなこと思ってない。思って、なっ……！

「ぁ、あっ、っ、は、……っ……～～～！」

びゅ、と腹に自分の精液を吐く感覚があり、俺は呼吸を荒くして腹を見た。そこには、発射した精液がべったりと付着している。

「…………っ……」

こんな簡単に射精するとは思っていなかった。情けなさと、悔《くや》しさや恥《は》ずかしさに少しだけ視界が滲むと、俺はなるべく顔を見られないように横を向いて、ガシュアに訴えた。

「くそっ……見るなよ……」

「…………――っ」

ガシュアは何も言わず俺の横顔を見ていたけれど、突然弾かれたように顎を掴まれ、再び口づけてきた。

「ん、ぅううっ……!?」

唇を塞がれたかと思えば、次は首筋にガシュアの唇が寄せられ、そのまま噛み付かれる。

「いっ……！　って……！」

そして、その痕を癒やすかのように再び舌で舐められ、そのまま首筋に吸い付かれた。

人間の形をした獣か何かかよ！　押さえていた腕が外れて、終わったのかと思えば、今度は乳首に噛み付いてきた。鎧の布越しに舌で乳首を舐められ、俺は喉から引き攣った声を上げた。

「待っ……、あっ」

さらに装備をずらされ、直《じか》に乳首を噛まれた瞬間、宝石の割れる音がした。驚愕《きょうがく》の眼差しを向けると、ガシュアと目が合う。

「割れたな」

「…………っ……」

まるで続ける理由ができたとでも言うように笑い、ガシュアが舌で俺の皮膚を撫でた。乳頭を舌で押し潰され、そのまま噛み付かれると刺激が全身に広がる。

「うぅっ……！」

ゾクゾクとした感覚に侵蝕され、再び腹の奥に熱が籠もる。これが聖女の装備の効果だとしたら、やっぱり呪いもいいところだ。

ガシュアの手が俺の足を掴み、硬くなったそれを押しつけてきたところで、俺はガシュアの両頬を掴み叫んだ。快楽に流されていたけれど、このまま続けたらまずいということだけはわかる。

「ま、待てっ！」

「……なんだ」

「お、俺の許可なしにこういうことはしないって約束しただろ？　約束を破るのか……？」

「…………」

その問いかけに、ガシュアは口を閉じた。どうすればいいか考えているようだ。ガシュアは嘘が嫌いだと言っていたし、このまま続行すれば自分の嫌いな奴に成り下がる。そういうことを、この男は厭《いと》いそうだと思ったけど……。

「したい。駄目か？　優しくする」

「っ…………！」

あろうことか、ガシュアは俺が掴んだ手に、すり、と頬ずりしながら問いかけてきた。こ、こいつ、そういうあざといこともできるのか？　顔のいい男は得だ。俺よりデカいくせに、こういう可愛げのある行動をするだけで様になるんだから。

自分の顔を最大限に活用した仕草に、俺は思わず息を呑んだ。装備についていた宝石が、まるで喜ぶように小さな音を立てる。

駄目に決まってるだろ、という感情と、気持ちいいから許可してしまえ、という囁《ささや》きが頭の中で混ざりあう。顔に熱が集まり、動悸《どうき》が激しくなると、自分でもどうすればいいのかわからなくなってくる。もっと触れたいと感じると同時に、このままするのが怖いとも思う。

確かに気持ちはいいだろうけど、もう一度してしまうと、今度こそ戻れなくなる。

俺は理性を天秤《てんびん》の上に持ち上げ、目を瞑って首を横に振った。

「だ……駄目だ」

大体、最初の時点で優しくなかった男が、二回目だからって優しくするはずがない。そもそもこの男に優しさって概念あるのか？

「何故駄目なんだ？」

「そりゃ……ひぃっ!?」

ガシュアの指が、腹に溜まる精液の滑りを借りて俺の中に入り込んできた。紐状の装備は、簡単にズレるからよくない。

「結構柔らかいな」

「な、な……あっ」

ガシュアの指先が腸壁を滑り、鉤《かぎ》状に曲がった指が中を穿ると、陰茎の根元の裏あたりを押し潰される感じがした。

「っ〜〜〜……!!」

びくっ、と体が反って、俺は声にならない悲鳴を上げた。ガシュアは俺の反応を見てここがいいと思ったのか、重点的にそこばかり狙って擦ってくる。俺は体を痙攣させながら、声を抑えた。

「反応はよさそうだが」

「やめっ、あっ、あっ、ぅっ、ふ……！」

腰が小刻みに上下に揺れ、さっき出したばかりの陰茎にまた熱が溜まってきた。指がぐりぐりとそこを責め、その度に腰が跳ねる。さ、気持ちいい……っ！

言い訳のしようがないくらい快楽が脳内に押し寄せて、反射的に声が漏れた。おそらく前立腺であろうそこは、通常開発でもしない限り快楽なんて得ないと聞いていたけど、これも装備の効果なのか、そもそもガシュアに触れられることにひどく多幸感を覚えた。ガシュアが中を弄《いじ》る間、息を短く吐いて、シーツを摑む。こ、ここで流されるわけにはいかない、なんとかしないと……っ！

「おい、ガ、ガシュ、あっ……」

「ん？」

快楽に押し潰されそうになりながら、俺はガシュアを睨んだ。

「約束、ぅっ、こ、ういうこと、っ、は、もうしないってぇ……っ」

「ああ。だから、まだしていない」

「っ……!?」

「入れてないだろう？」

ごり、と勃起したガシュアのそれを太腿に押し当てられ、俺は目を見開いた。こういうこと、の範囲解釈が違う。確かに摺《す》り合わせはしていなかったけど、普通こういうことって性的なもん全般だって思うだろ!?　入れなかったら何しても大丈夫って思わないだろ！

そう思ったけど、ガシュアから普通という言葉は最も遠いものだった。俺としたことが、ちゃんと範囲を指定しておくんだった。

それから、中の指が二本に増やされると、跳ねる俺の体を押さえながら前立腺を嬲《なぶ》られていく。

「ふぅっ……！」

「それに、最終的に許可が取れれば問題ない」

「おい……！」

しれっととんでもないことを言う。問題はあるだろ、こいつの中の常識ってどうなっているんだ？　それに、なんでそうまでして……。

「っ！」

「ヨルン」

その時、ガシュアが近づいて再び唇が触れた。ガシュアの顔が間近に迫ると同時に、奥を指で穿られる。

「ぅあ、っ……!?」

「許可してくれ」

「っ――――！」

ごりゅ、と指が中を深く抉った瞬間、頭の中が一時的に真っ白になった。すりすりと指先で前立腺を撫でられ、そのあと強く押し潰されると、緩急の差についていけず、腰が浮いて喉元を晒した。はくはくと口を開閉していると、舌にガシュアの舌先が絡んでくる。接触する唇が少しずつ下がり、さっき噛み痕をつけられた首筋にキスされた。

「駄目か？」

「う、ぅううっ……！」

気持ちいい、気持ちいい、気持ちいい……っ！　唇を食み、堪えるように息を吐いた。中を解される度に、理性では制御できなくなるほどの快感を覚えて目眩《めまい》がする。いっそのこと頷いてしまいたい。というか、頷けと全力で何かが押し寄せてくる。

だから嫌なんだよ。これが聖女の鎧の効果だとして、そうなると俺の意思だとか、尊厳なんて何も意味がないってことじゃないか。確かに、褒められたような生活はしてこなかったけど、こんなのあまりにも惨めだ。

「こ、これ以上続けるならっ……」

何を言えばいいのかわからなくなっていた。力では敵わないし、何を言っても通じないし、聖女の鎧は俺を便利な玩具《おもちゃ》扱いだ。もうどうにでもなれと、やけくそになって叫ぶ。

「続けるならっ……、もうお前のこと応援しない……き、嫌いになる」

息も絶え絶えにそう呟いた瞬間、ガシュアの手がぴたりと止まった。

「…………………何？」

「だってそうだろ……、俺との約束を守らないのに、なんで俺は約束を守らないといけないんだ……？　これ以上手を出すって言うなら……、俺はもうお前の応援なんてしない……」

どうせこんな言葉に意味はない。結局ガシュアは好き勝手やるような男だから。ああ、俺の貞操どうなっちゃうんだよ……。

なんて内心泣いていたけれど、いつまで経ってもガシュアが触れてくる気配はない。

顔を上げると、ガシュアの額には汗が浮かび、眉間に皺を寄せ、じっと俺を見下ろしていた。

「…………？」

相変わらず無感情な瞳だけど、その目にはどこか葛《かっ》藤《とう》のようなものが見えた。そのまましばらく動かなかったが、やがて俺の中に入っていた指が抜ける。

ガシュアも何かを言いかけて、呑み込むように口を噤み、深い息を吐き出して、俺の上から退いた。

「……フ――――……」

「ガシュア……？」

「わかった、やめる……」

え、成功した……？　ガシュアは俺から顔を背け、部屋のドアへと向かう。

「……少し、外に出てくる」

「え、ああ……」

俺はなんて声をかければいいのかわからず、そのままガシュアの背中を見送った。……何か言うべきだったか？　でも、何を話せばいいんだ。行くなとも言えないし、だからといってしてほしいとも言えない。というか、俺の言葉でやめたことの方が驚きだ。

そもそも、応援をやめるっていうのもおかしな話で、俺ができることなんて、ガシュアに協力するだけだ。というか、そうしないと装備が外れないのだから、俺はガシュアに協力する他ない。応援云々《うんぬん》は俺の気持ちの問題で、ガシュアからすれば何も変わらないはずなのに。

それでもガシュアは俺の言葉に従いやめてくれた。

「…………？」

ガシュアが離れると同時に、体の熱が少しずつ引いていく。

「はぁ……」

まだ心臓が激しく動いている。腹に溜まった熱が暴れているのだろうか。ベッドに一人残された俺は、そっと自分の陰茎に触れてみるけれど、さっきみたいな強烈な快感と熱は襲ってこなかった。

気持ちよかった、と思ってしまうのは、男の性《さが》が持つ性欲の問題だと思いたい。

＊＊＊＊＊

夜になってもガシュアは戻らず、結局俺はその日一人で寝た。そして、夢を見た。

一面に広がる小麦畑と、そこに佇む金髪の女。神々しい雰囲気を放ちながら、髪の毛を風に揺らし、じっと俺を見つめてくる。

けど、俺はもうそこに神秘さや美しさを感じなかった。あの女が聖女アリアナならば、かつて妄想した聖女像は粉々なまでに砕け散っているからだ。なんなら文句すらある。


『どうして……』

聖女が悲しそうに眉間を寄せた。切なく美しい顔立ちは、聖書の挿絵にでも出てきそうだ。けれど俺はあの日記を書き写したばかりだったので、ノーウェルみたいに感動する気にはなれなかった。

「どうして、はこっちのセリフだ……」

どうせ動けないし喋れないんだろう、と思ったけれど、口に出してみるとすんなりと声が出て驚いた。

「あれ……」

『あなたは、私と同じだと思ったのに……』

さめざめと泣き出す聖女に、俺は恐る恐る足を動かしてみる。

前は動かなかったけど、今は…………動いた。

そのまま稲穂をかき分け聖女へと近づくと、聖女は逃げることもせず、その場に佇んでいる。近くまで行くと、本当に綺麗な女性だった。髪の毛は一本一本が絹のようで、夕陽に照らされてキラキラと輝いている。

伏《ふ》せた睫《まつげ》が影をつくり、毛穴の一つも見えない。

「同じってどういうことですか……？」

もしかして、俺にも聖なる力があったりするとか……？　自分でも気付いていない聖なる才能が!?　詳しく聞こうとすると、聖女が微笑んだ。

『勇者様のことがお好きでしょう？』

「…………………」

いや、国民の大部分は勇者のこと好きだろ。

この世界の英雄を召喚した、勇者信仰の強い国だぞ。それに、俺は勇者が好きというより、憧れているだけだ。勇者になりかった側で、間違っても聖女みたいに、勇者とどうにかなりたい、なんて願望はなかった。なのに、同じなんて言わないでほしい。

「好きと憧れは違うでしょう……」

『でも、勇者様を信じてる。それは私と同じよ』

「はぁ……」

同じ、と言われても俺と聖女は違う人間だし、勇者とガシュアだって別人だ。同一視するのはどうかと思う。

……というか、俺がこの装備に取り憑かれた理由って、もしかしてそこが共通点なのか？　本当に？

言葉には出していないのに、聖女には感情が伝わっているのか、再び泣き始めた。

『ごめんなさい、だって……諦めきれなかったの……』

マジか……。

『好きなの、どうしても、愛しているの！』

「そう言われましても……」

ぽろぽろと涙を流しながら、聖女はその場に蹲る。

『勇者様がイザベラ様を選んだことはわかってる。でも、でも……』

「……あ〜……」

経験上、泣いている女ほど面倒なものはない。

パーティに潜り込むと、大なり小なり諍《いさか》いはあった。その中で泣く女を慰《なぐさ》めるのは、大抵聖職者に変化した俺の役割だった。

　話を聞いて、頷くだけでもそれなりの効果はあったけど、最終的にはただ肯定してほしいのだと理解している。ここはきちんと話を聞いて、落ち着かせる方がいいのかもしれない。全くの別人だと理解してくれたら、装備を外してくれるかも。

　俺は下心を抱いて聖女に微笑んだ。

「確かに、聖女様の気持ちはわかります。素敵な方ですから、諦められなかったんですね」

『そう、そうなの……、私、どうしてもあの人に会いたくて……愛されたくて、あの時得られなかったものが、全部、欲しくて、イザベラが取ったから』

「ええ、そうですねわかります。好きな人には会いたいですよね」

　全肯定して頷くと、聖女が顔を上げた。目尻は赤く、頬もうっすらと朱《しゅ》に染まっている。こんな美少女、普通は振らないけど、性格が駄目だったんだろうな。こういうことする女は俺も苦手だ。

「ですが、他人を巻き込むことを勇者様はどう思うでしょうか？　私は聖女様にはなれませんし、第一男です。これでは共感できないのでは？」

　だから、早くこの装備を脱がせてくれ。

　俺の言葉に、聖女は首を横に振った。

『いいえ？』

「え？」

『勇者様に私以外の女を近づけたくないし……、あの方からは、確かに勇者様を感じるの……。抱かれたら、とても幸せ。初めてのときは驚いて逃げちゃったけど……今はもっと欲しい。愛されて愛されて満たされたら、私、満足できる気がする』

「…………………」

　それは、満足できるまで望んだことをしろっていう意味か？　どっと顔から汗が流れる。そこに俺の体を使うなよ。

『それに、貴方に痛い思いはさせないわ。勇者様の傍にいる限り、力も貸してあげる。離れたらもう貸せないけど』

「いや、そういう問題ではなくてですね……、というか、あいつと勇者様って似てますか？　似てないですよね？　もうやめません？」

伝記で読む勇者様に会ったことはないけれど、ガシュアと似ていないことだけはなんとなくわかる。つまり、共通しているのは勇者の血だけだ。勇者の子孫なんて、ガシュア一人じゃなかったはず。

「ガシュアじゃなくても、別の子孫とかいるでしょう」

『……貴方は別の男に抱かれたいということ？』

「そんなことは言ってませんよ！」

なんて恐ろしいことを言うんだ。この女、実は聖女じゃなくて悪魔じゃないのか？　いや、魔王なんだっけ。

『そんなに怒らないで。私にだってそんな気はないもの』

再びきっぱりと言い切られ、俺は言葉に詰まった。

『勇者様は一人しかいないわ。別の人じゃ駄目。それに、あの子だってあなたのことが好きでしょう？　私はね、勇者様に愛されたいの。だから……、愛されている貴方じゃないと駄目なの』

真っ直ぐに目を見つめながら、聖女が言った。目が笑っていない。あの子っていうのは、ガシュアのことか……？　いずれにせよ、言いたいことが一つある。

「あのー……、ガシュアは別に、俺のことが好きなわけではありませんよ」

俺を抱けば聖女の願いが叶って、装備が外れ魔王が解放されると思っている。それだけだ。だってあの男は、人を好きになったことがないって言ってたし。

俺の言葉に、聖女は笑った。

『そう？　でも、私の願いは、勇者様からの愛を感じたときだけ叶うのよ』

「え……？」

『勇者様があなたを好きじゃなければ、私の願いは叶わない』

その言葉に、今度は俺が言葉を失う番だった。つまり、宝石が割れているのは、勇者からの愛を感じたからってことか……？　そんな馬鹿な、と思うと同時に、焦りにも似た気持ちがこみ上げてくる。

「いや、そんなはずは……」

『それじゃあ貴方は、好きって言われたらどうするの？』

「…………っ！」

はっと目を開けると、俺は黄金畑ではなく、湿度の高い部屋の中に寝そべっていた。今日もこの街は雨が降っているかと思いきや、珍しく止んでいる。

「起きたか」

ガシュアは相変わらず感情の読めない顔でベッドの脇に佇んでいた。昨日あったことを思い出し、俺は咄嗟に顔を背けた。けど、背けてからすぐに恐る恐るガシュアの方を見る。

「お、おはよ……」

少し気まずかったが、今までだって色んな人と気まずい空気になることなんて何度もあった。その度に、俺は乗り越えてきたんだ。今回だって大丈夫だ。へらっと笑うと、ガシュアは静かに言った。

「……、雨が止んでいる。市場に行こう」

「市場？　なんで？」

「雨果《うか》が売っている、珍しいだろう」

そう言って、ガシュアが俺に手帳を投げてきた。昨日書き写した、聖女の日記だ。そこには、勇者様とデートして、珍しいものを食べて、想い出を共有したい、と書いてある。

雨果はここの名産品で、雨が多い地域でしか作られない果実だ。半透明でぷるぷるした食感で、甘いのだという。俺も食べるのは初めてだ。そういえば、昨日から何も食べていない。

「い、今行く……！」

俺はベッドから起き上がり、すぐに出かける支度をした。


市場に着くと、人の少ない街ながら、かなり賑《にぎ》わっている。雨が多いところなので雨が止む日は貴重らしい。市場には屋台が立ち並び、色んな食べ物が販売されていた。

俺たちは近くの屋台で雨果を二つ買い、一緒に食べる。白い皮を剝《む》くと透明な果肉が顔を出し、口に含めばスライムのようにぷるぷるとした不思議な食感。酸《さん》味《み》のある甘さが口の中へと広がって溶《と》けていく。

「ん、美味《うま》い！　ガシュア、どう……」

だ、と続けようとしたが、ガシュアを見たときにはもうすでに食い終わっていた。もしかして一口で食ったのか。

「美味かった？」

「食った気がしない」

「……はは！　まあ、確かに」

雨果は美味いが、成人男性が食うには腹持ちが悪すぎる。空気を食っているみたいだった。幸い、屋台には色んな食べ物が売っているわけだし、俺はガシュアを振り返った。

「ガシュア、何が好き？」

「好き？」

「そう、何が食べたい？」

「ああ……、そういう」

他にどういう意味があると思ったんだ？　ガシュアはじっと俺を見つめたあと、ぼそりと呟いた。

「肉が好きだ」

「肉？　なんの肉でもいいのか」

「ああ。なんでも食える」

「じゃあそこの屋台でなんか買おう」

そう言って、屋台でコカトリスの串焼きを買うと、ガシュアに手渡した。せっかくだしと、食いながら街の中を見て回ることにした。

デートと言っても、俺だってそんなのしたことはないし、ガシュアは……どうだろう。ガシュアの立場的に、したことくらいあるんだろうか。

けど、なんとなくそれを聞くのは憚《はばか》られた。

手渡した肉はあっという間になくなっていて、心なしか満足げだ。ガシュアの好きなものが一つ判明した。

「美味かったな～、他にもなんか食おうぜ」

「好きにしろ」

「お前の財布を？」

「そうしたいなら別に構わない」

「そんなこと言ったら本当に使い尽くすぞ」

俺が笑うと、ガシュアも薄く笑った。

「その分稼げばいいだけだ」

「ガシュア様、格好いい～！」

俺の言葉に、ガシュアがぴくりと反応して、本当に財布を手渡してきた。

「え、本当にいいの？」

「いい」

「あ～……じゃあ、一緒になんか食べようぜ」

そう言って、近くの屋台で色々買い込み、喉が渇いたので飲み物も買って手渡した。

「ほら」

「ああ」

この街の名物だという雨果水という飲み物を口に含むと、仄《ほの》かにアルコールの味がした。……酒だ、これ。

「どうした？」

「いや……これ美味い？」

「ああ」

普通、デートって朝から酒を飲んだりするのか？

買った屋台の食べ物も味が濃いのが多く、どちらかというと、おっさんの休日って感じだ。

まあ俺は聖女様じゃないし、たまにはいいか……。冷たい酒で喉を潤《うるお》すと、気分が少しずつ昂揚《こうよう》してくる。酒は強い方じゃないけど、たまに飲むと美味《おい》しい。そのまま街を散策しながら、改めてガシュアを観察してみた。アルコールを飲んでいるのにもかかわらず、ガシュアの顔色は全く変わらない。それどころか、街行く人がちらちらとガシュアを振り返っていた。

まあ……目立つよな。端正な顔立ちと大きな体軀は、いるだけで目を惹く。それは俺も例外ではなく、いつの間にかガシュアを見つめていた。不思議と、今ならなんでも言える気がして、気になっていたことを問いかけてみる。

「なあガシュア……、お前、魔王を倒したら、そのあとはどうするんだ？　城に戻る？」

「いいや？　魔王を倒したらあそこにいた奴らは全員始末する予定だ。それを終えたら、元々暮らしていたところに帰る」

「…………元々暮らしていたところ？　どこ？」

さらっと怖いことを聞いたけど、その部分は無視して問いかける。

「北の森だ。元々はそっちで暮らしていたし……、あっちの方が住みやすいから」

「へぇ……」

豪華な城暮らしを捨てて森に帰るのか。でも、魔王を倒すことができたなら英雄同然で、勇者カトウ並に……いや、それ以上にこの国の救世主として語り継がれることになる。

そんな人材を国が手放すだろうか。……もしかして口を挟ませない為に全員始末するとか言ってんのか……？　あり得ない、と思ったけれど、ガシュアならあり得なくもない。

ゾッとしていると、今度はガシュアが訊ねてきた。

「ヨルンは？」

「俺？　俺は別に……前と同じ生活に戻るだけ」

酒を一口飲み、未来を想像する。

装備が取れたら、以前と同じくこの地味なスキルを使って生活していくしかない。

装備効果がなくなるのは痛いが、元々そうやって生きてきたんだし、それ以外のことができないんだから仕方ない。

最初はどこでもやっていけると思っていたけど、長く一緒に居続けると段々ボロが出てくる。だから、俺は同じパーティには長期間滞在しない。スキルじゃない自分の能力を生かせる仕事だって、探すのはなかなか難しいし、他の方法もわからないから、きっと元に戻るだけだ。

ふぅ、と息を吐いて笑う。

そう考えると、ガシュアはなんにでもなれる力を持っていて羨ましい。ガシュアの夢ってなんだろう。

「……ガシュアはさ、なりたいものってある？」

「なりたいもの？」

「子供の頃の夢とか、そういうのでもいいけど。大きくなったらなりたかったものとか」

「何故そんなことを聞く」

「いや、ちょっと気になっただけ」

「夢……」

俺の問いかけに、ガシュアは考えるように目を伏せていたが、しばらくして口を開いた。

「昔、子供の頃に同じことを聞かれた」

「へぇ？」

「その頃は、ただ静かに暮らしたかったが、今はそうだな……、決めていることがある」

「何？」

「勇者よりも強くなること」

「え？」

まるで子供のような夢に、俺は少しだけ目を丸くした。

「この国の頂点が勇者なら、それよりも強くなれば、誰にも文句は言われないだろう」

「ああ……それで？」

「魔王を殺せばそれが証明できる」

「ははは……」

　ガシュアはもう十分に強いけれど、当然ながら強くない時代もあったわけで……。こいつは、どういう人生を歩んできたんだろう。聞けば聞くほど、ガシュアのことが気になってくる。

　そもそも、普通は魔王を倒そうなんて思わない。歴代の勇者の子孫だって、今まで倒そうとしなかったし。

　アルコールが回ってきたせいか、思考が少しあけすけになっている気がする。酒は美味いけど、やっぱり朝から飲むようなもんじゃない。

　隣を歩く俺に、ガシュアが問いかけてきた。

「ヨルンは？」

「俺？　俺は――……そうだな。子供の頃は、勇者になりたかった」

「勇者？」

「孤児院にいた頃は、ずっと勇者の話ばっかり読んでたって言っただろ？　憧れてたんだ」

　この街は、どこもかしこも雨の匂いがする。その匂いが、少しだけ昔を思い出させた。

　湿った空気と、人のいない街並み。両親が生きていた頃も、別に裕福ではなかったし、こういう街に住んでいた。

　狭い路地に立ち並んだ住居はどこもかしこもボロボロで、金持ちの生活ってのをしたことがない。今までの人生ずっとそうだ。だから、あの頃は金持ちになりたくて、孤児院に入ってからは勇者になりたかった。強くて金も稼げたら最強だと思っていたから。

　俺は柄《がら》にもなく子供の頃の夢を口にした。

「勇者になって、尊敬されて――……、皆から認められるような人間になりたかった」

普段なら、こんなことはきっと喋らない。

自分について話すのは、俺にとってあまりいいことじゃないから。それでも話してしまったのは、酒のせいだ。

あの頃、ペラペラの薄い布団に包まって、孤児院を出たら冒険家になり、いつか勇者のような存在になる自分を妄想した。

あるいは、勇者の仲間になって、魔王を倒す旅に出る自分。伝記に刻まれるような、偉大な存在。

俺の言葉に、ガシュアが眉間に皺を刻んだ。

「……まるで今は認められていないような言い方だな」

「言い方じゃなくて、認められていないんだよ」

「何故？　お前のスキルは、便利だし使い道もあるだろう」

「ははは～」

孤児院を出て、一人の旅を始めた頃、俺は自分のスキルを隠さなかった。確かに低スキルしか使えないけど、多職業になれるなら需要はあると思ったから。でも、現実はそう甘くない。

「便利だよ。でも、ただそれだけで、本当に欲しいと思ったら俺じゃ駄目なんだ。重要な場面じゃ俺のスキルは力不足。つまり、使い捨てされるのに最適ってこと」

多くスキルを扱えるのは便利だ。けど、そのスキルがどれも低レベルだと、いずれ限界が来る。俺の上位互換がいくらでもいるのに、俺を使い続ける理由はない。

これだけ言えば、今まで何があったのかくらい見当がつくだろう。

冒険者ってのは自己責任で、何があっても基本的に自分で責任を取らないといけない。俺が騙されたり裏切られても、自己責任だ。俺の話なのに、何故かガシュアは怪訝な顔をして眉間に皺を寄せていた。

あ～～～……話しすぎたな。俺はへらりと笑って話を終わらせる。

「まあ、夢なんてそう叶うモンじゃないよな」

「…………」

「あ、また雨が降りそうだし……、そろそろ帰る……」

空が曇ってきたし、来た道を戻ろうとしたところで、ガシュアが俺の腕を掴んだ。

「なら、今は」

「え？」

「今の夢はなんだ？」

「いや、この年になって夢も何も……」

そろそろ現実を知る年齢だ。スキルは育たないし、スキルなしでこれから別の何かを目指そうとするのも、かなり厳しい。

「年齢は関係ないだろう、なんでもいいから言ってみろ」

「えー……」


なんだろう。スキルを使って身分を偽りこっそり金を稼ぐのが夢だったかと聞かれれば、そうじゃない。

結果的にそうなっただけで、もっと華々《はなばな》しく冒険者として活躍することを望んでいた。能力だけで言うなら、俺はガシュアみたいになりたかったのかもしれない。

でも、生きていくのに金は必要不可欠で。

「そりゃ、もっと稼げるような職に就《つ》けたらなーって」

「何故？」

「何故って、金は欲しいだろ」

将来の夢は、金持ちだったたし、金があればなんでもできると思っていた。俺の言葉に、ガシュアはじっと俺を見つめてくる。

「なんのために？」

「生きるためだよ。お前は森でも山でも生きていけるのかもしれないけど、俺はそうじゃないの。魔物に殺されて終わる。金があれば、飢えることもないし、選択肢だって広がるし……」

「その金で、どうなりたいんだ？」

「どうなりたいって、そんなの……」

そんなの、金を手に入れて、なりたいものなんて一つだけだ。俺はアルコールの回ってきた頭でふらふらしながら途切れ途切れに言葉を吐いた。

「そりゃあ……そりゃあさ…………………、幸せに、なりたいだろ……」

ぽつりと呟いた。

幸せなんて人それぞれで、金がなくても幸せだって人間はいるだろう。金があれば幸せになれるという保証もないけど、少なくともあって困ることはないはずだ。

昔からずっと、金さえあれば、俺ももう少しマシな人生が送れたんじゃないかって考えていた。お宝を手に入れた瞬間は幸せだ。でも、それだって長くは続かない。次は取れない可能性だってあるんだから。

「……お前にとっての幸せってなんだ？」

ガシュアは、どうして俺にこんなことを訊ねてくるんだろうと不思議に感じつつ、俺は思いつく限りの言葉を吐いた。

「そうだなー……、衣食住に困らなくて、不安を覚えないような人生、とか……」

俺の言葉に、ガシュアはわかったと答え、とんでもない言葉を続けた。

「なら、その夢は俺が叶えよう」

「………………は？」

「俺はお前のことを裏切らないし、実力も認めている。他の職業に化けられると言っても、その職業のスキル自体は、知識がないと使えないだろう」

「………………」

「お前のスキルは、使い捨てされるようなものじゃないと思うし、俺はお前を捨てない」

「っ……」

不覚にも、その発言に俺は胸を抉られたような気分になった。

言葉を失い、立ち尽くす。他の職業に変化できると言っても、呪文は学ばなければ使えないし、その為に色々と勉強したのは事実だ。でも、学んだところで結局俺にできることなんて、こそ泥みたいな真似だけだった。

ガシュアの手が、俺の頬へと伸びてきた。

「っ、何……」

「お前の夢は俺が叶える。代わりに、お前が俺の夢を叶えてくれ」

「……ガシュアの夢って……強くなることか？　いや、俺にそれは無理……」

「違う。ヨルンと、一緒に暮らしたい」

「……………は？」

真顔で伝えられ、俺は間の抜けた声を上げた。

「魔王を倒したら、俺と一緒にいてほしい。俺がお前を幸せにするから、お前も俺を幸せにしろ」

…………？　急に、どうした？

「ま……待て待て！　なんか話が変な方向に行ってないか⁉　それだとお前が俺のこと好きみたいに聞こえるっていうか……！」

「そう言っている」

「……は？」

「好きだから、好きな奴を幸せにしたいと思うのは、おかしなことか？」

その言葉に、俺は目を見開いた。発言はおかしなことじゃないのに、発言している奴が普通じゃないせいで、俺はどうすればいいのかわからず狼狽《うろた》える。

「す、すき？」

「そうだ」

「誰が？」

「ここにお前以外の人間がいるのか」

「…………………」

俺が口を閉ざすと、ガシュアは小さく笑った。

「一つ、気付いたことがあるんだ」

「……なんだよ」

「俺は、お前と一緒にいるのが結構楽しい」

「…………た、楽しい？」

「ああ、楽しい。今までの人生でそう思ったことはなかったのに、自分でも不思議な感覚だ。戦っているときよりも、一人でいるときよりも、お前と話しているときの方が楽しいと感じる」

「えぁ、え」

目を瞬かせて、言葉に詰まった。

「見ていると触れたくなるし、自分の手の内に置いて、離したくなくなる。俺は……、ヨルンともっと一緒にいたい、と思う」

「っ……」

「誰かを好きだと思ったことはないから、これがそうなのかはわからない、けど、俺はお前と一緒にいたい」

なんて答えればいいのか、わからなかった。だって、こんなことを言われると思っていなかったし。硬直《こうちょく》する俺に、ガシュアが続ける。

「どうすれば、お前ともっと長く一緒にいられる？」

そのときふと、夢で見た聖女の言葉が浮かんできた。

『それじゃあ貴方は、好きって言われたらどうするの？』

ぱきん、と宝石の砕ける音がした。

三章

「はあ～～～～……」

その後、俺たちはゲランダの街を離れていくつかのダンジョンを攻略した。聖女の望みを叶えつつ、ついでに賞金を得るためダンジョンを巡る必要があったからだ。ついでにしてはかなり稼いでいる気がするけど……。

ガシュアは驚くほどに強くて、高難易度のダンジョンも即終わらせたあと、ダンジョン外でも魔物狩りを行うほどだ。

そのせいか、珍しい素材を山ほど手に入れるため、換金には事欠かない。血を浴びながら魔物を次々と殺していく姿には正直戦慄《せんりつ》するが、その強さは本物で、勇者より強いというのは妄言《もうげん》とも思えない。

ガシュアと一緒にいれば、俺は金には困らないだろう。それは俺にとって、幸いなことではあるけど……。

「…………」

でも俺は、ガシュアのあの告白に対して、未だに答えを返せずにいた。

あれから何度か勘違いじゃないか確認したが、その度に行動で示されたので、それ以降は何も言えなくなってしまった。

聖女の日記をなぞりながらダンジョンの攻略する日を重ねるうち、最近は言動に遠慮がなくなってきている。

いや、元から言動に遠慮がない奴ではあったけど、そういう方向じゃなくて……、こう、ぶっ飛んだ方向に行動するのを憚らなくなった。例えば、ふとしたときに、平気で好きだと言ってくる。いい意味でも悪い意味でも素直な男は、行動にも制限がない。

別の人に笑顔を向けただけで相手が誰か訊ねてくるし、俺がどこかへ行こうとするとついてくる。なんなら、俺が誰かと喋っただけで相手を睨み付けて剣を抜こうとするので、愛情表現もかなり重い。

無自覚だった男が自覚すると怖いとはいうが……。

幸い、今はダンジョンの中で、ガシュアが一番下の階層にいるボスを倒している最中だ。本来なら俺もついていくべきなんだろうが、はっきり言って、俺はいない方が攻略も早い。

戦っている最中のガシュアは暴力的で、あっという間にその階層が血に染まる。対ボスの場合、複数で挑むのが普通だし、俺だって聖女の装備で能力強化されているから、通常のパーティなら存在意義もある。けど、ガシュアの場合は一人で戦った方が遥《はる》かに効率がいい。

それに、俺はガシュアに持たされた魔道具で離れられないようになっている。あまり遠くへ行くとガシュアへ知らせがいくので、俺はダンジョン内にある聖域と呼ばれる安全地帯で、ガシュアの帰りを待っていた。

ここはダンジョン内に稀《まれ》に発生する、魔物も入ってこられない聖なる領域だ。

一度一人になって心のうちを整理したいという気持ちもあったので、正直ありがたい。

俺は聖域内に座り込み、頭を抱えた。

「好き、て………」

こんな俺でも、誰かに好意を寄せられたことが、ないわけじゃない。

そもそも俺は他のパーティに潜り込む度、性格を変え、名前を変え、口調や一人称に至るまで変えて別人に成りすました。

その結果、俺に好感を抱く奴もごく稀にいたし、好感度を下げない程度にやんわりと断ることもしていた。でもそれは、俺であって俺じゃない。適当に演じている俺だからできたことだ。

「う～～～……」

でも、ガシュアの場合は素で話している。優しい治癒士の俺でも、堂々とした聖導士の俺でも、他の職業の俺でもない、ただのヨルン相手に好きだと言うその神経がわからない。

華々しい詐称経歴のある別の俺じゃない、何も持っていないヨルンの、どこがいいんだ？

つまり、どういうことかというと……、素だとどうすればいいかわからない!!

ぐしゃぐしゃと頭を掻《か》き乱して、ガシュアのことを考える。

「なんで俺……!?」

ガシュアに好きだ、愛している、という言葉を吐かれると、挙動不審になる。

慣れていない、そもそも好きってなんだ。今まで恋愛というものをしてこなかったせいか、理解できない。あれ、もしかして俺、あのガシュアよりも人としてまずいのでは……!?

どんなにいい人ぶっていても、人間なんて腹の底じゃ何を考えているかわからないし、簡単に言えば、俺は他人が信用できない。

本当の俺を晒せば皆離れていくかもしれないし、軽蔑《けいべつ》されるかもしれない。人に裏切られるのは嫌だから、裏切られない為には、こっちが先に素を晒さないのが一番いい。

だけど、素で話す俺をガシュアは好きだと言った。

「…………」

考えていると頰が熱くなってきた。

なんで、俺は好きだと言われることが嫌だと思っていないんだろう。そこが一番の問題だ。好きだと言われることに嫌悪感はない。

むしろ、誰かに好かれることが少ないので、喜びすらある。でも、これが本当に俺の感情なのか、聖女の装備によるものなのかわからない。

聖女の言葉を信じるなら、ガシュアが俺のことを好きだと思う度に宝石が割れているらしいが、あいつの感情すらも支配しているのでは……。

「…………！」

その時下層から、ドン、と大きな音がした。ガシュアが戦っている音だ。

何度か一緒にダンジョンを攻略したけれど、ガシュアは本当に戦うことが純粋に好きというかなんというか……、自分の力を試すのが好きなんだと知った。

普段からおかしな男ではあるけれど、戦っている時のガシュアは手がつけられないほど好戦的だ。

あの無表情な男が、魔物と戦っているときは笑うのだから、きっとここのボスの命も短いだろう。

ガシュアと一緒にいる間に、俺は少しずつ情報を集めた。二人で旅をしていると、お互いのことを話す機会も増えていく。

ガシュアは現国王とメイドである平民の母親との間に生まれ、ずっと森に隠れて暮らしていたけれど、母親の病死をきっかけに城まで連れてこられたらしい。

そして、その生活に嫌気が差したので魔王討伐に来たのだという。大分端折《はしょ》って説明された気がするけど、それにしても、よく王子が冒険者になることに許可が出たな。

「うおっ……！」

そのとき、ガシュアが戦っているせいか地面が揺れる。どうせまた装備を汚して傷一つない体で戻ってくるんだろう。その度に装備を綺麗にするの、誰だと思ってるんだ。

「はー……」

あいつは雑な上に計画性がないし、性格もいかれてはいるけれど、嘘はつかない。

だからこそ、俺を好きだという言葉に、多分嘘偽りはない……はずだ。というか、最近だと、その雑さが逆に放っておけなくなってきた。

だってあいつ、計画とか調べるってことを知らないから、初めてのダンジョンでも勝手に一人で突っ込んでいくし。飯だって適当で、作れば生焼けだし、狩った魔物の素材もそのまま俺に渡してくるし。荒い性格をしたデカい犬と一緒にいるみたいで、つい世話を焼きたくなる。

「とはいえ、人間なんだよな……」

人間離れしているとはいえ、ガシュアは犬じゃない。ていうか、犬みたいだと思ってるとバレたら怒られるだろう。

宝石も大分割れてきたし、あと少しで終わりそうだから、それまでに、答えを出さないと。……でも、なんて言えばいいんだ。そもそも俺は、どんな答えを考えているんだ……？

ぐるぐると頭の中で考え込んでいると、俺を呼ぶ声が響いた。

「あれ……——ヨルン？」

ガシュアの声じゃない。

ダンジョンを攻略に来た別のパーティか。ここは魔物は寄せ付けないが、人間は入れるから。

でも、その時俺は呼びかけに顔を上げるべきじゃなかった。俺の本名を知っている奴なんて、碌《ろく》な奴がいないんだから。

聞き覚えのある声に、目を見開くと三人の男が近づいてきた。

「お……、やっぱりヨルンだ！　なんだお前、生きてたのかよ！」

「…………っ……」

そうして、そのうちの一人が隣までやってきて俺の肩を摑んだ。

三人組のうち一人は知らない男だったけど、もう二人は見覚えがある。というか忘れようと思っても忘れられない。四十半ばの男は、マレグと、ユースリ。

よりによって、こんなところでまた会うなんて。

「誰？　こいつ」

「ああ、昔の仲間だよ。こいつのスキル、使えないけど便利なんだぜ。おいヨルン、どうして聖域に一人で？　もしかして仲間とはぐれたとか……あるいは死んだか？　よかったら俺らのパーティに来いよ、もうすぐ攻略ができそうなんだ」

悪びれることもなく言い切られて、俺は言葉を失った。

こいつは、何を言っているんだ？

「は…………」

俺は頭のてっぺんから爪先まで、急激に血が下がっていくのを感じた。耳鳴りがする。

怒りって、こういう風に湧いてくるんだな。血の気が引いているのに、体中の血が沸々と煮立っている気分だった。

見覚えのない男が、俺の肩を摑むマレグに問いかけた。

「便利なスキルって……飛行スキルとか？　レアスキルか？」

「バーカ、こいつがそんな高度なスキル使えるもんかよ！　そんなんじゃなくて……」

「手ぇ離せよ……」

俺はマレグの手を肩から外し、低い声を上げた。

こいつらは、俺が初めて入ったパーティの『元』仲間だ。

孤児院を飛び出してから冒険者になって、初めて入ったのがこの男のパーティだった。リーダーである剣士のマレグと、ファイターのユースリ。当時はかなりのベテランと聞いていたし、最初は頼れる人だと思った。あの頃の俺は、純粋に仲間の役に立ちたいと思っていた。

足手まといにはならないように、功績を立てて名をあげようと必死に働いた。

使えるスキルは全部使い、魔力切れを起こそうが怪我をしようが、死ぬ気で頑張った。雑用も何もかも全てこなした。こうやって頑張っていれば、いつかは報われるんじゃないかって。

でも、最終的にこいつらが俺にしたのは、酷い裏切りだった。俺は睨み付けて吐き捨てる。

「消えろ」

その言葉に、マレグが笑いながら眉を下げた。

「なんだよヨルン、あの時ダンジョンに置いてったこと……、まだ怒ってんのか？　お前のスキルなら逃げられると思ったから、実力を見越してのことだぞ？　結果生きてるなら間違った判断じゃなかっただろ？」

ヘラヘラと笑うマレグに、俺は体が冷えていくのを感じた。

「…………………」

……ああ、なんだ、俺にしたことを忘れたわけじゃなかったんだな。

「はは……」

今でもたまに思い出す。忘れたくても忘れられない。

全員で挑んだダンジョンは当時の俺たちにはレベルが高く、とても攻略できるようなところじゃなかったし、俺は難しいと言った。

だけど、リーダーであるマレグは無理に中へ進み、その結果、ダンジョンの奥でキマイラに遭遇した。キマイラというのは、獅子《しし》の頭を持ち、山羊《やぎ》の胴と翼が生え、尻尾は蛇という魔物だ。当時の俺たちパーティとは、比にならないほど強い。

阿鼻叫喚《あびきょうかん》の中、逃げようとする俺の足を、この男は突然斬り付けてきたのだ。

『マレグさん、どうして……っ！』

『うるせえな足手まとい！　テメェのスキルでなんとかしろ！』

『ダンジョンで起きたことは全部自己責任だって知らねぇのか？　死んだら、お前が弱いのが悪いんだぜ？』

俺のスキルを知った上で、こいつは俺を囮《おとり》にしたのだ。

そうして、俺はたった一人でキマイラの前に置いて行かれた。仲間だと思っていた奴らから、魔物の餌《えさ》にされたんだ。

ご丁寧に足を怪我させて、逃げられないようにしてまで。歯が震え、魔力の尽きた体じゃスキルも使えない。そもそも、俺のスキルで逃げられると思うか？　職業は変えられても、低級スキルしか使えないのに。

今でも覚えてるよ、逃げていくお前らの背中と、目の前に広がる魔物の口。滴《したた》る涎が、顔に落ちてきた瞬間のこと。間違いなく死んだと思った。

涙が溢れ、泣き叫んだ。

俺のスキルでどうにかできるはずもなく、本当に後悔したんだ。こいつらを仲間だと信じたこと。

他人を仲間だって思うこと。

たまたま通りかかった別のパーティが助けてくれなかったら、俺はあの時死んでいた。

それを、実力を見越してって、ものは言いようだな。

「……お前が何を言ってるんだか、さっぱりだ」

「ははは、わかったわかった。悪かったって！　あのときはどうしようもなくてさ……、悪かったよ。昔は俺のこと、慕ってくれてたろ？　生きてて嬉しいよ。だからまた戻ってこいって、あと少しでこのダンジョンも制覇なんだぜ？」

そう言って笑うマレグに、俺は心底呆《あき》れかえった。

ダンジョンに置き去りにされて助けられたあと、俺はこいつらを捜した。ひょっとしたら、俺を置いていったことを、後悔しているんじゃないかって。

謝ってくれるんじゃないかって、愚かにもそう思っていたからだ。

でも、俺が助けられたときにはもう、こいつらは街を離れどこにもいなくなっていた。結局俺はいつでも替えがきく便利な道具でしかなかったんだと、その時理解したよ。

冒険者は全ての行動が自己責任。

ダンジョン内で起きたことは誰も介入できない。

置いていかれた俺が悪い。

でも、だからってこいつらの存在が許せるわけじゃない。着たくもない変態装備を強いられているんだ。聖女の力を利用してぶん殴ってやろうかな。なるべく強い魔法でぶん殴ってやろうと、頭の中で使えそうな呪文を浮かべる。

「とにかくさ、お前の力が必要なんだって。また同じパーティで楽しくやろうぜ？　だから――――――………あ？」

瞬間、風を切るような音が聞こえた。それと同時に、再び俺の肩を抱いたマレグの腕がなくなっていた。

「…………え……？」

どさ、と音がして目の前に腕が落ちてきた。その腕がマレグの腕だと理解したのは、隣で大きな叫び声が聞こえてからだった。

「……はっ……!?　え、あう、うわ、わああぁぁああ あ！　俺の腕がぁああ！」

あまりに一瞬の出来事で、俺は瞬《まばた》きすることも忘れ、目を見開いた。隣で血が噴《ふ》き出し、俺の装備に赤い染みが広がっていく。

マレグはのたうち回るように地面を転がるため、聖域はあっという間に赤く染まった。近くにいた男が血止めの処理を施《ほどこ》している。

ダンジョンには冒険者の間で暗黙の制約があって、ダンジョン内における聖域は魔物の近寄れない聖なる場所だが、決して血で汚してはいけない。

血で汚れた瞬間、そこは聖域ではなくなるからだ。

「おい、しっかりしろ！」

ユースリが焦ったように叫ぶが、俺はそれよりも別の男に目線が釘付《くぎづ》けだった。

いつの間に戻ったのか、ガシュアは下の階にいたであろう魔物の首を持って、俺の方へと近づいてきた。

「戻った」

「ガ、ガシュア……」

「素材の元だ。あとで中を取り出してくれ」

持っていた剣先を振るい、こびり付いた血をはらい落とした。

魔物の素材は、殺した魔物の体内から取り出すことで素材となり換金できる。ガシュアみたいに面倒くさがって丸ごと持ってくる奴もいるが、そのまま持つには邪魔だし重いので、普段は俺がスキルを使って素材を取り出していた。

「ところで」

けど、今はそれどころじゃない。

体は血で汚れているが、特殊加工された剣は脂《あぶら》も残さず綺麗なままだ。速すぎて俺には見えなかったけど、おそらくガシュアがマレグを斬ったんだろう。

「誰だ？　その男は」

ガシュアの目線が、腕を押さえてのたうち回るマレグへと向いた。ユースリが、ガシュアを睨みつける。

「そ……そっちこそ誰だよ！　突然何しやがる！　こいつがあんたになんかしたか!?」

「ああ」

「はぁ……!?」

「勝手に人のものに触るな、虫唾《むしず》が走る」

「っ…………！」

ガシュアが淡々と告げた。

その言葉に絶句したのは、マレグたちだけじゃない。俺も、肩を抱かれた奴が腕を斬り落とされるとは思っていなかった。

腕を切られたマレグは泣きながら独り言のように何かをブツブツと繰り返し、他の二人はガシュアに向かって武器を構える。

けれど、ガシュアが持っていた首は、キマイラよりも数段格上の魔物だ。その首を持っている時点でガシュアとの戦力差を感じたのだろう。

二人はじわじわと後ずさる。

すでに聖域として機能しなくなったこの場所じゃ、

魔物も寄ってくるかもしれない。

「それでヨルン、誰だ？　こいつらは」

ガシュアが低い声で問いかけた。赤い瞳が俺を見下ろし、不機嫌さを隠そうともしない。

「む、昔の……知り合いだよ」

仲間とは言いたくなかった。そもそも仲間だとは思っていない。

「知り合い？　それはどういう……」

「うあぁああ――！」

けれど俺が詳しく説明する前に、俺の知らない男がガシュアに向かって炎魔法を打ち込んできた。どうやら魔道士だったらしい。

「危な……っ！」

けれど、向かってくる炎の塊をガシュアはあっさり剣で二つに斬り、分かれた炎は壁を燃やした。表情一つ動かさず、ガシュアが俺を見つめる。ダンジョン内が揺れ、魔道士らしき男は驚愕の表情を浮かべしゃがみ込んだ。

「ひぃ……っ！」

「さっきこいつらがお前に一緒に行こうと言っているのが聞こえた。まさかとは思うが……俺から離れる予定だったのか？」

強い圧を感じた直後、空気が冷えていく。

い、一体いつから見ていたんだ……？　ガシュアが剣を構え、マレグたちに向けると、その目は怒りに燃えていた。

俺は全力で首を横に振る。

「まさか！　また裏切られるのはごめんだし……」

「裏切られる？」

「あ、ああそうだよ、こいつらには昔酷いことをされたから……」

「なるほど」

「え？」

再び風を切る音がして、今度はユースリの腕が飛んだ。

「あ、あ、あ、ああ、あああああああっ！」

「…………っひ、ひぃいいっ……！」

魔道士の男が腰を抜かし、後ずさっていく。

「なら殺そう」

酷く冷たい目でマレグたちを見下ろすガシュアの表情からは、不快さを含んだ感情が読み取れた。そのまま、つかつかとマレグ達に近づいていく。

ガシュアは、嘘をつかない。だから、このまま俺が何もしなければガシュアは本当にこいつらを全員殺すだろう。

……俺が裏切られたって言っただけで？　俺の言葉が真実だっていう証拠もないのに。

ダンジョン内で起きたことは自己責任だ。

ここでガシュアがマレグたちを殺したところで、別に咎める奴はいない。俺だってこいつらには恨みがあるし、殺されてもなんとも思わない。自業自得だって思う。

だけど……。

「ガシュア、いい、待て、殺すな」

俺は咄嗟にガシュアの腕を摑んで止めた。

「……何故止める？　裏切り者に酷いことをされたんだろう」

ガシュアの目には、疑問と、怒りが含まれていた。

だって、ここでガシュアが殺したところで、どうにもならない。やられたことは消えないし、気分が晴れるわけでもない。それにこれは、俺が片付けないといけない問題だ。

「手が汚れるだろ。だからやめろ、ここは俺に任せてくれ」

「…………………」

ここで言う手っていうのは、別に現実的な汚れというわけじゃない。誰かを殺せば、その分そいつの死も背負っていかないといけない。

ガシュアはそういうのは気にしないタイプかもしれないけど、俺は結構気にするんだよ。こんな奴らで手を汚す必要はない。

「……わかった、お前に任せる」

俺の言葉に、ガシュアは素直に頷き、剣を鞘《さや》に収めた。ガシュアが引いたことで余裕が生まれたのか、マレグは腕を押さえて立ち上がった。

「……てめぇヨルン！　ふざけんな！　面倒を見てやった恩も忘れて！　どうしてくれんだよ、この腕！」

「さあ〜、治療してもらえば命くらいは助かるんじゃないか？」

「あぁ!?　治療費払えよ！　クソ、なんの力もないガキが……！」

ガキだったのはお前らのパーティに入ったときの話だろ。マレグとユースリが俺に向かって吠えている間、魔道士の男だけが頭を押さえて震えていた。

「お、俺は何も知らない……何もしていない……っ！」

どうやら、俺の後ろにいるガシュアを見て震えているらしい。確かに、後ろに立っているだけで強い圧を感じる。今の俺にはその存在が、心強い。

「大体、お前に何ができるんだよ、肝心なことはなんもできねえくせに、雑用で使ってやっただけありがたいと思え！」

「助かったんだからもういいだろうが！　こんなことになるなら、あの時死んどきゃよかったのによ！」

そう言った瞬間、俺に吠えていたマレグとユースリが、突然びくっと怯えて一歩後ろに下がった。

それから、露骨《ろこつ》にブルブルと震え、俺の後ろを気にしている。振り返ると、ガシュアはいつも通りの無表情で俺を見ていた。けれどその瞳には苛立ちが見え、長引けばさっさと剣を抜きそうな気がした。

「はあ……」

それにしたって、こんな男たちの言いなりになってスキル奴隷と化していたあの頃の俺を思い返すと黒歴史だな。聖女の日記と大差ない。

冒険者になって日が浅かったとはいえ、若かりし俺の目も節穴すぎる。

マレグたちは俺の後ろをちらちらと確認しながら、今度は打って変わって頭を下げてきた。

「な、なんてな……。冗談だって……、なあ、俺たち仲間だっただろ？　もう許してくれよ……」

俺の後ろにいるガシュアが、いつまた襲ってくるかわからないと考えているのか。

こんなことを言っても、どうせすぐに忘れて悪事を働く。そういう奴らだってことは、昔一緒にいてよく学んだ。

俺が笑顔を見せると、マレグとユースリは安心したように緊張感を緩めた。その間に、マレグの胸ぐらを摑み、拳を握ってありったけの力を込めてぶん殴った。

「!?　がっ……！」

鈍い音を上げて倒れるそいつを無視して、ユースリもぶん殴った。

「うぅっ……!?」

「あ～……いってぇ……」

普段拳で殴るなんて原始的な方法を取らないので、殴った俺の手も痛い。あ、聖女の力を込めるのも忘れた。殴られた頬を押さえて、起き上がった二人は再び食ってかかってきた。

「おい！　テメェ何すんだよ！」

「こんなことしていいと思ってんのか!?」

「思ってるよ」

「はぁ……!?」

「ダンジョン内で起こったことは、全て自己責任だ。お前らも、あのとき俺にそう言っただろ？」

俺をキマイラの餌にして逃げていくとき、確かに聞いた。弱い俺が悪いって。

俺の言葉に、二人はたじろぐように言葉を詰まらせた。

「だから、これからは何が起ころうが自己責任だ。俺たちはこのダンジョンを出るけど、ここはもう聖域じゃなくなった。魔物に食い殺されないよう気を付けろよ」

魔物は、血の臭いにつられてやってくる。

おまけに、ガシュアがこのダンジョンのボスを倒したせいで、魔物の気性が荒くなっている。すぐにここにも大量の魔物が押し寄せてくるだろう。魔道士が転移魔法も使えるなら、死ぬことはないだろうけど……、まあやられたことを返しただけだ。

マレグとユースリが青くなって周囲を見渡すと、ところどころに魔物の目が光っていた。

「ひ……っ」

「行こう、ガシュア」

「……あれでいいのか？」

「ああ、いいんだ」

一発殴ったことで、少しだけ気が晴れた。

それに、こいつらを殺したところで、なんの得にもならないし儲《もう》からない。大体、いくらダンジョン内でのことは自己責任とはいえ、人を殺すなんて楽しくないし、死体だって見たくない。死の瞬間が何よりも恐ろしいのは知っているから。

後ろで何か喚《わめ》いてる二人だったが、ガシュアが振り返ると声を上げるのをやめた。俺たちはそのままダンジョンの出口へ足を進めた。

「ははは！　見たかあいつらのあの顔！」

俺は満面の笑みでガシュアに言った。

されたことへの報復としては生温いかも知れないが、俺だってここで終わらせる気はない。あいつらが冒険者として今も働いているなら、報復なんていくらでもやりようがあるんだ。

「ここを出たらギルドに行って、あいつらの悪行をバラしちゃおっかな～」

「冒険者は自己責任じゃなかったのか」

「ああそうだよ。自己責任だからこそ、信用の置けない輩をパーティに入れたくはないだろ？　誰のパーティにも入れなかったら大変だぞ～」

　ケラケラと笑ってガシュアに言うと、ガシュアはふむ、と口元を押さえた。

「お前は色んなパーティにいただろう」

「どれも臨時だし。それに俺は、信用を得るのは結構得意なんだ」

「………そうだな」

　笑った。それ、なんの笑いだ？　冗談？　それとも皮肉とでも捉えたのか？　俺の隣で、ガシュアが再び問いかけてくる。

「ところで、あいつらはお前に何をしたんだ？」

「え？」

「裏切られるのはごめんだと言っていただろう。詳しく話してみろ」

「……あーいや、昔の話だから……」

　なんとなく、話したら面倒なことになりそうな気がして、やんわりと断った。

「いいから話せ」

「…………」

　けれど、ガシュアにやんわり、という言葉は通用しない。

　顔を摑まれ、話さざるを得なくなった。

　……まあ、減ることでもないか、と俺は昔起きたことを掻い摘んで話した。

「――それで、そのあとも騙されたりしたけど、俺も勉強して、一人で冒険するスキルを身につけてったって感じ。今生きてるのは確かだし、それがなくてもあの頃は世間知らずだったから、勉強にはなったよ」

　あそこまで酷いことはされなかったけど、あのあとだって、大なり小なり騙されることはあった。

どのみち、孤児院から出てきたばかりの間抜けな俺じゃ、誰かしらに利用されていただろう。

あの一件をきっかけに、他人に対して警戒を抱くようになったけど、同時に注意力や洞察力も身についたし、悪いことばかりじゃない。一歩間違えれば死んでいたことは確かだが、マレグの言った通り生きているわけだし。

「だから、……ガシュア？」

「…………」

ガシュアはいつも通り無表情だ。けれど、眉間にはいっそう深い皺が刻まれ、口元は真っ直ぐに結ばれている。もうすぐ出口だというのに、ガシュアが踵《きびす》を返そうとしたものだから、俺は慌ててガシュアの服を摑んだ。

「待て待て待て！　どこ行く気だ!?」

「代償を払わせる」

「いや、もう似たような目に遭ってるよ！」

「あの程度、治療すれば治るだろう」

「取れた腕をくっつけるのってそんな軽いか!?　その類の治療は高スキル保持者しかできない上に高額だぞ！　それにお前、俺に任せるって言ったんだから！　行くな！」

俺は別に人を殺したいわけじゃない。それに、せっかく出口付近まで来たのに、また戻らないといけないなんて最悪だ。ダンジョンを歩くだけでも疲れるし、ボスがいなくなってダンジョンの魔物が活発化している。わざわざ戻っていられるか。それに、あいつらだって魔道士がいるなら転移魔法でもう脱出しているかもしれない。

俺が必死に止めると、その必死さが伝わったらしい。

「……わかった、行くのはやめよう」

意外にもガシュアはあっさりと俺の言葉に足を止め、そのままダンジョンの外へと向かった。

「お、おお……」

なんだ……ちゃんと話を聞くこともできるんだな。

ほっと胸を撫でおろし、俺はガシュアの隣を歩いた。

ダンジョンの出口が近い。ガシュアが口を閉ざしたまま何も言わないので、俺の方から話題を振る。そういえば、助けてもらった礼も言っていなかった。

「なあ……、なんでさっきは俺の言うこと、信じてくれたんだ？　だって俺、会ったときから嘘ばっかりついてたし、さっきの話だって嘘だったかもしれないだろ？」

「全てが嘘だったというわけでもないだろう」

「そりゃまあ……」

真実を話しているときもあったけど、基本的に俺は嘘つきだ。人前では猫を被るし、外でこんな喋り方はしない。

そう考えると、俺は出会ったときから虚言ばかり吐いている。

それなのに、あのときガシュアは少しの躊躇いもなくあいつらを敵と認識した。もしかしたら、俺が嘘をついていて、あいつらに別の事情があったかもしれないのに、ガシュアは俺の言葉を信じたのだ。

そのことに対して、ガシュアはあっさりと言い放つ。

「それに、どっちでもよかったんだ」

「え？」

「お前が嘘をついていようがいまいが、関係ない。俺が信じたいから信じた」

ガシュアが真っ直ぐに俺を見つめてきた。

端正な顔立ちは血に濡れていたが、その目だけは揺るがず美しい。

「裏切らないと言っただろう」

血のような赤は、ガシュアの顔によく映《は》える。あまりに真っ直ぐに言われて、俺は反応が遅れた。

「…………あっ……」

ガシュアの手が、俺の頬に伸びてきた。血がついていたのか、頬を親指で拭われ、心臓がざわめく。

「そ、そうか……」

「お前は俺の味方なんだろう？　なら、俺もお前の味方にならないと不平等だ。だから、俺だけはお前の言葉を信じている。それが嘘でも構わない」

「お、……うん」

「お前が好きだから」

「っ………！」

その瞬間、俺は、ぐっと心臓を掴まれたように、胸が苦しくなった。心臓がどくどくと音を立て、顔に熱が集まってくる。

な……なんだ？　これも聖女の鎧の呪いか何かか？　初めての感覚に、俺は咄嗟に目線を逸らした。誰かを心から信頼する、なんて、子供の頃からしたことがなかった。

孤児院はいつだって殺伐《さつばつ》としていたし、冒険者になってからも裏切られ続けて、他人なんて信用できないと思っていた。

ちら、とガシュアの顔を見る。

「ほ、本当に俺のこと裏切らない……？」

「お前が俺を裏切らない限り、世界が滅んでもお前の味方でいよう」

裏を返せば裏切ったら殺されるってことだ。でも、俺が裏切らなければずっと味方でいてくれるのも事実。

それは、ある意味俺にとって信用できる言葉だった。無条件で味方になる、と言われればきっと俺は信用できなかっただろう。けど、ガシュアを裏切らないなら、という条件がある。

信じている、なんて口ではなんとでも言えるけど、ガシュアの場合、嘘は言わないから、少しだけ安心できる。

「はは……いいなそれ」

「ヨルン？」

「信じてくれて、ありがとガシュア」

自分でも気付かないうちに笑っていたかもしれない。

ガシュアは一瞬目を丸くして、足を止めた。

「ガシュア?」

突然足を止めたかと思えば、少し屈んで俺に口づけしようとしてきたので、咄嗟に口元を手で覆って止める。

「な、何すんだよ……」

「…………」

止められたことに不満を覚えるようにガシュアは目を細めたが、その時パキン、と宝石の割れる小さな音がした。

「!」

「どうした?」

「い、いや……なんでも」

愛されたと感じたら宝石は割れる。聖女の言葉を思い出して、俺は慌てて出口を指差した。

「あっ、ホラ……出口だ。早く出よう」

「……わかった」

小走りで出口に向かい、あとからガシュアもついてきた。外に出ると、新鮮な空気が迎えてくれる。マレグたちはもう転移しただろうか。

「なあ、これからどこ行く——……」

振り返ると、ガシュアは今出てきたダンジョンをじっと見つめていた。まるで、何かを覚えるように。

「……ガシュア?」

「——なんだ?」

「……いや、もう行こう。ここに用はないだろ」

攻略されたダンジョンはそのうち風化する。そしていつの間にかまた発生しているのがダンジョンというものだ。

いずれにせよ、俺たちがここですることはない。俺の言葉に、ガシュアは頷き、素直についてきた。

「ああ、もう行こう」

変に素直で、怖いくらいだった。

その夜、ガシュアは用事があると言って宿を出て行った。

ダンジョンを巡っていると、ガシュアはたまにこうやって夜に一人で出ていくことがある。今回もそれだろうと、俺が湯浴みをして、楽な服装に着替えようとしていたときだった。

「……――え？」

パキン、と宝石の一つが割れた。……急にどうして？　ガシュアは近くにいないはずだけど……何かの間違いか？

理由がわからず首を傾げると、それから少しして、ガシュアが宿に帰ってきた。

「あ、おかえり」

「ああ」

「どこ行ってたんだ？」

「大した場所じゃない。気にするな」

「…………」

怪しい。こいつ、なんか俺に隠してないか？　ガシュアの真似をして目を見つめながら近づくと、目が合った瞬間ガシュアが俺を抱きしめてきた。

「おい！　なんだよ！」

「？　抱きしめていいっていう合図じゃないのか」

「いや、違っ……！　……………？　お前、魔物狩りでもしてきた？」

抱きついてきたガシュアは、仄かに血の臭いがした。戦うのが好きなのはわかるけど、夜中に出かけてまですることか？

少し呆れていると、ガシュアは薄く笑った。

「ああ……まあ、そんなところだ」

そういえば、どうして宝石が割れたのか、わからないままだ。狩りの際中に俺のことを考える瞬間でもあったのか？

＊＊＊＊＊

それからも、俺たちは聖女の日記に書かれていたことを実行しつつ、ダンジョンを攻略していった。

「――ガシュア、それ何持ってんの？　お宝？」

ダンジョンのボスを倒したあと、お宝を開く俺の近くで、ガシュアが別の何かを拾っていた。声をかけると、ガシュアがはっとしたようにそれを懐に入れる。手の隙間からは、黒い布地のようなものが見えた。

「……なんでもない」

「え、なんだよ……」

「必要なものだ」

「あっそ」

マレグとユースリに出会って以降、ガシュアは俺を聖域に置いていくことがなくなった。理由は「俺の近くに置いておくのが一番安全だから」だ。

近くにいれば敵に狙われるし、足手まといになるとわかっているのに、ガシュアは俺を護《まも》りながら傍に置く選択をした。

その事実に、俺はなんとも言えない気分になる。なんでそんなことするのかと問えば、俺が好きだからとあけすけに言ってくるし、ガシュアに好きだと言われる度に、胸が締めつけられる。今だって、心なしか装備に体を締めつけられている気がする。

「別に、言いたくないならいいけど……」

「ヨルン」

ガシュアが離れようとする俺を抱き寄せた。

「怒ったのか」

「は？　いや、怒っては……、なあ、これも日記に含まれてたか……？」

俺たちは聖女の望みを叶えるために、日記の行動をなぞっている。

初っぱながアレだったのにもかかわらず、まるで子供が初めて恋をしたときのようないたいけな行動から、長年の恋人のように振るまったりもした。というか、体を重ねる以外のことは大体やった。

けど最近は、ガシュアの行動が突飛すぎて、どこまでが日記の内容だったかわからなくなる。ガシュアは俺の問いかけに対して首を横に振った。

「いいや、含まれていない」

「じゃあ……」

「でもキスがしたい。していいか」

「…………っ……」

これだよ。真っ直ぐ見られると、俺の中で折れてはいけない何かが折れそうになる。恋人のように振るまう、は日記の中にも書かれていたけど……。

「……わかった……」

軽く触れるだけのキスをすると、ぱきん、と宝石の砕ける音がした。

幸か不幸か、宝石は順調に砕けた。

砕けていない宝石は残り一つになって、今では胸の中央にある宝石だけが燦然《さんぜん》と輝いている。

あとはコレが割れれば終わりだ。なのに……。

「なんで割れないんだー！」

宿の中で、俺は叫んだ。

あと少しで装備から解放されると思ったのも束の間《つかのま》。最後の一つとなったところで、何をしても割れなくなった。恥《はじ》を忍《しの》んでキスしても、愛の言葉を囁かれても、なんにも反応しない。

「不思議だな」

俺を腕の中に抱きながら、ガシュアは感情の籠もっていない声を上げる。ダンジョンの一件以降、ガシュアの告白に返事をしたわけではないが、関係はより親密になった気がする。

いつの間にか、くっついているのが当たり前のようになった。俺はガシュアの腕の中に閉じ込められた状態で、頭をくしゃくしゃと撫でられる。ガシュアは俺の髪の毛を触るのが好きなのか、宝石が割れなくてもたまにこうしてくる。

「なんでだ？　日記に書かれていることは大体しただろ……！」

「してないことがあるからじゃないか？」

頭皮に指先が触れ、慈しむように撫でられながら、俺は口を閉ざした。

「…………。なんのことだ……？」

「お前が書き写した分の日記で、俺が読んでいない箇《か》所《しょ》があるのは知っている」

ぎくり、と俺は肩を竦《すく》めた。

「……はは、なんの話だかさっぱり……」

「バレていないと思っていたのか」

「う……」

真正面から見つめてくる瞳から目を逸らした。

だって、あの官能小説みたいな事を俺にしろっていうのか……？　今この状況ですら恥ずかしいのに？

×××を×××して×××に××するような、あんな……。俺は額からだらだらと汗を流し、ガシュアから更に顔を逸らす。

「いや……、そんな……、俺が隠しごととか、す、するわけないだろ……」

「別に、お前がそう言うのならこのままでも構わない」

「えっ？」

てっきり追求してくるかと思っていたのに、ガシュアはあっさりと引いた。目を輝かせる俺に対して、ガシュアが怖い顔で笑う。

「このまま外れないのなら、ずっとこうしているだけだからな」

「…………」

その発言に、俺は動きを止めた。……このまま？

最近の俺たちは、聖女の願いを叶えるべく、恋人のようにくっついてはイチャイチャする、ということばかりしていた。

周りからは本当に恋人なのかと疑われるほどに。こんなことをずっと続けていたら、目的だって見失ってしまうかもしれない。いや、それ以前に、装備が外れないし、こいつだって俺の装備が外れないと困るはずだろ……!?

「な、なんで」

「好きな奴と一緒にいる時間なんて、いくら長くなっても構わない」

「…………!」

その言葉を聞いた瞬間、俺は咄嗟にガシュアの腕から飛び出した。心臓がばくばくと音を立てる。駄目だ、最近の俺は本当におかしい。

いや、明確におかしくなったのは、ダンジョンでマレグやユースリに出会ってからだ。

ガシュアにこういうことを言われると、胸の鼓動が激しくなるし、顔に熱が集まってくる。聖女の呪いの効果だと思っていたけれど、もしそうじゃないとしたら、どうすればいい……？

このままずっと一緒にいたら、俺は本当にガシュアのことが好きになってしまうかもしれない。それは、俺にとって未知の感覚で、自分でもどうなるか予想がつかない。正直に言うと怖い。

だって好きになったら、その先はどうする？　ガシュアは嘘はつかないけど、気持ちが変わらないとも言い切れない。

俺が本当にガシュアを好きになる前に、一刻も早く装備を脱がないと。そうしたら、この気持ちが聖女の鎧によるものなのか、俺の気持ちなのかわかるだろうから。

俺は深く息を吐いて、着ていた服の釦を外した。

「…………わかった」

「ヨルン？」

釦を一つ一つ外していくと、ガシュアが怪訝な顔をして首を傾げた。

「何をしている？」

「……するぞ」

「何？」

「聖女が望んでいたこと、……日記の後半を、今するって言ったんだよ……」

「…………………」

俺の言葉に、ガシュアは一瞬硬直した。けれど、次の瞬間立ち上がって俺の体を抱きかかえた。

「え、わっ」

そのまま俺をベッドに下ろすと、すぐに上に跨《また》がる。

待て待て待て、展開が早い！　普通もうちょっと理由を聞かないか!?　ガシュアが手早く俺のシャツの中に潜り込んできて、咄嗟に声を上げた。

「お、おいっ」

「なんだ」

「……いや、気になったりしないのか？」

「何が」

「なんで突然そんなこと言ったのか～……とか……」

「書かれていることをしないと終わらないからだろう」

図星だった。正直、ずっと考えていた。なんで最初のセックスで装備が外れたのか。最初だけ宝石が割れなかったのか。

三度目の夢の中で、確か聖女は驚いて逃げちゃったと言っていた。初めてのことに聖女が戸惑って、何も考える暇がなかったのだとしたら、もう一度重ねれば、最後の宝石も割れるかもしれない。そんな俺の考えなど気にせず、ガシュアが顔を近づけてきた。

「それより、許可したな」

「え…………」

「する、と言っただろう」

「言ったけど、お前……そんなにしたいか……？」

心臓がばくばくと音を立てる。そもそも、なんでしたいと思えるんだ。顔だってガシュアの方がいいし、取り立てて特徴もないような男を抱きたいと思うか？

俺の疑問に、ガシュアは至極真面目な顔で首を傾げた。

「好きな奴を抱きたいと思うのは当たり前だろう」

「…………っ」

「それに……」

「そ、それに？」

「抱かれているときのお前は、かなりそそる」

絶句した。

その言葉に、俺はどんな表情を浮かべればいいんだ。顔を隠してなんて言えばいいのかわからなくなっていると、ガシュアの手が布越しに俺の乳首を擦った。

「ひっ」

「一度許可したことを取り消すなよ」

「わ、わかった！　わかったよ！　あと自分で脱ぐから……っ」

初めての惨状を思い出すと震えるが、聖女の装備効果の付与があるし、今ならもうちょっとマシだろう。

俺は自ら服の釦を外していく。ガシュアとは違い、纖細《せんさい》な構造の服だ。また破られたらたまらない。静かな部屋の中で装飾具を外していると、気まずい空気が漂ってくる。

……いや、マジですんの？　言い出したのは俺なのに、ガシュアに見られながら服を脱ぐと、心臓が激しく音を立てる。落ち着け、一度はしたことだ。ガシュアもなんで俺を睨んでるんだよ。こんな状況でできるのか……？

「……あのー……、ガシュア」

「なんだ」

ほんの冗談のつもりだった。

緊張していた俺は、場の空気が和めば少しは解れるかと思って。本当に、それだけだったんだ。

「や、優しくしてくれよ……？」

「っ――」

茶目っ気たっぷりで笑いかけたのは、冗談のつもりだった。

最近はこうやって恋人っぽいノリで振る舞うことが多かったから、ガシュアも少しは乗っかって優しくしてくれるかもしれないと思ったんだ。

ガシュアに冗談は通じないってことを、俺は知っていたはずなのに。

＊＊＊＊

「あっ、あぁ！　ぅうっ、ン、あ、ひっ——〜〜〜〜！」

後ろから叩き込まれるような勢いで腰を打ち付けられ、俺は声を上げた。ベッドの上に立ち、壁に手をつけ、背後から腰を掴まれガシュアのモノで奥を貫かれると、その度に頭が真っ白になるような刺激が走った。勃起した俺の陰茎からはぽたぽたと精液が溢れてくる。

シーツを白濁で汚しながら、少しでも快楽から逃れようと腰を動かすと、ガシュアの性器を奥に押しつけられ、叱《しか》るように乳首を引っ張られた。

「あ、っ——〜〜〜……！」

びくりと仰け反り、視界にチカチカと白い光が点滅する。

あんなに豪奢だった装備も、今では割れた宝石のせいでボロボロだ。残った部分が揺れて、俺の体が揺さぶられる度に、カチャカチャと掠《かす》れた音を立てた。

俺は熱に侵されながら、浅い呼吸を繰り返し、断続的な言葉を吐いた。

「やぁ、っあ、やっ、やさ、しくっ、しろって……言ったのにぃ……っ！」

「…………くっ…………！」

「うぅっ……!?」

息も絶え絶えにそう溢すと、後ろから陰茎を掴まれ、上下に扱《しご》かれる。中を貫かれた状態でそんなことをされると、もう我慢ができず、再び射精した。

達した状態で後ろから急所を潰すよう腰を揺らされ

ると、もう出ないそこから違う何かが出そうになる。

「あ、うっ……!?」

　確かに、力加減はしているのかもしれないけど……、優しいって、そ、そういう意味じゃないっ……！

　首筋に唇を押し当てられ、ガシュアが後ろから覆い被さってきた。

「っあっ、あ～～～……っ！　いくっ、イっ、あっ、いってるってぇ……！」

　俺はガシュアと壁の間に挟まれた状態で、うなじに噛み付かれ、腰も動かせずそのまま前立腺を押し潰された。中を捏《こ》ねられ、腹の奥までガシュアのモノが詰め込まれると、体が何度も痙攣する。

「はぁっ、あっ、あっ」

　快楽の波が押し寄せてくる。二度目ではこの感覚が、聖女の装備によるものなのかはわからない。けど、少なくとも繋がっているところから伝わる熱は本物で、張り付く皮膚の温度に頭がくらくらする。ガシュアが少し動くだけで気持ちよすぎて、どうにかなりそうだった。首筋が食まれ、噛み痕が残ると、耳元でガシュアが言った。

「……優しくしろって……っ」

「あ、あっあ、あっ」

「煽ったのはお前だろう……っ！」

「うぅ……っ!?」

　お、俺は場を和ませようとしただけなのに……！

決意して体を開いたのに、なんでこうなるんだ……！

　傷と血管の浮いた手に力が籠もり、中に精が注ぎ込まれる。

「っ……――っ……！」

　結局、買ってもらった装備は外している途中で破り捨てられ、空しくベッドの下に落ちていた。

「ふっ、ぅっ、うぅっ……！」

　中に入っていた陰茎が抜けると、腹の奥に溜まった精液が腿を伝って溢れてくる。

確かにする前に中を解してはくれたし、力も多分加減はしてくれている。ガシュアに全力で摑まれたら骨折するだろうから。けど、これが優しいかと言われれば多分違う……！　ていうか絶対違う……っ。

そのままベッドに倒れると、尻にいきり立ったガシュアの男根が当てられた。竿部分は血管が浮き、今出したばかりとは到底思えない。振り向くとデカい男が、血走った目で俺を見つめていた。

「ちょ、ちょょっとまっ……」

言い終える前に再び奥まで挿入されると、喉奥から声にならない悲鳴が漏れた。

「っ～～～……！」

手首を摑まれ、後ろから再び腰を振られて腹の奥が掻き回される。皮膚のぶつかる音が響き、脳みそが弾けるような衝撃に瞳が揺れる。電撃を浴びたような快楽が押し寄せ、俺はベッドの上でくぐもった声を上げながら、足の指を丸めた。あ、コレ、やば……ま、またイくっ……っ。こみ上げてくる何かに息を呑み、射精もしていないのに絶頂感が押し寄せてくる。

「────っ！」

こんなの、男としてどうかと思うけど、射精以上の快楽があって、気持ちいいモノは気持ちいいし、抗《あらが》えない。

「あっ、あ、あ、あ、あっ」

抽送の度に、声が漏れた。浅い呼吸を繰り返していると、体が持ち上げられ、突然下からどすっと貫かれた。

「ふ、ぅ────……っ!?」

体が痙攣し、一瞬、目の前が白に染まると、耳元でガシュアが呟いた。

「………好きだ……っ」

「う、っ……」

耳の裏に口づけられると同時にリップ音がして、耳たぶを噛まれた。手のひらが俺の胸と顎に回され、口の中にガシュアの指が入ってきた。外れない装備の下にガシュアの手が差し込まれ、乳頭を押し潰されると、喉奥から声が漏れる。

「っ、ふ、ぅ」

「好きだ」

口の中に入ったガシュアの指が、俺の舌を押し潰した。歯で軽く噛むが、肉が硬くびくともしない。

「んっ、ぅっ、あ、あっ」

下から突き上げられ、好きだ、と何度も耳元で声が響く。頭の奥までも真っ白になって、視界がじわじわとぼやけてくる。

「ふっ……………っ……」

俺はなんて答えればいいのかわからなかった。自分の気持ちを素直に言うなんてこと、したことがなかったから。

「ヨルン………………っ……」

けれど、こうやって名前を呼ばれていると、今まで感じたことのない、胸が熱くなるような、もどかしい感覚が襲ってくるのも事実だった。

ずっと偽って生きてきたから、こんな風に名前を呼ばれることもなかった。俺のスキルを知ったら、近づいてくるのは俺を便利に扱う奴ばっかで、そんな奴らの都合のいい道具になりたくなかった。でも、ガシュアは俺を便利に使うことなんて、きっと考えていない。

だって、俺より強いんだから。

そう考えると、ガシュアはただ純粋に俺のことが好きなんだろう。それを自覚した瞬間、言いようのない気持ちが胸の中に渦巻いた。

「…………っガシュア……」

だから、俺も名前を呼び返した。すると、ガシュアの動きが一瞬止まり、挿入した状態で体をひっくり返された。

「うぁ……っ!?」

向かい合わせになると、ガシュアの顔が至近距離にあった。真顔で無表情だけど、今はどこか必死に見える。

……相変わらず端正な顔の男前だ。頬の傷を差し引いても、この顔なら群《むら》がる奴なんて沢山いるだろうに、ただ一緒にいるのが楽しいからとか、そんな、そんな理由で……、やっぱりこいつ、ちょっと馬鹿《ばか》だな。でも、そんな馬鹿に惹かれているのも事実だった。

「っ」

唇が重なり、傷だらけのガシュアの手が、俺の腰を抱き寄せた。

でも、俺はそんなガシュアのことが嫌いじゃないし、好きだって言われるのも、内心悪くないと感じている。

唇が離れ、ガシュアの目が俺を見ると、何か言わないといけない気がして。

「……はは っ、ありがと……」

「………っ──……」

だから、お礼を言って笑った。それは誤魔化すような笑みじゃなくて、自然と溢れた笑みだった。

ガシュアは一瞬目を見開いたけれど、次の瞬間、俺の中に再び精が注がれた。傷の多い体に抱きつきながら、熱に浮かされていると、ガシュアの手が俺の頭を撫でてくる。

終わりかと思ったところで、再びガシュアが俺に覆い被さってきた。

＊＊＊＊

……眠っていたらしい。

いつの間にかベッドの中にいた俺は、近くでガシュアが椅子に腰掛けて何かを読んでいることに気が付いた。上半身裸のままだったので、それほど時間は経っていないのかもしれない。

俺は掠れた声でガシュアに声をかけた。

「……おい」

「どうした」

「お前さあ……、少しは手加減ってものをしてくれよ……」

恨みがましくじとりと睨み付けると、ガシュアは不思議そうな顔をして答えた。

「しただろう」

あれで？　結局あのあと、聖女の日記に書かれていたこと全てを叶えるまで解放してもらえなかった。こいつ、俺の体力が無限大だとでも思っているのか……？

確かに腰は痛くないし、体の不調はないけど、でもそれはこの装備があるからで、装備がなければ抱き潰されて死んでいた。

昨日のことを思い出すと段々恥ずかしくなってくる。

「くそ……、今後は回数制限設けるからな」

「今後？」

「…………！」

俺ははっとして口を押さえた。今後、なんて言えば、まるでこれからもするみたいだ。

「いや、今のは違うっ……」

「聖女は満足したと思うが、ヨルンはまだしたいのか。俺は歓迎するが」

「！」

そう言ってガシュアが見せてきたのは、俺が書き写した聖女の日記の後半部分だ。

途中から官能小説に変わったのかと思うくらい欲望が綴られたそれを見せられて、俺は慌てて起き上がり手を伸ばすが、すでに読んだあとだったのか、ガシュアはあっさりと俺に手渡した。

……これ、最後まで読んだのか？

「い、いつの間に……？」

「別に、前から何度か読んでいたし、内容も把握していた」

「えっ」

「お前の嘘はすぐにわかるからな」

「えぇ……」

結構プライドが傷ついた。ずっと嘘をついてパーティに潜り込んでいたのにわかりやすかったら、今までの俺って……。そんなにわかりやすいか？　今までバレたこととかないんだけどな……。

俺は羞恥と悔しさが混じったような感情で、ガシュアに問いかけた。

「てか……知ってたなら、なんで黙ってたんだ？」

魔王を倒さないと、お前の目的は終わらないんだから、さっさとするぞって最初のときみたいにすればよかっただろ。

完遂する為の手段があるのに、しない選択肢はないとか言ってたのに。俺の問いかけに対して、ガシュアが首を傾げた。

「？　何を言っている？」

「え？　だから……」

「無理矢理したら、嫌いになると言ったのはお前だろう」

「…………………は？」

「だから、許可するまで待っていたんだろう」

「………………」

「裏切らないと言ったはずだ」

一瞬、言われた言葉が理解できなかった。

なんの話だ、と思ったけれど、以前俺が聖女の装備のせいで興奮していたときのことを思い出した。そういえば、あのときも我慢してたなこいつ。

いや、でも、あれだけで……？　そうまでして、俺に嫌われたくないってこと？　この自制ができなさそうな本能だけで生きている男が……？　そう考えた瞬間、俺は吹き出した。

「くっ……」

「？」

「ふ、ははっ、あはははははっ！　お前ッ……、ほんっと！　たまに可愛いとこあるなぁ！　あははははは！　かわいいかわいい！」

　ケラケラと笑って、頭をぐしゃぐしゃと撫でた。たまにガシュアが俺に同じことをするんだから、お相子《あいこ》だ。

　同時に、妙な愛《いと》おしさがこみ上げてくる。俺は信頼できる味方が欲しかったのかもしれない。何があっても俺を裏切ったりしない、信頼できる仲間が。心から信用できる誰かが。

「はははは っ……は～～、笑った……、確かに俺も、お前といると楽しいよ、ははは っ……お前のことも好きだし」

「…………！」

「こんな感じなら、お前と一緒に暮らすのも悪くない――……」

　言いかけた瞬間、ガシュアがものすごい形相で俺を睨み、撫でていた手を掴んできた。あれ、俺、今なんて言った……？

「あ、今のはその……」

　そう思ったが、ガシュアが見ている目線が、俺の顔ではなく胸元に下がる。

「…………？」

　噛み痕やら情事の痕が残る皮膚の上には、壊れかけの変態装備。最後に残った宝石に視線を落とすとヒビが入っていて、その瞬間、胸元の宝石がパキン、と音を立てて割れた。

「へ……？」

　身につけていた装備がはらりと落ちて、久しぶりに全裸になった。

「取れ……た……？」

　ガシュアも目を丸くして、俺の体をガン見している。普通なら、全裸を隠すべきなのかもしれないが、全裸よりも恥ずかしい格好をしていたという自覚があるし、今はそんなことを気にしている場合じゃない。なんてったって、あんなにも望んだ瞬間がようやくやって来たんだから！

俺は諸手《もろて》をあげて叫んだ。

「と……取れた！　おい！　取れたぞ！　ガシュア見ろこれ、宝石が割れてる！　やったぁ！　あはははは！　ようやく自由だ！」

両手をあげて喜び、俺はそのまま勢いでガシュアの肩を掴んだ。久しぶりの自分の体に、喜ばずにはいられなかった。けど、ガシュアは俺が思うよりも喜んでおらず、じっと俺の方を見つめている。

なんでだよ、これでようやくお前も望みが叶うのに！

「おい……どうした？　装備取れたぞ!?」

ガシュアはゆっくりと何かを考えたあと、俺を見た。

「起きた時は割れていなかったのに、なんで今割れたんだ？」

「えっ……？」

「割れるなら、昨晩日記の内容を遂行した直後に割れるはずだろう。どうして今なんだ」

「あ、そ、それは……」

その問いかけに、思い当たる節がある俺は一瞬言葉に詰まった。

日記の内容を全て遂行すれば、聖女の装備が外れるというのはおそらく本当だ。でも、俺は一つガシュアに隠していることがある。

ガシュアは俺が聖女の日記を全て書き写していると思っているけど、本当はそうじゃない。聖女の日記に書かれていた最後の一文だけは、書き写さなかった。

抱かれた直後じゃなくて、今割れたのは、多分それが理由だ。けど、それを明かすことはできない。だって、それが叶うということは……。

俺は顔が熱くなるのを感じた。

「ヨルン？」

「さあ、なんでだろうな……時間差とか？　まあ、今はそんなことどうでもいいだろ！　外れたんだから喜ぼうぜ！」

誤魔化すように笑うと、ガシュアは俺を見つめながら言った。

「――何度も言うが」

「うん……？」

「俺はお前が好きだ」

「っ」

真っ直ぐな告白に、俺は言葉を詰まらせた。

「だから、別に何かを隠していても構わない。俺がお前を信用していることに変わりはない」

「いや、信用って……」

今まさに黙っていることがあるのに、なんで信用できるんだよ。裏切られるのとか怖くないのか？　隠していても構わないって、隠されたら困ることだってあるだろ。なんでそんな風に言えるんだよ。

装備がもっと早く外れた可能性だってあるのに、そんな風に全幅《ぜんぷく》の信頼を置かれると……！

「お前が俺の味方になってくれたときから、俺もお前の味方でありたいと思ったんだ」

「…………っ……！」

ぐ、と言葉に詰まった。

わかった。

どうして今割れたのか。認めたくなかったけど、これじゃあ認めざるを得ない。

聖女の日記の最後の一文。それは、ガシュアがどう思うかじゃなくて、俺がどう思うかが鍵となる。だから、今割れたんだ。

心臓が大きく音を立てる。

「ヨルン？」

「っ…………俺も……」

心臓の音がうるさい。バカみたいに顔が熱くなって、普段ならすらすらと出てくる取り繕う言葉や嘘が出なくなった。ガシュアの顔を見ていると、胸が痛くなる。

そのとき、ベッドの上に置いてあった装備が突然光を放った。眩しさに目を細めると、ガシュアが俺を庇《かば》うように前へ立つ。

「…………!?」

けれど、現れたのは魔王ではなく、俺がいつか夢で見た聖女アリアナの姿だった。美しい女性が、瞳に涙を浮かべながら微笑んでいた。

『ありがとう……、貴方たちのおかげで、ようやくずっと夢見ていたことが叶ったような気がする……叶えてくれてありがとう……』

後光を背負い、キラキラとした笑顔で言っているけど、あの日記を書いたことや、俺たちにやらせたことを考えると、神々しいと素直に感動することもできなかった。

俺は全裸だということも考慮して、ガシュアの後ろに身を隠した。

「お前が叶えさせたんだろう」

前に立つガシュアが珍しくまともな言葉をぶつけた。そ、そうだそうだ！　勝手に俺に取り憑いたんだろ！　俺は後ろから応援するように拳をあげる。けれど聖女はガシュアの言葉に、そっと目を伏せて涙を拭った。まるでそれが激励とでもいうように。

『そう……そうね、ずっと忘れられない想いがあったから……、でも、もういいの……。幸せよ、私……勇者様と想い出を作ることができたから……それに何より』

言葉の途中でガシュアが剣を持ち聖女を剣で貫いた。

「うわ――――!?」

流石に声を上げる俺に、ガシュアは構わず斬り付ける。とんでもない図に俺はガシュアを止めた。

「おいおいおい、お前何してんの!?」

「この女が魔王の元なら、消すべきだろう」

「そうだとしても今じゃないだろ!?」

傍から見たら、伝説の聖女が現れている感動的な場面だ。そこを持っていた剣で斬り付けるのは、ノーウェルあたりが見たら卒倒しそうだ。

幸か不幸か、聖女は微笑みながら言った。

『ふふ……私の肉体はすでに滅んでいるので、それは意味のない行為ですよ……』

魔王の元と聞いていたけれど、こうして見ると、そんな禍々《まがまが》しい雰囲気はない。俺が想像する慈愛に満ちた聖女そのものだ。むしろ、あの日記に書かれていたモノこそが、欲望に満ちていた気がする。思わず頭を下げると、聖女が慈愛に満ちた瞳を細めた。

『貴方たちが私の願いを叶えてくれたから、魔王に取り込まれた気持ちは救われました。本当にありがとう……、もう未練もないわ……』

すると、少しずつ聖女の体の輝きが強くなっていく。光を纏い、足下から聖女を形取る姿が消えていく。

「えっ、あの……」

『ヨルンさん……ありがとう、お幸せに……これからも頑張ってね……』

言葉の途中で聖女の姿は光に消え、聖女の鎧も残らなかった。これからもってなんだよ。

「………消えた……」

あんなにも長いことくっついていたのに、消えるときは案外呆気ない。

「……これで、終わりってことか……？」

「…………」

聖女の無念や負の感情が、願いを叶えたことで満足して消えたなら、それを取り込んでいた魔王もこの世界にいないってことになる。つまり、俺たちの旅は、ここで終了！

「ガシュア……！　やったな……！」

俺は目を輝かせてガシュアを見た。魔王を倒したことにもなるし、さぞかし喜ぶだろうと思ったのに、ガシュアは不満げな顔をして剣を握りしめていた。

「おい、どうした？」

「どうせなら戦いたかった……」

「…………」

戦闘狂め。さっき会話途中で聖女様を剣で貫いたときはどうなることかと思ったけど、聖女の封印を解いたことで魔王が復活して戦うことにならなくて本当によかった。

確かに、俺もやられたことを考えると、文句の一つくらいは言ってやりたいけど、今となっては解放された喜びの方が大きい。

「まあまあ、これで魔王も消えたし、こうなると俺も英雄の一人かもな〜……なんて……」

浮かれて笑っていると、ガシュアが真剣な瞳で俺を見つめてきた。

「ところで、さっき言っていたことは本当か？」

「……？　何が？」

「一緒に暮らすのも悪くないと言っていただろう」

「あ……」

「ヨルンは、俺のことをどう思っている？」

どくん、と心臓が跳ねた。

……あれ？　おかしいな、聖女の鎧はもうないはずなのに、なんで未だに心臓がドキドキしているんだ？

ガシュアの手が伸びてきて俺の頬を撫でた。

「聖女の鎧もなくなった今、お前の気持ちを教えてほしい」

「お、俺は……」

俺は、なんだ？　何を答えようとしているんだ？

心臓の音が鳴り止まない。今となっては、聖女の鎧を装備をしているからという言い訳すらできない。つまり、これが俺の気持ちなんだろう。

雑で不器用で戦闘狂の男だけど、俺を絶対に裏切らない、勇者の血を引く、全く勇者らしくない男。

「お前のこと……」

答えを出そうとしたその瞬間、ガシュアの懐から何かが落ちた。……黒い……ハンカチ？　俺が落ちたそれに手を伸ばすと、はっとしたようにガシュアが目を見開く。

「おい……、なんか落ちたぞ」

「！　待てヨルン、それに触るな！」

「え……？」

けれど、静止の言葉を聞き入れる前に、指先が触れた。その瞬間。

「うわっ……!?」

黒い輝きが溢れ、目を開くと、黒いセクシーな下着が勝手に俺の体にくっついていた。

「…………………？」

……下着？　聖女の鎧とはまた違う感じの……、女物だ……。

あまりの出来事に何度か瞬きをする。これは、夢？いや、悪夢…か…？

けれど、何度瞬きをしても、目を擦っても変わらない。おかしいな、たった今、あの変態的な装備とようやく別れられたと思ったんだけど……。

「ガシュア……？」

ギギギ、と首を軋ませガシュアを見ると、バツが悪そうにガシュアが俺から目を逸らした。いつも真っ直ぐに俺を見てくるこの男が、俺から目を逸らしたことがあっただろうか。

「これ、何？」

ガシュアは言い訳するように口を開いた。

「…………聖女が魔王の元というのは本当だ」

「うん？」

「だが、それは聖女一人に留まらない……勇者に恋心を募らせて魔王に負の感情を残した仲間は他にもいたんだ。というか、勇者の仲間は全員そうだ」

おい……、なんか嫌な予感がするぞ。

「そいつらの遺物を回収して、全て消さないと、魔王の封印は完全には消えない。それは、旅の途中で俺が集めた勇者の仲間の遺物の一つだ」

「…………は？」

俺は気を失いそうになるのをすんでのところで堪えた。消すって、また同じように望みを叶えろとか言うんじゃないよな？

「これ外れないいんだけど、どうやったら外れるんだ？」

「…………勇者が言うには、全員の望みを叶えてほしいらしい」

「あー……」

……つまり、なんだ？　俺はまた振り出しに戻ったってことか？　魔王の体に入った負の感情は聖女アリアナ以外にもいて、そいつらを解放しないと魔王は完全には消えないって？　おいおい、ガシュアお前それ……。

「そういうのはさ……、先・に・言・え・よ……！」

ガシュアの顎を摑んで、俺は目尻をつり上げ睨み付けた。どうすんだよ俺、また変態装備だろ……！　一生この装備のまま生きていけって言うのか!?　ていうか、負の遺産を残すにしてもこういう下着以外の何かにしとけよ！

ガシュアも流石に俺に対しての申し訳なさがあったのか、目を伏せて言った。

「引きちぎろうとしたけど難しかった」

「力業でなんとかしようとすんな！　それができるなら最初からやってる！」

どんなことをしても外れない、壊れない装備だからこそ、ああするしかなかったのに！　なんで俺に黙って集めてたんだ!?

「大体なんで俺に取り憑くんだよ……クソ……！」

俺が勇者のことを尊敬しているというのが理由なら、若干嫌いになりかけている。

嘆く俺に対して、ガシュアが言った。

「それは俺が、お前のことを好きだからじゃないか？」

「は……？」

「勇者の仲間が俺を勇者に見立てたのだとしたら、俺が好きな奴に取り憑いた方が望みが叶うだろう」

「な……」

あまりにも素直なその物言いに、俺は呆れればいいのか、怒ればいいのか、どうすべきかわからなかった。

「それでヨルン、さっきの続きだが……」

顔に熱が集まり唇を震わせながら俯く。

「ふ……」

「ヨルン？」

「ふざけんなー！」

さっきの続きも何も、また振り出しに戻っただけじゃねえか！　俺は再びガシュアを睨み付けた。

「この装備をしてたら……、それが俺の気持ちなのか、装備の気持ちなのかわかんなくなる……」

「何……」

「だから、この装備が外れるまで、保留」

「え……っ」

俺の言葉に、ガシュアはショックを受けたような顔で立ち尽くしたけど、仕方ないだろう。

呪いの装備が、外れないんだから！

エピローグ

エピローグ

それから数日後、俺たちは再びノーウェルの元を訪れていた。

「いや〜〜、あのときは驚きましたよ！」

なんでまたこの教会に来たかと言えば、必要な情報があったからだ。幸い、あのとき気絶させたことはそれほど恨んではいないらしく、聖女の日記も手元にあったということでお咎めはなかった。

というのも、あの聖女の日記はノーウェルが隠しているものだったらしく、大半の神官は何があったのかすら把握していなかったのだ。

俺たちはこの装備に呪われてから、まずはフリックのところに赴《おもむ》いた。

聖女の鎧は祝福ということで解けなかったけど、コレは聖女の鎧じゃない。賢者の鎧で、それなら呪い解除も効くかもしれないと思ったからだ。

結果的に呪いではない、知恵の塊だから無理だと言われて解けなかったけど……、その代わり、ノーウェルが賢者に詳しい奴を知っているということで、再び話す機会をくれた。

捕まるのでは、と身構えたが、ガシュアがいる限り捕まることもないだろうと、情報を集めに来た。

「はぁ……聖女様、消えてしまわれたのですね……でも幸せならオッケーです……」

ノーウェルは開口一番、聖女の鎧がもうないことにショックを受けていたが、信徒の鑑《かがみ》のようなセリフを吐いて、俺達の相談に乗ってくれた。

この装備は大賢者ユーリカのものらしいが、その望みが何かまではわからないそうだ。

大賢者に詳しい人を紹介してくれたけど、また一からやり直しかと思うと気が滅入《めい》る。けれど、ノーウェルはあっけらかんとした顔で言った。

「大丈夫ですよ、今のお二人なら、賢者様の願いもすぐに叶うでしょうし、聖女様ほどお時間はかからないでしょう」

「はぁ……？　それはどういう……」

どうしてそんなことがわかるんだ、と顔を上げると、ノーウェルは俺たちを見て笑う。

「え、だってそうでしょう？　この日記の願いを全て叶えて聖女様が救われたのなら、他の方の願いも叶うはずです」

「あ、ちょっと」

「皆、勇者様と愛し愛されたかったでしょうから、今となっては容易《たやす》い願いです」

「何？」

ノーウェルの言葉に、ガシュアがピクリと反応する。

俺ははっとしてノーウェルの言葉を遮った。

「あの！　私たちはそろそろ失礼します。相談に乗って下さってありがとうございましたノーウェル様！」

「いえいえ、今度この聖女様の日記に、お二人のお話も添えて本にしてもよろしいですか？」

「絶対にやめてください！」

「おい、その日記を見せろ」

「いや、その必要はないでしょう！　もう聖女様はおりませんし！　第一もう見たではないですか！」

「いいから見せろと言っている」

「ちょっと……あっ」

日記を取り上げられ、ガシュアがぱらぱらと中身を捲っていく。そうして、俺が書き写さなかった最後の一文を見た瞬間、ガシュアは目を逸らした俺をじっと見つめ、口元に笑みを浮かべた。

「なるほど、確かに、次からは早く済みそうだ」

「……っ……」

日記の最後の一文には、こう書かれていた。それは俺が隠したかった本心と、聖女の望んだ最後の願い。

『勇者様と、相思相愛になりたい』

こんなの、告白しているようなもんじゃないか。

俺は顔を熱くしながら、上機嫌のガシュアから日記を奪い取った。

終わり

番外編

初めてヨルンに会ったとき、最初に感じたのは既視感だ。

褪《あ》せた色が混ざった髪の毛が懐《なつ》かしくて、興味を引かれた。

次に知りたくなったのはヨルンの中身だ。

名前も口調も性格も職業も全てが偽《いつわ》りのくせに、たまに出てくる本音は、俺の心を酷《ひど》く引きつけた。

そうなると本物はどんな奴《やつ》なのか逆に気になり、俺はヨルンを深く知りたくなった。

本当のこいつは、一体どんな人間なのか。

葉包に包まれた宝を一枚一枚剝《は》がして中身を暴くように、厚い布で丁寧に隠された柔らかい肉の部分を摑《つか》むように、俺はヨルンを追い詰めた。ヨルンという人間の本性を見てみたかった。暴けば満たされると思ったから。

けれどその結果、捕まったのは結局俺の方だ。

今まで俺に近寄ってくる奴はいても、心の底から信じてくれるような奴はいなかったし、口では取り繕《つくろ》っていても、内心では俺を平民だと見下している。

味方はおらず、現れたとしても自分から頼ってほしいと言ったくせに、いざとなれば逃げ出す。そういう奴らばかりだ。

けれどヨルンは、口では嘘《うそ》と出任せと虚栄《きょえい》で着飾っていた割に、俺が魔王を倒すことに関しては、最初から信じていた。

変な奴。

俺の味方だと肯定《こうてい》するような奴ですら、俺が魔王を倒すなんて戯《ざ》れ言《ごと》だと笑っていたのに。

それとも、勇者の事が好きだから、俺の事を信じたのだろうか。そう感じた瞬間、俺は勇者の事が前よりも更に嫌いになった。

＊＊＊＊＊

「ガシュアと一緒にいられて、お母さんすごく幸せだなぁ」

記憶の中で母は、いつもそう言って微笑んでおり、目を見るとそれが真実だということが伝わってきた。

荒れた手で俺の頭を愛おしげに撫《な》でる母は、いつも穏やかで美しかった。

子供の頃、俺は母と森で暮らしていた。

城の下女として働いていた母は、国王の血を引く俺を孕《はら》むと、すぐに逃げ出した。王妃に知られればきっと殺される。平民の子供に自分の子供の立場が脅《おびや》かされるなど、あってはならないことだから。

逃げたあと、森の奥には今は亡き祖父が残した母の家があったので、母はそこで俺を一人で育ててくれた。

女一人で乳飲《ちの》み子を育てるなんて大変なことだっただろうが、俺の記憶の中にいる母は泣き言一つ溢《こぼ》さなかった。

いつだって俺に対して優しかったたし、必要なことは全て教わった。スキルのこと、生活のこと、文字の書き方から食事の仕方、狩りや言葉、礼儀作法まで。

「いつかガシュアに必要になるかもしれないからね」

この国での識字率《しきじりつ》は低いが、そう言って文字の読みや書き方も教えてくれた。

俺は、森でずっと暮らしていくものだと思っていたから、文字なんて書けなくてもいいと言ったけれど、母は人生何が起こるかわからないから、と言って自分の持っている知識を全て俺にくれた。

今思えば、勇者の血が流れている俺が、これからどんなことになっていくのか、少なからず予想していたんだろう。

不器用ながらも少しずつ上達し、綺麗《きれい》に書くことができるようになると喜んでくれたのを、今でも覚えている。

子供の頃、俺が知っている世界はあの小さな森だけだった。

一面が緑で、風の音や自然に囲まれ、傍《そば》には大切な人がいる。それが何よりも幸せなのだと思っていた。

＊＊＊＊＊

「ガシュア、その子どうしたの？」

「……森の奥でつかまえた」

「マリモリの子供ね、親は？」

「近くの魔物にやられてた」

「そう……」

母と二人で暮らしていた俺はある日、洞窟《どうくつ》の近くで、マリモリと呼ばれる緑の丸い魔物を捕まえた。

苔《こけ》の塊《かたまり》みたいな魔物で、緑の中に褪せた茶色や黄色など、色々な色が混ざっている雑草が集まったような生物だ。害はないが役にも立たない。親らしきものはおらず、代わりに雑草が散らばっていた。マリモリはその雑草を集めるように転がっており、なんとなくマリモリを拾ってそれが親なのか問うと、懐《なつ》くように頬《ほお》にすり寄ってきた。

昔から、俺には不思議なものが見えた。

一般的にスキル、と呼ばれるそれは、嘘と真実を嗅《か》ぎ分けるもので、真実なら青、嘘なら赤の煙《けむり》が見える。そのマリモリは、青い煙がゆらめいていた。

「家においてもいい……？」

「うーん……」

マリモリを連れて帰ったとき、捨ててこいと言われるかと思った。害がないとはいえ、マリモリは魔物だし、他の魔物を呼び込む可能性がある。けれど、俺がマリモリを抱きしめていると、母は笑って俺の頭を撫でた。

「ガシュアがちゃんとお世話できるならいいよ」

「ほんと？」

「お母さん、嘘つかないでしょ？」

「うん！」

そう言って笑う母からは、青の煙が出ていた。

マリモリは喋《しゃべ》らないし、ただ跳ねたり転がったりするくらいで感情表現は乏《とぼ》しい。

食事は基本的に光を吸収するだけだし、風に吹かれて飛んでいく植物みたいなものだ。世話することなんてない。

けれど、綺麗な水を注いだり、日の光が当たるところに置いたりすると、嬉《うれ》しそうに跳《は》ねるし、声をかけると反応するように転がる。

ぽんぽんと俺の隣で跳ねる姿を見ているうちに段々と愛着が湧き、気が付けば俺はいつもマリモリと一緒に過ごしていた。

「マリモリ、俺と一緒にいて楽しいか？」

マリモリが震え、青い煙を出すと、俺は口元を緩《ゆる》ませた。

四六時中マリモリを抱えて歩く俺を見ると、母も嬉しそうに微笑《ほほえ》む。

「ガシュアもマリモリも、お互いが大好きなのね」

「好き……？」

「そう、ガシュアが一緒にいたいな～って思ったり、一緒にいて楽しいなって思うのが、好きっていうこと。好きな人と一緒に暮らすのって楽しいし、嬉しいでしょ？」

ぱちぱち、と目を瞬《まばた》かせて考えたあと、俺は頷《うなず》いた。

「じゃあ俺……、お母さんも好き」

「ふふっ、お母さんもガシュアの事だーい好き！」

「マリモリも好き」

俺の言葉に、青い煙を出しながら母は嬉しそうに笑い、俺を抱きしめてきた。

俺も笑みを溢し、マリモリを抱きしめる。そのとき俺は初めて、その感情が『好き』なのだと教わった。

「大好きなガシュアとここで暮らせて、お母さんとっても幸せ」

「しあわせ？」

「うん」

「じゃあ、俺もしあわせ」

その頃、俺にとって母は世界の全てだった。母の言うことは全部正しく思えたし、母の言うことを聞いていれば大丈夫だと思っていた。


「けほっ……」

けれど、俺が一生続くと思っていた暮らしは、思いのほか呆気《あっけ》なく崩《くず》れていった。

「お母さん？　大丈夫？」

「うん、大丈夫」

最近、母の体調が思わしくない。俺が訊《たず》ねても、笑う母からは赤い煙が出ていた。

「……お母さん、嘘ついたら駄目だって言った、嘘つきは嫌いだって……」

「ガシュアは鋭いな～」

「大丈夫？　俺、お母さんに教わったからなんでもできるよ」

その頃の俺は、同年代の子供よりは体格もよく、力も強かった。それが勇者の血を引く事の恩恵とは思っていなかったけれど、ただ母の力になれればいいと考えていた。目を見れば真実がわかる以外にも、力を強くするスキルだってあったし、魔力のないただの獲物なら一人で狩れた。文字を教えてもらったから、本から知識を得ることもできる。

マリモリを胸に抱きながら微笑む母にそう言うと、母は少しだけ寂しそうに笑う。

「そうね、ガシュアならきっと、なんでもできるってお母さんも思う。ねえ、ガシュアは、大きくなったら何になりたい？」

「……？　わかんない。俺、ずっとここで暮らしたい」

静かで、うるさい奴のいない森が好きだった。たまに母と二人で街に下りるときは顔を隠していたけれど、街中はうるさいし、郊外に暮らしている変わり者と陰口を叩きながら見てくる人の目も嫌いだから、母とマリモリと一緒に暮らす森が好きだった。

「ガシュアはこの森が好きなの？」

「うん」

俺が頷くと、母は俺の頭をゆっくりと撫でてきた。

「そっか、じゃあ……ずっとこの森で暮らしたい？」

「うん」

「一人ぼっちになっても？」

「…………お母さんが一緒にいるよ？　マリモリも……」

その言葉に母は答えず、ただ赤い煙を揺らめかせていた。

「そうだね、ごめんね」

「…………」

その時の俺は、母がもう長くないことになんとなく気付いていた。けど認めたくなくて、ただ母の荒れた手をぎゅっと握り、マリモリを胸に抱いた。

この大切な生活を守るにはどうすればいいか考えていたけれど、子供の俺には答えが出せず。

母が亡くなったのは、それからすぐのことだった。

＊＊＊＊＊

「……マリモリ、帰るぞ」

あっという間に季節は巡り、母が亡くなってから二年が過ぎた。

元々それほど強い体ではなかった母は、病《やまい》を患《わずら》ってから弱っていくペースは加速した。母には、自分が亡くなったら向かえと言われていた場所があったけれど、そこには行かずマリモリと二人で暮らしていた。俺を心配してくれた母には悪いが、この森が好きだったから、どこかへ行くつもりなんてなかった。

母は、いずれ自分がこうなることがわかっていたのだろう。だから俺が一人になっても困らないように、色々と教えてくれていたんだ。

母が俺に教えてくれた知識は、平民として暮らしていくには不要な知識も多かった。母がくれたものは俺の中に根付いていて、今では魔物だって一人で狩れる。成長する度《たび》にスキルが増えていく俺を、間際の母も眩《まぶ》しそうに見つめていた。

しんしんと雪の積もる森の中で、マリモリは震えながら転がっていく。俺はマリモリを拾い上げ、ついた雪を払って胸に抱いた。

本で学び、見よう見まねで作った墓標から離れると、マリモリは俺の懐《ふところ》へと潜り込んでくる。

「おい、俺で暖《だん》を取ろうとするな」

マリモリは喋らない。けれど、マリモリがいてくれてよかった。

ふるふると震えながら懐に潜るマリモリに口元を緩めると、知らない気配を感じた。

雪の上には見知らぬ足跡《あしあと》が残っており、それは家の前まで続いている。

「…………？」

この森で人の足跡を見る事なんて早々ない。ましてやこれは複数人だ。不審に感じた俺は、こっそりと窓から家の中を覗《のぞ》く。すると、見知らぬ男たちが鎧《よろい》を着て家の中にいた。……誰だ？

誰であろうが、勝手に人の家に上がり込む奴に躊躇《ちゅうちょ》する必要はないだろう。俺は、窓の外から持っていた弓を引いた。

「っ！　なんだ……!?」

俺は中の奴らが気付く前に次々と弓を引いた。剣の方が得意だったけれど、武器は全般的に扱える。

けれど、その頃の俺はまだ未熟で、人里から離れた森で暮らす一人ぼっちの子供だった。

あっさりと中にいた男たちに捕らえられ、押さえつけられた。

「こいつで間違いないのか？」

「ああ、この黒髪、間違いないだろう。それに顔立ちも……」

「離せ！」

全力で暴れると、全員が俺を押さえつけてくる。俺はスキルの怪力を発動させ、押さえつけてくる奴らを弾き飛ばそうとした。

「……おいっ！　本当にこれ子供か!?」

「くそっ……！　なんて力だよ……！」

だが、未成熟の体は多勢に太刀打ちできず、形勢は変わらなかった。手足をばたつかせながら床に突っ伏していると、一人の男が足音を響かせ近づいてきた。

周りとは明らかに雰囲気が違う。俺と同じ黒髪に、鋭い眼光は金色で、他を寄せ付けない空気を放っている。

顔に足先が近づくと男はしゃがみ込んで俺の顎を掴《つか》んだ。

「ははは……、なんとも、これは……強い力だ」

顔を上げた俺を見て、男は嬉しそうに笑う。

「まさかこんなところに隠していたとはな……、実際に見に来た甲斐《かい》があった」

「……誰……？」

「確かに、予言士の言葉通り、勇者の血を色濃く継いでいるようだ。……ああ、私はこの国の王だよ」

じっと見つめると、そいつからは青い煙が揺らめいていて、俺はそれが真実であると知った。けど、だからなんだって言うんだ。俺は王という男を睨《にら》み付けて、伸びてきた手に噛《か》み付こうとする。

「触るな！」

「ははは、王相手に威勢がいい！　母親から聞いてないのか？　俺はお前の父親でもあるのだぞ」

「……………」

「こんな森に一人で住まわすことになってすまなかったな。寂しい想《おも》いをさせただろう。これからは父と一緒に城で暮らそう」

「嫌だ」

考える間もなく、俺はその男に言い放った。

この男が国王だろうが父親だろうが関係ない。今まで いなかった人間が、今更現れたところで興味もない。

ここは誰も近寄らないけど、生きていく上で必要なことは母親に教わってきた。俺は一人でも暮らしていけるし、マリモリがいれば寂しくもない。

「俺はここで一人で暮らす」

だからそう答えると、自称父親の男は笑顔のまま口元を僅《わず》かに引き攣《つ》らせた。周りにいた兵士達も、青くなって更に俺を押さえつけてくる。

すると、押し潰されたマリモリが苦しそうに転がって飛び出し、そして、男の足にぶつかった。

「マリモリ！」

「……なんだ、魔物か？」

マリモリはまるで体当たりでもするように、男の足に転がってはぶつかっていく。

「お前……！」

「ああ、なんだ。ただの下級魔物か」

マリモリを摑むと、嘲笑《ちょうしょう》するように笑う。

俺は唇を震わせながら声を絞《しぼ》った。

「返せ！」

「おい、コレを殺せ」

「はい」

「やめろ！」

兵士に摑まれたマリモリを見て、俺は声を荒げた。

マリモリは弱い。害はないけど、戦い方も知らない。俺が守ってあげないといけないのに、押さえつけられて動けなかった。

「そいつは俺の家族だ！　殺すな！」

だから、口でそう叫ぶしかなかった。父親と名乗った男が、マリモリを一瞥《いちべつ》して笑う。

「家族？　あぁ……ははは」

それから、俺の頭を撫でてきた。母とは違う、押し潰して服従させるような触り方が、ひどく不快だった。

「やはり寂しかったんだろう？　だから、こんな魔物を家族だなんて妄言を吐くんだ。心配するな、これからはちゃんとした家族ができるのだから」

「そんなものいらない！　マリ……」

暴れて拘束を解こうとしたけれど、いっそう強い力で無理矢理上から押しつけられ、身動きが取れない。

俺が止める間もなく、マリモリは剣で二つに裂《さ》かれた。

「っ――――！」

ぽとり、と地面に落ちたマリモリは生えていた毛が散らばり、体が崩れていく。昔、マリモリを拾ったときのことを思い出した。

小さなマリモリの隣に落ちていた雑草の塊は、二度と動かなかった。いつも一緒にいたマリモリの姿が、頭の中を駆け巡る。

その光景を見た瞬間、俺は叫びながら拘束を解き、父親に向かって剣を振りかざした。

「ああああああああああ!!」

けれど腕を下ろす前に後頭部に衝撃を感じ、次《つ》いで腹に強い痛みを感じた。弾かれた剣の先が頬を掠《かす》めた瞬間、俺は意識を手放した。

＊＊＊＊＊

その日から、俺の生活は一変した。

拘束された状態で話を聞くと、この国において勇者の血というのは、俺が考えるよりも相当重要なものらしい。

つまり、俺が連れてこられたのは、『勇者カトウ』

の代わりで、国王は家族としての愛情からではなく、俺の血だけが目当てだったのだ。勇者の血が濃いと、力もスキルも強く国力の底上げになるから、俺を取り込みたかったんだろう。

けれど、俺の出自が平民であることから、城の中でも王族の一人と認める賛成派と反対派に分かれ、段々と俺の存在は禁忌《きんき》的な扱いになった。

賛成派からは、常に勇者カトウのような振る舞いを求められ、反対派からは平民と蔑《さげす》まれた。

王妃から与えられた離宮は手入れが行き届かず、教育係とは名ばかりの暗殺者ばかりが送られてくる。

毎日生きるのに必死で、すぐにでもあの森へ帰りたかった。

「……母さん、マリモリ……」

大切な人はもういない。けれど、俺がここから逃げ出すならばあの森は燃やすと言われ、どうすることもできなくなった。あの森は俺にとって大切な場所で、俺に残された最後の心の拠《よ》り所《どころ》なんだ。なくなったらもう帰るところなんてどこにもない。

大事な物は守らないと、いつかはいなくなってしまう。

結局俺は力がなかったから、何も守れなかった。母さんも、マリモリも、俺に守れるだけの力があれば、死なせずに済んだかもしれないのに。弱いから守れない。

強くなれば、何も奪われなくて済む。

「…………」

そう考えた瞬間、俺は暴れるのをやめた。

闇雲《やみくも》に力だけ振りかざしても、今の俺では意味がない。誰も文句を言えなくなるくらい、強くなればいい。

これ以上大事なものを奪われるのもごめんだ。

俺の存在は、どうやら王妃にとって邪魔《じゃま》らしい。

王妃は自身の息子を正式な次代の王として据《す》えたいのに、俺の中に流れている血がそれを阻《はば》む。

父親である国王の子は側妃の第一王子、王妃の第二王子、それから側妃の第一王女……と数多く存在する。

皆勇者の血は流れているけれど、俺は他の奴らに比べて血が濃《こ》い為、使えるスキルも特別だ。普通の人間は、スキルを一つしか持たないらしい。

母は色々なことを教えてくれたけれど、勇者に関しては教えてくれなかったから、俺はこの城に来るまで勇者のことすらあまり知らなかった。けれど、連れてこられてからは毎日勇者カトウの名前を聞く。

カトウ、カトウ、カトウ、カトウ。うんざりだ。

血が濃いと、勇者の力は強く受け継がれ、世界を救う鍵《かぎ》となる。

だから、国王は俺をここに連れてきて、王妃は俺をなるべく人目のつかない離宮へ追いやったのだろう。

国王は、勇者の血が濃い俺の力が他国に流れるのを防ぐ為。王妃は、俺を殺す為。

何が本当の家族だ。俺の家族は二人しかいない。

城の中は王妃の息がかかった敵しかおらず、油断をすれば食事には毒を盛られ、皆笑顔で嘘をつく。

事故に見せかけて殺されそうになることもしょっちゅうで、そんな生活を送っていくうちに、誰も信用できなくなっていた。口では耳障《みみざわ》りのいい言葉を吐きながらも、出す煙は赤く、俺のことなんて信じてもいない。俺の言葉も信じない。

味方が一人もいない状況で、神経を尖《とが》らせるしかなかった。

早く、あの森に帰りたかった。

「おい、ガシュアリクス」

「…………なんでしょう？」

久々に宮殿へ呼ばれたかと思うと、王妃の息子である第二王子が笑いながら話しかけてきた。

同じ王子とはいえ、あまり上等とはいえない服を着ている俺を『平民』と見下す声は多く、第二王子もその類《たぐい》の人間だ。俺は勇者カトウの血を運よく強く継いだだけの人間で、本来はここにいるような立場でもないと。

その日俺は、国王に命じられた魔物退治の帰りだった。

「水浴びでもしたらどうだ？　このあたりの臭《にお》いがキツくてな」

クスクスと笑う声が周囲から響く。

「ああ……失礼しました」

「ほら、これで臭いを消せよ」

第二王子は、待機させていた近くのメイドから持っていたジュースを受け取ると、俺の頭にかけてきた。ジュースが額《ひたい》から頬に流れ、顎先をポタポタと落ちていく。

「…………」

別にこの程度、珍しいことじゃない。痛みを伴わない挑発は受け流せばいい。

「全く……勇者カトウなら、こんなことにはならなかっただろうに。さっさと消えろよ偽者が」

第二王子の言葉に意味なんてない。

「お前と血が繋《つな》がっているなんて、反吐《へど》が出る。まさか家族のつもりでいるわけじゃないよな？」

ただ、いい加減…………鬱陶《うっとう》しいな。俺の家族は元より二人だけだ。

改めて第二王子を見ると、隙だらけだと思った。

弱そうな白い肌は簡単に切り裂けそうだし、首は摑めばへし折るのも容易《たやす》そうだ。

勇者の血を試すだのなんだのを建前に、俺はよく魔物退治に連れて行かれる。

「な、なんだよ……」

じっと見ていることが気に障《さわ》ったのか、一瞬第二王子がびくついたように後ずさった。滑稽《こっけい》なその態度に手を伸ばすと、第二王子は俺の手を振り払う。

「触るな！」

乾いた音が鳴った瞬間、俺は第二王子には悟《さと》られない速さで、細い首を摑んだ。

「うぐっ……!?」

「ああ……虫がついていましたよ」

俺は第二王子に笑みを見せ、手を離した。皆、何をされたか察することすらできないほどの、僅かな時間だ。

ざわめく周囲をよそに、第二王子は怯《おび》えたように首をさすっている。

「邪魔な虫は、早めに殺しておかないと」

「あ……」

にぃ、と笑ってみせると、第二王子はおぞましいものを見たかのようにメイドに縋《すが》り、慌てて廊下を駆け出した。

「……化け物め！」

あんな奴はいつでも殺せる。

でも、今は駄目《だめ》だ。今俺が第二王子や父親を殺せば国賊《こくぞく》の烙印《らくいん》を押され、森が焼かれて、母の存在までもが貶《おとし》められる。

あいつらを好きに殺せるくらいになるには、まだ力が足りない。誰も俺に逆らえないくらいにならないと。

それだけを胸に、一人で鍛錬《たんれん》に励《はげ》んだ。

今この国で一番強いとされるのは、かつての勇者、カトウでありその子孫は皆、及ばないとされている。

つまり、俺が目指すべきはカトウよりも強い力だ。

勇者信仰の強いこの国でカトウを超えたなら、誰も俺から奪えなくなる。

＊＊＊＊＊

それからも、城での俺の扱いは変わらなかった。勇者の血を引き、王の実子であるにもかかわらず、平民という身分から見下される。

毎日毎日カトウカトウカトウ、とカトウのような力を求めてくる。

ただし、年を重ねるごとに身長は伸び、鍛《きた》えたおかげで体格も大きくなったので、目に見えて突っかかってくる奴は減った。それどころか、俺を支持する一派も現れた。

けれど、表で赤い煙を出しながら俺を褒《ほ》め称《たた》えても、裏では勇者の血が濃いから強いのだと言われ、いくら鍛えても、俺自身の強さは認めてもらえない。

十八にもなれば俺より強い奴はいなくなり、戦場に駆り出されることも多くなって、使えるスキルも大幅に増加した。通常、スキルが増えることはあり得ないらしいが、俺の場合は戦えば戦うほどにスキルが身につくので、戦うことはむしろ楽しかった。

それに、あの城にいるよりもずっといい。

いくつかの功績を立てたけれど、それでも俺が目指す権力にはまだ足りていない。王妃は実子である第二王子を跡継ぎにしようと躍起《やっき》になり、俺は何度も戦場へと送り込まれるようになった。

しかし、俺がしぶとく生き残るので苛立《いらだ》ってきたのか、それほど強いならばいっそ魔王を倒してみてはどうか、と提案してきた。

「…………――！」

それは王妃なりの皮肉だったのかもしれない。けれど、俺からすればそれは道が拓《ひら》けたような、魅力《みりょく》的な提案だった。そうだ、どうしてもっと早く気付かなかったんだろう。

勇者カトウを倒せればわかりやすいが、もうこの世にはいない。ならば、勇者が倒せなかったものを倒せば強さの証明になる。幸いにも、魔王はまだこの世界に存在していて、封印されているだけだ。

俺が魔王を倒しに行く旨《むね》を伝えると、国王は笑い、側近は俺を化け物だと罵《ののし》った。俺を始末すべきだという意見と、魔王に怯えなくていいように、やらせるべきだという意見で割れた。

そもそも、魔王の封印は解く方法すらわかっていない。そこで王妃が提案したのは、もし魔王を倒すことが叶《かな》ったのなら、俺に次期国王の座を譲《ゆず》るというものだった。

王の座に興味なんてなかったが、魔王を倒すことができたなら、俺は誰よりも強くなったと証明される。森を守り、大事な物を奪われることもなくなる。

けど、まずはどこへ行けばいい？

外に出れば、国王の監視と王妃の妨害《ぼうがい》がついて来るだろうし、なるべく有意義な場所に行きたいんだが……忌々《いまいま》しいな。いっそ全部消してやろうかという気持ちが渦巻くが、それではここまで我慢した意味がない。

どうすべきか悩んでいると、出立《しゅったつ》の日が近づくにつれて夢の中で毎晩同じ男が現れるようになった。

『ねえ、ねえ君』

「…………………」

黒髪に、黒い瞳《ひとみ》の優男は、見たこともないような奇妙な服を着ていて、黄金色の畑の前で手を振っている。真っ黒な布地に金色の釦《ボタン》がついた詰め襟《えり》の服は、なんの装飾もない簡素なものだった。

『こんにちは』

「……誰だ？」

『僕？　僕は君のご先祖様だよ。カトウって言えばわかりやす――』

そう聞いた瞬間、俺はその男に殴りかかった。

思えば、こいつのせいで散々だ。この男の血を引いていなければ、母が逃げることも、マリモリが殺されることも、俺がこの城にいることもなかった。挙げ句勇者になることを求められ、ずっと血に縛《しば》られてきた。

憎《にく》しみを込めて拳《こぶし》を振るうと、勇者は慌てて姿をかき消し声だけで話しかけてきた。

『怖っ……！　急に殴りかかってくるじゃん……』

「――何故逃げる？」

『殴りかかられたら逃げるよ、……いや、そうじゃなくて、君に話したいことがあって来たんだ』

「話？」

今までカトウの代替品扱いされて、散々貶められてきたというのに、その本人はなんにも気にしていないあたりが苛立たしい。

「俺はお前と話すことなどない」

『まあまあ、まずはその拳を下ろそう？　僕の子孫なのに、黒髪以外共通点ないね……、君にとっても、悪くない話だから。ほら、君って魔王を殺そうと思ってるんだろ？』

「…………………何故知っている」

夢の中の世界と言う割には、やけに感覚が生々しい。

小麦畑が一面に広がっていて、遠くには大きな城が聳《そび》えている。ここはどこだ？

頬にあたる風が、仄《ほの》かに温かい。拳を下ろすと、姿を現したカトウが笑った。

『そりゃあ僕は一応この世界の……うーん、なんていうのかな……まあ、守護者みたいなものだし、子孫が何をしようとしているかくらいわかるよ』

「それで？　俺に魔王を倒すなとでも言いに来たのか？」

自分が封印した魔王の封印を解いて倒そうとする俺を止める為、夢にまで現れるなんて、鬱陶しいと思った。けれど、勇者が発した答えは、俺の考えとは真逆のもので、勇者は笑みを見せる。

『まさか、むしろ僕は魔王という存在をこの世界から葬《ほうむ》ってほしいよ』

「何？」

『僕らが魔王をきちんと倒さなかったから、今も魔物がうじゃうじゃいるし……、子孫に後始末させるようで申し訳ないんだけど、できれば魔王をなんとかしてほしいなって』

カトウからは青い煙が出ていて、それが嘘でないことは見ればわかった。

『なんなら、魔王に関する情報も全部教えるよ』

「…………何を企《たくら》んでいる？」

『企んでなんてないって。ほら、君ならわかるだろ？　僕の言葉が本心だって』

まるで俺のスキルを見透かすように、カトウが言った。

『それに、条件がないわけじゃないんだ。魔王と呼ばれる存在を消してほしいのはそうなんだけど、単刀直入に言うと……、君には魔王を殺すんじゃなくて、救ってほしい』

「何？」

『皆、悪い子じゃないんだけど、ちょっと暴走しちゃってね』

それから、カトウは昔あったことを掻《か》い摘《つま》んで話した。

話を要約すると、元々魔王は人の感情を食い物にする集合体で、訳あってカトウの仲間の負の感情も取り込んでしまったそうだ。

魔王を倒すと仲間も死ぬことがわかり封印したが、肉体が滅んだ今、負の感情だけがこの世界に残り続けている。それも、勇者への想いを抱えて……。そしてその負の遺産が器を得てしまうと、魔王が復活するという。

その話が本当ならば、俺がすることは、その遺物を集めることからか？

「その遺物をどうすればいいんだ？　集めれば魔王が復活するのか」

『う〜ん……、まあそんな感じ！』

「嘘をつくな」

『同じスキル持ちだとやりづらいな……。心配しないで、僕はちゃんと魔王を消滅させたいと思っているから。その為には、君の協力が不可欠なんだ』

赤と青が入り交じった紫色。真実でもなければ嘘でもない。食えない男だ。けれど、今は情報が欲しい。

「…………………」

『僕がついてるから、君は安心して遺物を探してね』

こいつのことは嫌いだが、このまま闇雲に探すよりも乗っておいた方がいいだろうと、小さく頷いた。

「わかった」

『よかった！　信じてくれてありが……』

「勘違いするな。俺は目的の為にお前を利用するだけだ」

『あ……はい』

そう、この男の為じゃない。むしろ、俺がこいつを使ってやるんだ。

「……ところで、何故仲間を生かした？　そいつらを殺せば魔王を倒せたんじゃないのか」

『え？　そんなの、仲間が大切だからに決まってるじゃん。君だって、大切な人がいたら救おうと思うでしょ？』

その問いに、俺はもういない人のことを思い出した。例えば、母やマリモリのために国を捨てられるかと聞かれたら、俺は迷いなく捨てられると答えただろう。今はもう二人ともいないけれど。

『魔王を倒すと、仲間の命も一緒に潰《つい》えてしまうから、封印するしかなかったんだ。皆が大好きだったから』

「その結果、魔王が居続けることになっても？　根源を完全に潰さなかったから、今も魔物は増え続けているのに」

尤《もっと》も、俺は魔物と戦うのは嫌いではないし、むしろ楽しいので、その点に関してだけは勇者に感謝しているところだが、それは言わなくてもいいだろう。カトウは痛いところを突かれたように溜《た》め息《いき》をついた。

『だから、それを止めてほしくて、ここにいるんだろ。ずっとどうにかしたかったけど……君は僕の血が相当強いのかな、こうやって話せるのは滅多にないことだから嬉しいよ』

そんな事情はどうでもいい。俺がすべきことは、魔王をこの世界から消すことで、まずはその封印の解き方だ。

「それで、魔王の封印はどうやって解くんだ？」

『魂の封印された遺物の望みを叶えることだよ。そこで彼女たちの望みを叶えれば浄化される。要求まではわからないけど……少なくとも命を脅かすことはないと思うよ』

紫の煙。……半分が嘘で、半分は本当ということか？

「そうか」

浄化ではなく、斬り殺すことを想定していたが、まずは封印を解かないと始まらないらしい。

『皆ちょっとメンヘラ気味なんだけど、でもいい子たちだからさ、成仏《じょうぶつ》させてあげてよ。このままじゃ、ずっと会えないから』

「メン……ジョウ……？　言ってる意味がわからない」

『まあまあ、とにかく。皆未練があるだけだから、君が解放してくれることを願うよ』

「ふん……」

まあ、救うだのなんだのはさておき、封印を解けば魔王を屠《ほふ》ることはできるかもしれない。あるいは、遺物を引き裂けば魔王が溢れたりするのではないだろうか？　試してみる価値はある。

『変なことを考えないでね』

「なんのことだ」

『定期的に君の夢に現れて現状確認するから』

「鬱陶しいからやめろ」

『え……、僕が夢に現れたらこの国の人って皆喜ぶのに……』

「俺はお前が嫌いだ」

真《ま》っ直《す》ぐに目を見て言うと、カトウはショックを受けたように目を見開いた。

『ぼ、僕、何かした？』

「色々理由をつけていたが、結局魔王が残っているのは、女がお前に惚《ほ》れたからだろう。お前がいなければ魔王も生まれなかった」

俺の発言に、勇者が泣き崩れる。

『うぅ……僕がモテたばっかりに、本当にごめんね』

「ふざけるな」

直感した。こいつとは気が合わない。斬りつけてやりたかったが夢の中では意味を成さないので、俺はさっさと情報だけを貰《もら》うことにする。

「いいからさっさと情報を教えろ」

『わかったよ、一人目の情報を伝えるね……まずは――』

＊＊＊＊＊

「おい、ガシュア、次はどこだって」

「マリュ湖のあたりだ」

「くそっ、どいつもこいつも、厄介な場所に遺物を埋めやがって……！」

俺の言葉に、ヨルンが目尻をつり上げて憤慨《ふんがい》する。

聖女を解放したあと、俺たちは勇者に想いを寄せた女達の負の遺産を解放することになった。なったというよりも、せざるを得なかったが正しい。ヨルンは装備が外れないし、装備が外れない限り、ヨルンも告白の答えを保留にするなどと言う。

本当に厄介な物しか残さないな、あの男は、とカトウに対する怒りがないわけでもなかったが……。

「じゃあ、頼む」

「………」

そう言って両手を広げてくるヨルンを抱き上げ、俺はそのまま対衝撃スキルをかけて地を駆けた。抱きついてくる体を抱きしめると、心臓の音が伝わってくる。以前は俺に抱かれることを嫌《いや》がっていたが、最近はこっちの方が早い、と割り切ったらしく、移動の際はこうやって手を広げてくれる。

その無防備な姿を見ていると、心臓を掴まれたような気分になる。カトウのことは最悪の男という認識でしかないけれど、ヨルンと会うきっかけになったのは俺にとって僥倖《ぎょうこう》だった。


それから、移動してきたのは女戦士の遺品が沈められているマリュ湖近くのダンジョンだ。一人一人の願いを聞いていたら年取って死ぬ、というヨルンの言葉に頷き、賢者の解呪を進めながらも遺品を集めていた。

「はぁ……、走っているのに風の抵抗がないのは不思議だな、マジで。他にどんなスキル持ってるんだ？　全部教えて？」

初めて会ったときは、油断がならないような胡散臭《うさんくさ》い笑顔を浮かべていたけれど、今となってはその笑顔も悪くないように思う。

外を歩くときのヨルンは、怪しげな笑顔を貼り付け明るく振るまうが、素のヨルンはどちらかといえば暗い。

二人でいると、下手に場を盛り上げようと話しかけてくることもなく、空気のようにそこにいる。かと思えば、思いもよらない発言をすることもあって、一挙一動が気になる。

母とマリモリが死んでから、何かに執着したことは今までなかったが、今ヨルンがどこかへ逃げるとなったら、俺はどこまでも追いかけて捕まえるだろう。

跳ねる黄茶が混ざった緑の髪も、よく変わるその表情も、強《したた》かなところも、器用なところも、全部愛おしく思える。

何故か、と問われるとうまく説明ができない。

ただ、一緒にいたいと思った。

「多すぎて説明できない」

「贅沢《ぜいたく》な……、俺も複数個欲しかったよ」

「？　あるだろう」

「え？」

元々俺はどんな奴がいても気配感知のスキルで気配に気付く。

けれど、初めて会ったとき、ヨルンがいたことに気付かなかった。なら、俺のスキルを打ち消すほどの上級スキルがあったということになる。変化のスキルも変わり種で貴重なスキルだと思うが、気配遮断《しゃだん》は立派なスキルだ。ヨルンは自分の稀少性《きしょう》について、未《いま》だ気付いていないらしい。

「どういうこと？　今なんて……」

「あれ？　カイルさん!?」

けれど、ヨルンが俺に問いかけようとしたとき、別の声が割って入った。若い男の声に目を向けると、見覚えのない女を引き連れて男が立っている。

「……アレックスさん？」

はっとしたようにヨルンが口調を変え、さっきまでとは打って変わった、穏やかな笑みを浮かべた。

「お久しぶりです、アレックスさん。皆さんも」

控《ひか》えめに挨拶《あいさつ》をしたヨルンとは反対に、アレックスと呼ばれた男の周りの女はヨルンに興味がないようで、俺の方を見つめていた。

「誰だ？」

「あ、えーっと……、前に臨時で加入させてもらったパーティの方ですよ」

なるほど、前はそういう性格を演じていたのか。カイル、というのは偽名だろう。今は俺と一緒にいるからヨルンでしかないはずだ。

「カイルさん、こちらのダンジョンを攻略しに来たんですか？　そちらは……今のパーティのお仲間ですか？」

「ええまあ……。そんな感じです」

ちら、とヨルンが俺を見た。余計なことは言うなと言わんばかりの目線に、少しだけ口角が上がる。そんな俺から何か感じ取ったのか、ヨルンが少しだけ表情を引き攣らせた。

「それでは、私たちはこの辺で……」

「え、筋肉やばー、お兄さんどこの人？」

「剣士、とかかい？　アレックスと同じくらい強そうだね」

「…………イケメン…………」

ヨルンが俺の袖《そで》を引っ張る前に、三人の女が俺を取り囲み、無視する俺に口々に話しかけてきた。

しばらく口を開かず黙っていると、その横でアレックスがヨルンに嬉《うれ》しそうに話しかける。

「カイルさん！　もしこのままダンジョンを攻略する予定なら一緒にいかがですか？　久しぶりでお話ししたいこともありますし」

「あ、いえ……、私たちは明日ここを探索《たんさく》しようかと。今日はその事前準備で参りました」

「そうなんですか？　でも、人数が多い方が攻略しやすいでしょう！」

「…………」

その時、苛立ちを覚えたのは、このアレックスとかいう男が勇者カトウに似ていたからかもしれない。

優男で、明るくて、応えることもできないのに女を近くに侍《はべ》らせ気を持たせる男。俺の中で印象はすでに最悪だ。おまけに、ヨルンに対して馴《な》れ馴れしい。なんなんだコイツは。

「ねえ、お兄さん名前なんて言うの？　一緒にダンジョン行こうよ」

「ボクは魔術士でね、魔法なら君のツレより自信はあるよ」

「…………治癒《ちゆ》……上手……」

そしてこの女たちは、さっきヨルンが断ったにもかかわらず、何故同じことを聞いてくるんだ。

「アレックスさん、お気持ちはありがたいのですが……」

そもそもヨルンだって、普段は俺に対してそんな儚《はかな》げな笑みを浮かべたりしないだろう。暴いたのは俺だったが、それを他の人間にされるのも腹が立つ。

「そう言わずに。それに俺、カイルさんにはもう一度会いたいと思っていて……！」

そう言ってアレックスがヨルンの手を摑んで握った瞬間、自分の中で許しがたい感情が渦巻《うずま》いた。

「ええ、お会いできたことは嬉しいです。しかし……

──!?」

俺はヨルンの頭と顎を摑み上を向けさせると、そのまま口づけた。ヨルンの目が大きく見開かれる。

「んっ、ぅう……！　ガっ……ぅっ」

「…………っえ……？」

「やっば……」

「おやおや……」

「……………」

アレックスと仲間の女たちの驚嘆《きょうたん》する声が聞こえたが、無視して口づけを続けると、ヨルンが俺の腕を叩いた。唇を離すと、顔を赤くしたヨルンが口元を震わせている。

「なっ……！　お前っ……！　あ、いや、今のは……」

「お前らが邪魔だと言っている」

「ガシュア！」

「さっさと消えろ」

アレックスが青ざめた表情でヨルンを見つめ、周りの女たちはどう反応すればいいのかわからないようだった。

「えっ……ヤバ何、そういう関係……？」

「治癒士くん、やるね……」

「理解不能……」

ひそひそと声が聞こえるのを無視して、ヨルンが慌てて弁明しようとする。

「いや、あのっ、すみません、彼はなんというか……！」

「カイルさん、お、脅されているんですか？」

「え？」

「カイルさんは優しい人だから、何も言えないんじゃないですか」

「いや、そういう」

ヨルンが言い終わる前に、アレックスが目尻をつり上げ、俺を睨み付けてきた。

「あの！　どなたかは知りませんが、カイルさんが何も言えないのをいいことに、そのようなことをするのはやめてください」

まるで騎士《きし》のようにヨルンの前に出て、アレックスは俺と対峙《たいじ》した。キリッとした顔立ちは勇者然としていて、ヨルンが好きな系統だ。

あいつは勇者に憧れているから、たまにカトウが夢の中で語ってくる情報を伝えると、嬉しそうに目を輝かせる。この間【かぐや姫】という女について教えたら、なかなか見られない表情で俺を褒めてきた。

……思い出したら腹が立ってきたな。ヨルンの中を暴くのは俺だけでいいのに、こいつの周りには余計なものが多すぎる。考えるほど、苛立ちがどんどん募《つの》っていく。

「嫌がっている人に無理矢理そういう行為をするなんて、最低ですよ！」

高らかに宣言するその姿は癇《かん》に障った。

そもそもなんでこいつがヨルンのことに関して口出しするんだ？　お前のじゃないだろう。こいつは、俺の…………。苛立ちが暴発する前に、拳に力を入れた。

邪魔だし消そう。こいつ程度なら、消えても問題ないだろう、と一歩前に出た瞬間、横からヨルンが声を上げた。

「あのー……い、嫌ではないですよ」

「え…………？」

ヨルンの言葉に、驚いたのはアレックスだけではない。

俺はヨルンが人前で素を出さないのは知っているし、知っているからこそ、ここでキスをすればどう出るのか知りたかった。言い訳を並べ立てて、言葉で封殺《ふうさつ》するのかと予想していただけに、肯定されるとは思わなかった。

「人前でされたことに驚いただけなので、心配してくださってありがとうございますアレックスさん。でもこの人は俺にとって大事な人なので」

「えっ……、カ、カイルさん、それって」

ショックを受けているアレックスが俺を見つめてきたので、俺は笑みを送ってやった。けれど、アレックスはその笑みが気に入らなかったらしい。優男の面をかなぐり捨て、俺に食ってかかってきた。

「お前っ……！」

「なんだ？　俺はこいつの〝大事な人〟だぞ」

その言葉に、アレックスは悔《くや》しそうに俯《うつむ》き、それからヨルンを見た。

「……カイルさん、こっ、この男に騙《だま》されていませんか？　もしそうなら俺……力になりますから……っ！」

「いえ、そんなことは」

にじり寄るアレックスを無視して、俺はヨルンの腕を掴んだ。

「ガシュア？　どこに……」

「探索は明日にするんだろう」

呆《ほう》けたヨルンの顔を見ると、さっきまでの靄《もや》が晴れたような気分だった。気分がいい。

再びヨルンを抱きかかえて、俺は宿へと駆けた。

＊＊＊＊＊

街に戻り、借りた宿のベッドにヨルンを放ると、その上に跨《また》がって拘束しながら、自分の腕の鎧《よろい》を外してシャツを脱いだ。ヨルンが慌てたように目を見開く。

「おい、なんで脱いでんだ！」

「嫌じゃないと言っただろう」

「…………いや、あれは……っ」

「大事な人だとも言ったな」

「そりゃ、お前がいなくなったら俺は装備も外れないし……大事な人という言葉に嘘はないというかなんていうか……」

もごもごと口の中で何かを呟いていたけれど、口づけたことに対して何も言わないところを見ると、あながち嘘というわけでもなさそうだ。ヨルンは何かを言いたそうにして口を噤《つぐ》み、くしゃりと自分の髪を乱した。

「だからその、こういうことをするために言ったわけじゃ……」

「ヨルン」

「っ……！」

「俺がしたい。駄目か？　許可してほしい」

「…………お前、それ計算でやってる？」

じっと目を見つめて言うと、ヨルンは動揺したように瞳を揺らした。計算かどうかはわからないが、ヨルンが、俺の顔を案外好きだということは気が付いている。頬を赤らめて目線を逸《そ》らすヨルンの顎を掴んで目を見つめると、ヨルンはぎゅっと目を瞑《つぶ》った。

「わかった、わかったよ……っ」

「してもいいのか」

「…………うん」

ヨルンが頷いた瞬間、俺はヨルンの装備についた胸元の飾《かざ》りを外すと、ゆっくりと服を脱がしていく。

毎度思うが、ヨルンの服は布が多い。

釦も小さくて外しづらいし、装飾も多い。摑んで引きちぎった方が早いと思わせる服ばかり好んで着ている。けれど、引きちぎったら怒られる。

ヨルンは服が好きだと言っていたし、今度別の服をあげたら喜ぶだろうか、と考えながら真剣にちまちまと指で外していく。

細かい作業は得意ではないけれど、次またちぎったら二度としないと言われたからな。一生懸命細かい釦を外していると、傍で吹き出して笑うような声が聞こえた。

「ふっ……」

「……？」

「いや、お前……、可愛《かわい》いところあるよな。偉い偉い、ちゃんと破かず脱がせてくれよ」

そう言って笑いかけてくる顔が可愛かった。ヨルンは、外で見せる胡散臭い笑顔よりも、ふとしたときに見せるこういう気の抜けた笑顔の方が可愛いと思う。

俺は摑んでいた衣服をそのまま力を込めて引きちぎってしまいたい衝動《しょうどう》に駆られたが、すんでのところで堪《こら》え、噛み付くように口づけをした。

「うっ……!?　ん……」

最初は驚いたように目を見開いていたけれど、特に抵抗もなかった。薄い唇を舐《な》め、舌を差し込むとヨルンの味がする。

「うっ、ふ……」

荒い息づかいに目を開けると、ヨルンの頰は紅潮《こうちょう》し、蕩《とろ》けたように力が抜けていた。

これは、ヨルンがつけている装備の相乗効果なのかもしれないが、少しはヨルンの気持ちも乗っている物だと信じている。

＊＊＊＊＊

「っ、うっ、あ……っ、ガシュアっ、……もう、いいから……っ」

指で中を擦《こす》ると、ヨルンの腰が小さく跳ねた。

今のヨルンはもう聖女の装備ではないから、装備自体に付与されていた癒やしの効果はない。そのまま突っ込んだら死ぬと言われて以降、中を念入りに解《ほぐ》すことにしている。正面から二本指に潤滑剤《じゅんかつざい》を絡《から》ませ、狭い穴の中をゆっくりと広げていく。

けれど、こうして解していると、普段の取り繕ったような顔が崩れていく。頰が紅潮し、眉尻と瞼《まぶた》が下がるその顔は恍惚《こうこつ》としていた。狭い穴を広げるように中を穿《ほじ》り、前立腺《ぜんりつせん》あたりを指の腹で擦るとびくり、とヨルンが反応を示す。

「んあっ……!? ……っ……」

はっとしたように口を噤み、ヨルンは自分の顔を隠した。感じている顔を見られたくないらしい。ヨルンは、口では虚勢《きょせい》を張るくらい、内面は意外と臆病で、しかし弱いところを見せることを嫌っている。それは、ヨルンが生きてきた中での処世術なのかもしれないけど、俺の場合、隠されると逆に暴きたくなる。

ヨルンが感じる場所を指先でぐりぐりと押し潰し、快楽から逃れようとする薄い腰を摑んで、中を押し広げた。

「っ……、ふっ……」

力を込めすぎないように加減して中を広げると、ヨルンの体は耳の端《はし》まで赤く上気していた。指で中を押すと腰がぴくっと跳ねて、ヨルンの陰茎《いんけい》が天を突き涎《よだれ》を溢《こぼ》している。もう片方の手で竿《さお》を扱《しご》くと、体が大きく反応した。

「う、あぁっ……!?」

「好きにイっていいぞ」

「っ〜〜〜……!」

俺の言葉に、ヨルンは耐えようとしてはいたけれど、中と外を同時に弄《いじ》られるのに我慢できなかったのか、すぐに射精した精液が手の中に収まった。

「はぁ、はっ……」

浅い呼吸を繰り返しながら、脱力するヨルンを見て、俺は中に挿入した指を開いた。

ヨルンもコレに慣れたのか、今では大分柔らかくなった。纏《まと》わり付いている黒い下着のような賢者の鎧がなければ、もっと触れ合えたのに。

……それにしても邪魔だなこの装備。一体いつになったら俺は素の状態のヨルンと抱き合えるんだ?

力で引きちぎることができたらそれが一番楽だが、この装備ばかりはそうもいかないので、たちが悪い。再び中を解そうと指を動かすと、ヨルンの片手が俺の腕を摑んだ。

「……？」

「も、いい……早くいれろ…………」

「…………ああ」

顔が見たい。

猛烈《もうれつ》にそう思った。片腕で顔を隠したまま、普段人前で晒《さら》す明朗《めいろう》な喋りはどこにいったのかと思うほどぼそぼそとした声で話すヨルンは、きっと俺以外誰も見たことがない姿だ。

そうじゃないと許せないとすら感じる。この姿を、俺以外の誰が見られるというんだ？　どんな状況で？　例えばあの男、アレックスとかいう男には見せられるのか？

あのふやけた面の男に同じような行動をするヨルンを想像するだけで、沸々《ふつふつ》とした怒りが湧《わ》き上がってくる。

俺は指を抜くと、ヨルンの上に覆い被《かぶ》さり、顔を隠していた方の手首を摑んでそのまま布団へと押しつけた。

「うぁ……!?　おい、何っ」

隠されていた顔が露《あら》わになり、ヨルンは慌てたようにもう片方の手で顔を隠そうとするが、俺はその手も摑んで押さえつけた。

「な、何っ、なんだよおいっ！」

「…………」

「……っ……なんだよ、ちょ……、っ、じろじろ見るなって……やめろ……っ」

そのままじっと見つめていると、ヨルンは困ったように眉を下げ、どうすればいいのかわからないみたいな表情を浮かべ、目線を逸らした。装備を見られていると思ったのか、なるべく見せないよう、身を捩《よじ》って服の下に装備を隠そうとする。

「っ、はは……、似合ってないのはわかってるって……」

そうして、へらっと笑った。

癖《くせ》なのか、ヨルンは困っているとき、どうしようもないときには笑うことがある。俺にはその表情がどうしようもなく……。

「え、何？　顔怖……」

愛おしく思える。

人にそう感じたのは初めてで、心臓に矢が刺さったような感覚を、表情に出さないまま俺は腕に力を込めた。

「いっ!?　いだだだだだおい痛い折れる折れる！　顔怖いって言ってごめん！　気にしてたか!?」

マリモリのことも、一緒にいて可愛いと思っていたけれど、この気持ちはそれとは異なる感情だ。衝動的にこのまま捕らえて人の目に触れない場所へ隠したくなるような、独占欲じみた感情も湧いてくる。

今では簡単に奪われないようになったけれど、またいつどこから奪われるかわからない。

それに、ヨルンは甘いところがあるから、俺が捕まえておかないと、知らないうちに奪われそうで怖い。

「………っ、ガシュア……？」

俺より長く冒険者をしてきたと意気込む割に、死を怖がり、相手に対して情けをかける。そんなもの、かけるだけ無駄だというのに、と俺は以前始末した男たちを思い出した。

過去にヨルンを裏切った男たちを、ヨルンに黙って始末しに行ったとき、あいつらはヨルンに復讐《ふくしゅう》しようと目論《もくろ》んでいた。人間なんてそんなものだ。そうやって甘さを見せるから裏切られる。

「………俺だけを信じていればいいのに」

「……は……？」

虚栄を張って生きてきたという割には、俺の旅に同行して協力するほどにはお人好しで、こんな風に力尽くで手込めにされるほど貧弱。

　ヨルンは俺よりも年上だというけれど、こんな貧弱さでよく一人で旅をしてきたものだと思う。確かに器用だし、口も達者だが、俺みたいに力でどうこうする輩《やから》には敵《かな》わないだろう。

　俺が一緒じゃない時は、どうやって暮らしていたんだ？　あの便利なスキルなら、もっと酷い奴に利用されていてもおかしくない。

　あれは、実質俺と同じような『増えていくスキル』だから。まさか……今までにもこういうこと、されてきたんじゃないだろうな……？

「う……おいっ、ガシュア痛いって！」

　その時、下から吠《ほ》えられてはっと手を緩めた。

　いつの間にか手に力が入りすぎていたらしい。ヨルンは女のように華奢《きゃしゃ》でも柔らかくもないが、同じ男としては少し痩《や》せている。腰も細いし、肋《あばら》も若干浮いている。力を入れすぎると壊してしまいそうだ。

　聖女の鎧を装備していたときは平気だったが、今はあの装備じゃない。

　俺が手を離すとまた顔を隠してしまいそうだったので、俺は屈《かが》んでヨルンに口づけた。

「ん……っ!?　………っ……」

　ヨルンは驚きはしたものの、抵抗はしてこなかった。目を瞑って、俺の唇を受け入れる。その姿に、俺はゾクゾクと胸の内から何かが這《は》い上がってくるのを感じていた。

　薄い唇を舌で割って口腔《こうくう》内に侵入すると、鼻から抜けた息がかかる。

「ふっ……」

　小さく音を立てながらヨルンに口づけていると、下半身に熱が集まっていくのを感じた。唇を舐め、ちゅっとリップ音を出したあとヨルンの顔を覗きこんだ。

「……顔が見たいから、顔で隠さないでくれ」

口づけを終えてからそう伝えると、ヨルンは一瞬口を噤み、それから気まずそうに目を逸らす。

「いや……、ほら、俺の顔なんて見ても面白《おもしろ》くないだろ……」

「別に面白いからしているわけじゃない。見ていると興奮するから言っている」

俺は思ったことをそのまま口にしただけなのに、ヨルンは一瞬硬直し、控えめに笑いながら俺を見る。

「……前々から思ってたけどお前……、変わった趣味だな」

「…………？」

そうか？

確かに目立ちにくい顔立ちと存在感ではあるが、それはあくまでヨルンの固有スキルによるものだ。造詣《ぞうけい》は別に不細工だとは思わないし、俺は好みに思う。笑った顔も、怒っている顔も、泣いている顔すらも、可愛く思えてくるから。というか、どんな表情でも俺はヨルンの顔が好きだ。

ヨルンはいつも、自分を過小評価している。道具として消耗《しょうもう》され続けた結果なのか、能力がないと思い込んでいる。

「ヨルンの方こそ、自分をわかっていない」

「…………？　とりあえず、手ぇ離してくれない？

わかったよ、顔は隠さないからさ……」

そう言って笑うヨルンからは、赤い煙が滲《にじ》んでいた。

俺は嘘つきは嫌いだ。今までの人生で、散々嘘つきに囲まれてきたから、赤い煙を見ると不快になる。

けど人間は全員嘘をつくし、つかない奴はいない。母ですら、嘘をついたりもした。つかなかったのはマリモリくらいだ。

案外恥ずかしがりのヨルンは、きっと顔を隠しましたそのうまい口を使って言い訳を並べ立てるんだろう。それはそれで構わない。俺も、やりたいようにやるだけだから。

ヨルンの手首から手を離すと、ほっとした顔で、ヨルンが笑う。

「はぁ……、もう少し力を加減してくれよ……？　俺の体が二つに折れかねないから……なぁんて」

「わかった」

元より、怪力スキルのある俺は加減をしているつもりだったが、それでも力が強いらしい。これでも壊れ物を扱うくらいの力で加減しているつもりなんだが。

俺はヨルンのように器用でもないから、気を付けないと。

ヨルンの足を摑み、きちんと解した窄《すぼ》まりにすっかり勃起した性器を押しつけた。びく、とヨルンの体が一瞬跳ね、緊張した面持《おもも》ちで瞼が震えるのがわかった。唇を軽く嚙み、それでも平静さを装おうとする姿は、ヨルンが長年培《つちか》った鎧なのかもしれない。

けど、俺はその鎧を全て剝ぎ取りたい。

しっかりと解した中に先端を埋《う》め込むと、柔らかな肉が迎えてくれる。

「んんっ……！」

まだ少しキツいが、潤滑剤の力を借りてゆっくりヨルンの中に入っていくと、ヨルンはぴくぴくと瞼を震わせ、睫《まつげ》の影を落とした。

「っ、ふ……っく……」

前立腺のあたりに亀頭がひっかかると、体が反応したのか中がきつく締まった。歯を食いしばり、喉元を晒す無防備な姿は普段からは想像できないほどに扇情《せんじょう》的で、俺の体も勝手に反応した。そのまま奥へと押し進めると、柔らかな内壁が俺の肉を包み込む。

「ううぅ……!?」

奥まで入ってきたことにヨルンは耐えきれなくなったのか、再び両手で顔を隠そうとした。けれど、俺は挿入したままヨルンに覆い被さり、隠そうとした手に指を絡めて握った。

「隠すなと言っただろう」

「あ、あっ、ぅあっ」

そのまま上から叩きつけるように陰茎を打ち込むと、ヨルンの背中が跳ねた。握った手のひらをそのまま布団に押さえつけると、俺の陰茎で感じているヨルンの顔がよく見える。最初は耐えようと唇を嚙んで目を伏せていたが、ヨルンの好きなところに腰を動かせば、目を見開いて高い声を上げた。

「ひっ、あ！」

喘《あえ》いだあとで頰を染めると、再び口を噤もうとした。けれど、俺はヨルンがもっと快楽に蕩ける顔が見たい。肌のぶつかる音を立てながら中を掘ると、絡んだヨルンの指に力が籠もった。俺の手を強く握り、中を締め付けてくる。

「あっ、あ、あっ、まっ……そこっ……！　ガシュア、あ、っき、もちっ……！」

とん、とん、とん、とヨルンが気持ちよくなる場所を探して腰を振ると、少しずつ甘い声が漏《も》れてきた。

その声すらも恥ずかしいと思っているのか、耐えようとする姿に、余計興奮を煽《あお》られる。

……自覚がないのか？　自覚なしでやっているなら、少し改めた方がいい。

「ヨルンっ……！」

「はぁ、あっ、ぅうっ、ンっ！」

そのまま口づけると、ヨルンの足がもどかしそうに俺の腰に絡む。握った手のひらからは中と同じくらい熱が伝わり、唇が離れるとヨルンの口から吐息が漏れた。

「はぁ、はっ、あっ、あぁっ、あ～～～……」

内壁を擦りながら中をすり潰すと、その度にヨルンの中が痙攣《けいれん》して、締め付けてくる。口づけながら腰を打ち付けると、表情がさっきよりも更に蕩け、瞼が下がった目でヨルンが俺を見た。

「ふ、ぅうっ……うっ……ガシュア、あっ」

「はぁっ……ヨルン……っ」

ヨルンが俺の名前を呼ぶと、まるで心臓を手のひらで握りつぶされたような苦しさがある。こうやって頼りなさげなヨルンを見ると、たまらない感情が襲ってきた。

「…………っ……もっと俺を呼んでくれっ……」

初めて会ったとき、変わった男だと思った。

怯えているわりには堂々と嘘をついて、逃げようとするくせに変なところは律儀で。会ったことがない類の男に、興味を引かれたのは確かだが、こんな風に嵌《は》まるつもりはなかったのに。

「ガシュア、っぁ、そこ、き、きもちい……っ～～～～……！」

奥を突けば、びくっと体を揺らしてヨルンが射精した。

性感に溺れたような表情で息を吸う目の前の唇に噛み付き、そのまま中に精を放つと、まるで子種をねだるように締め付けてきた。これはヨルンの意思じゃなくて、勇者を欲する装備の願いなのかもしれない。その可能性がある以上、全てをヨルンの意思だと決めつけることはできないが、可能性がないわけじゃない。

「好きだ……っ」

握った手のひらに力を込めると、ヨルンの顔が赤くなっていく。

「…………っ……ん……」

少し照れたような表情に俺はもっと欲しくなった。

「お前は？」

てっきり、そんなことはないと誤魔化すか、違うと言い張るかと思った。あるいは、装備のせいにして逃げるかも、と。

いつか言わせればいいと思っていただけに、次の発言は予想外だった。

「こういうのは……好きな奴としかしないって言っただろ……っ」

「…………っ」

青い煙が揺らめくヨルンを抱きしめると、俺はじんわりと心が満たされ、温かくなっていくのを感じた。ヨルンと一緒にいると、少しずつ自分が自分じゃなくなっていくような気がする。

こんな感覚、知らなかったのに、いつの間にか覚えてしまった。きっと俺は、ヨルンが想像しているよりも、ヨルンのことが好きだ。

ヨルンはこの装備をつけていると、自分の気持ちなのか、装備に操《あやつ》られているのかわからないと言っていたけれど、俺はヨルン自身の気持ちだと信じている。というか、もしも無事に外れて装備のせいだったと言われたところで、今更逃がす気もない。

俺は、一度摑んだものを手放すような間抜けじゃないしな。

「……ガシュア……？　なんかお前、怖いこと考えてない……？」

「何故？」

「や……なんとなく……」

探るような目でヨルンが俺を見つめてきたので、俺は薄い笑みを見せた。この装備も、似合っていないことはないが邪魔だと感じる。薄い生地の黒い下着は女物で、白い肌によく映えるがない方がいい。ヨルンに別の人間の意思が纏わり付いているのは、気分が悪くなる。

「お前の装備が外れたら……」

「…………？」

「邪魔する奴らは全員殺して、森に連れ帰ろうと思っているだけだ」

「怖いこと考えてる！」

俺には魔王を滅ぼして勇者よりも轟《とどろ》く名声を手に入れ、地位を向上させるという目的はあるが、それとは別にまたあの森で、心穏やかな時間を過ごしたいという夢がある。他人からすれば些細《ささい》なことかもしれないが、もう手に入らないと思っていたものだ。

今度は奪わせない。

「発言がほぼ魔王じゃん……冗談でもやめろよな」

溜め息をつくヨルンの頭を撫でながら、俺はそうか、とだけ答えた。

冗談を言ったつもりはないんだけどな。

終わり

あとがき

初めまして、こんにちは。日下部《くさかべ》しまと申します。

この度は『呪いの装備が外れない！』をお手に取ってくださり、誠にありがとうございます。


このお話は、「体格のいい大きな攻めに組み敷《し》かれる受けが書きたい！」という単純な動機から書き始めました。

もともと、追いかける攻めと逃げる受けという構図が好きなので、そんな関係でありつつも、徐々に心の距離を縮めていく二人の姿を描《えが》けたらいいなと思いながら執筆しました。

攻めのガシュアは、脳筋で雑、計画性もなく我が道を行くタイプ。これまであまり書いたことのないキャラクターだったので苦戦しましたが、そんな男がヨルンに惚《ほ》れていく過程はとても楽しく書くことができました。

一方、受けのヨルンは、器用貧乏で猫かぶりの苦労性。あまり他人を信用しないタイプですが、そんな彼がガシュアの無茶苦茶さに翻弄《ほんろう》されながらも、少しずつ絆《ほだ》され信用していく過程は、物語の中で一番描きたかった部分でもあります。二人の距離が縮まっていく様子が伝われば嬉しいです。

また、「もし着たら脱げない呪われた装備が、デザイン的に全く似合わなかったらどうするんだろう？」という発想から生まれたのがこの物語です。似合わなさすぎて恥ずかしがる受けを描写したかったので、萌えのツボが合う方に届いていたら幸いです。

もともとムーンライトノベルズ様にて連載していた作品でしたが、途中で執筆が止まってしまい、気づけば一年半以上……。そのタイミングでお声がけをいただき、ようやく完結させることができました。まさか自分の小説が書籍になるとは思ってもおらず、こうして一冊の本として形になったことが非常に感慨深いです。

最後に、本書の制作に関わってくださったすべての方々、素敵なイラストを描いて下さったぼんこ先生、そして手に取って読んでくださった読者の皆さまに心より感謝申し上げます。

少しでも楽しんでいただけましたら幸いです。

ありがとうございました！

日下部しま

【初出】

一章
(小説投稿サイト「ムーンライトノベルズ」にて発表)

二章
(小説投稿サイト「ムーンライトノベルズ」にて発表)

三章
(小説投稿サイト「ムーンライトノベルズ」にて発表)

エピローグ
(小説投稿サイト「ムーンライトノベルズ」にて発表)

番外編
(書き下ろし)

呪いの装備が外れない！

2025年4月30日 第1刷発行

著　者　日下部《くさかべ》しま
イラスト　ぽんこ
発行人　石原正康
発行元　株式会社 幻冬舎コミックス
〒151-0051 東京都渋谷区千駄ヶ谷4-9-7
電話03(5411)6431(編集)
発売元　株式会社 幻冬舎
〒151-0051 東京都渋谷区千駄ヶ谷4-9-7
電話03(5411)6222(営業)
振替00120-8-767643
デザイン　kotoyo design
印刷・製本所　株式会社 光邦